BASTEI
LÜBBE
TASCHENBUCH

Weitere Titel des Autors:

Am Anfang des Weges
Bis zum Horizont

Titel in der Regel auch als E-Book erhältlich

Über den Autor

Richard Paul Evans ist der preisgekrönte Autor von bislang zwanzig Romanen, die in mehr als fünfundzwanzig Sprachen übersetzt und zum Teil fürs Fernsehen verfilmt wurden. Die The-Walk-Reihe um den Reisenden Alan Christoffersen liegt Evans jedoch ganz besonders am Herzen. Er lebt mit seiner Frau Keri und ihren fünf Kindern in Salt Lake City, Utah.

RICHARD PAUL EVANS

So weit die Hoffnung trägt

ROMAN

Aus dem amerikanischen Englisch
von Veronika Dünninger

BASTEI
LÜBBE
TASCHENBUCH

BASTEI LÜBBE TASCHENBUCH
Band 16927

1. Auflage: März 2014

Dieser Titel ist auch als E-Book erschienen

MIX
Papier aus verantwortungsvollen Quellen
FSC® C006701

Vollständige Taschenbuchausgabe

Deutsche Erstausgabe

Mark Twain wurde zitiert nach folgenden Ausgaben:
Gesammelte Werke, Band 6: Leben auf dem Mississippi,
deutsch von Helene Ritzerfeld, Insel 1977,
und *Autobiographische Schriften*,
deutsch von Ana Maria Brock, Aufbau Verlag 1969.

Titelillustration: © Shutterstock/NaughtyNut; Shutterstock/ollirg
Umschlaggestaltung: Johannes Wiebel/punchdesign, München
Satz: two-up, Düsseldorf
Gesetzt aus der Garamond
Druck und Verarbeitung: CPI – Ebner & Spiegel, Ulm
Printed in Germany
ISBN 978-3-404-16927

Sie finden uns im Internet unter
www.luebbe.de
Bitte beachten Sie auch: www.lesejury.de

Für meinen großen Bruder, Dave.
Ich sehe noch immer zu dir auf.

Wenn du durch die Hölle gehst, bleib nicht stehen.

Winston Churchill

Prolog

Gestern Nacht hatte ich einen Traum, in dem McKale mir erschienen ist.
»Wo bist du?«, fragte sie.
»South Dakota«, antwortete ich.
Sie starrte mich an, ohne etwas zu sagen, und ich begriff, dass sie nicht meinen Aufenthaltsort meinte.
»Ich weiß nicht«, sagte ich.
»Geh weiter«, sagte sie. »Bleib einfach nicht stehen.«

Alan Christoffersens Tagebuch

Vor ein paar Jahren ging ich einmal in Seattle durch ein Einkaufszentrum. Eine Frau, die an einem Kiosk verbilligte Flugtickets verhökerte, rief mir zu: »Sir, wenn Sie eine Minute Zeit haben, kann ich Ihnen helfen, fast die Hälfte bei Ihrer Reise zu sparen!«

»Danke«, erwiderte ich höflich, »aber ich bin wirklich nicht interessiert.«

Sie fuhr unbeirrt fort: »Wenn Sie an einen beliebigen Ort auf der Welt fahren könnten, wohin würden Sie fahren?«

Ich blieb stehen und sah sie an. »Nach Hause.« Ich wandte mich ab und ging weiter.

Ich nehme an, ich bin so ziemlich der Letzte, von dem man erwarten würde, dass er das Land zu Fuß durchquert. Ich war noch nie jemand, der, wie Steinbeck schreibt, besessen war von »dem Drang, irgendwo anders zu sein.«

Das soll nicht heißen, dass ich keine Reisen unternommen

hätte. Ich bin mehr als genug gereist, und ich habe die Stempel in meinem Pass, um es zu beweisen. Ich habe die Chinesische Mauer gesehen, die Eremitage in Russland und die römischen Katakomben. Ehrlich gesagt waren diese ganzen Reisen nicht meine Idee. Meine Frau, McKale, wollte die Welt sehen, und ich wollte sie glücklich sehen. Um genau zu sein, wollte ich nur bei ihr sein, daher bin ich mitgefahren. Die fremden Örtlichkeiten waren nur verschiedene Hintergründe für mein Bild von ihr.

Sie. Ich vermisse *sie* jeden Tag. Ich bin vielleicht ein heimlicher Stubenhocker, aber das Leben hat mich gelehrt, dass mein Zuhause nie eine Stube war. Mein Zuhause war *sie*. An dem Tag, an dem McKale starb, verlor ich mein Zuhause.

Bis zu dem Augenblick, als ich McKale verlor, hatte ich mein Leben als Lügner gelebt. Das sage ich nicht nur, weil ich in der Werbung war (auch wenn ich dadurch als professioneller Lügner gelten könnte). Ironischerweise war ich aufreibend ehrlich in unwichtigen Dingen. Zum Beispiel bin ich einmal in ein McDonald's gegangen, um zehn Cents zurückzugeben, als mir das Mädchen am Drive-in-Fenster zu viel Wechselgeld herausgegeben hatte. Doch bei den Dingen mit den größten Konsequenzen habe ich mir etwas vorgemacht. Ich sagte mir, McKale und ich würden zusammen sein, bis wir alt und grau wären – dass uns irgendwie eine bestimmte Lebensspanne garantiert war, bevor unsere Zeit ablief, wie bei Milchpackungen. Vielleicht ist ein gewisses Maß an Selbstbetrug notwendig, um den Tag zu überstehen. Aber egal, was wir uns einreden, es ändert nichts an der Wahrheit: Unser Leben ist auf Sand gebaut.

Für diejenigen von Ihnen, die auf meinem Weg erst jetzt zu mir stoßen: Meine Ehefrau McKale, meine Sandkastenliebe, brach sich bei einem Reitunfall die Wirbelsäule, sodass sie von der Hüfte abwärts gelähmt war. Vier Wochen später starb sie an den Komplikationen infolge des Unfalls. In ihren letzten Tagen, während ich mich um sie kümmerte, stahl mir mein Partner, Kyle Craig, meine Firma, und meine so sicher geglaubte bürgerliche Existenz brach in sich zusammen. Mein Haus wurde unter Zwangsvollstreckung gestellt und meine Wagen von der Leasingfirma wieder in Besitz genommen.

Nachdem ich meine Frau, meine Firma, mein Haus und meine Autos verloren hatte, spielte ich mit dem Gedanken, mir das Leben zu nehmen. Aber stattdessen packte ich ein paar Sachen, sagte Seattle Lebewohl und machte mich auf den Weg zu dem am weitesten entfernten Punkt auf meiner Karte, der zu Fuß erreichbar war: Key West, Florida.

Ich nehme an, wenn ich absolut aufrichtig zu mir wäre (was ich, wie ich bereits festgehalten habe, nicht bin), dann müsste ich zugeben, dass es mir nicht wirklich um Florida geht. Key West ist mir ebenso fremd wie all die anderen Städte, durch die ich auf meinem Weg gekommen bin. Ich bin auf dem Weg, um zu finden, was das Leben noch bereithalten könnte. Ich suche nach Hoffnung: dass das Leben vielleicht doch noch lebenswert ist und ich endlich akzeptieren lerne, was ich verloren habe.

Vielleicht gilt das für uns alle. Ich bin gewiss nicht der Einzige, der hofft, eine solche Gnade zu finden. Auf meiner Reise habe ich noch andere getroffen. Wie zum Beispiel jenen älteren Polen in Mitchell, South Dakota, der mich bei sich aufnahm; eine junge Mutter, bei der ich in Sidney, Iowa, übernachtete; den alten Mann, dem ich in Hannibal begegnete, der auf der Suche nach seiner Frau über Friedhöfe streifte; und die Frau, die ich traf, als ich mein Hotel in

Custer, South Dakota, verließ. Dies ist auch *ihre* Geschichte, nicht nur die meine.

Noch einmal, willkommen auf meinem Weg.

Erstes Kapitel

Man kann nie wissen,
was eine neue Straße bringen wird.

Alan Christoffersens Tagebuch

Custer, South Dakota, ist eine schmucke kleine Stadt voller Touristen, in der Nähe des Mount Rushmore und des Crazy Horse Memorial. Ich verbrachte zwei Tage in Custer, um mich nach einer langen und emotional anstrengenden Wegstrecke durch den Osten Wyomings zu erholen. Am Sonntag war ich bereit, meine Reise fortzusetzen. Es war ein kühler Maimorgen, und ich stand im Morgengrauen auf, duschte und rasierte mich. Der Luxus meiner zeitweiligen Umgebung war mir nicht entgangen. In den kommenden Wochen, die mich durch das kahle Ödland von South Dakota führen würden, würde ich ohne ein weiches Bett und warmes Wasser auskommen müssen.

Ich breitete meinen Straßenatlas auf dem Bett aus und studierte ihn ein paar Minuten, während ich mit dem Finger verschiedene Wege nachzog. Dann, sobald ich mich für eine Route entschieden hatte, markierte ich sie mit einem Stift. Mein nächstes Ziel war 1300 Meilen weit entfernt: Memphis, Tennessee, über St. Louis. Von Custer aus würde ich nach Norden gehen, bis sich mein Weg mit der Interstate 90 kreuzte, und dann durch das Ödland von South Dakota etwa vierhundert Meilen ostwärts bis Sioux Falls.

Am Abend zuvor hatte ich fünf Paar Socken im Waschbecken des Hotels gewaschen. Sie waren alle grau und zerschlissen und kurz vor dem Verfallsdatum. Bedauerlicherweise waren sie auch noch feucht. Ich steckte sie in den Wäschebeutel aus dem Hotelschrank und packte sie in meinen Rucksack. Dann schlüpfte ich in meine verschwitzten Socken vom Tag zuvor, schnürte meine Schuhe zu und verließ das Hotel.

Auf dem Weg durch die Hotellobby bemerkte ich eine Frau, die in einem der Sessel in der Nähe der Rezeption saß. Sie hatte graue Haare, obwohl sie eigentlich zu jung aussah, um schon ergraut zu sein. Sie trug einen langen, schwarzen Wollmantel und einen burgunderroten Seidenschal um den Hals. Sie war schön, oder war es einmal gewesen, und irgendetwas an ihr machte es einem schwer, den Blick abzuwenden. Irgendetwas an ihr kam mir bekannt vor. Seltsamerweise musterte sie mich ebenfalls mit einem faszinierten Blick. Als ich nur noch ein paar Schritte von ihr entfernt war, sagte sie: »Alan.«

Ich blieb stehen. »Entschuldigung?«

»Sie *sind* doch Alan Christoffersen?«

Als ich sie so ansah, war ich mir sicher, dass wir uns schon einmal begegnet waren, aber ich konnte sie nicht einordnen. »Ja«, erwiderte ich. »Der bin ich.« Dann wurde mir klar, wer sie war.

Bevor ich etwas sagen konnte, fuhr sie fort: »Ich habe Sie wochenlang gesucht.«

Zweites Kapitel

Es gibt Leute wie Benedict Arnold oder Adolf Hitler, deren Namen zu Synonymen für das Böse werden. Für mich ist »Pamela« ein solcher Name.

Alan Christoffersens Tagebuch

Die Frau war McKales Mutter.

»Pamela«, sagte ich. Es war ein Name, den ich nie ohne Schmerz oder Wut – im Allgemeinen mit beidem – ausgesprochen hatte. Dieser Name schien mir als Kind und später sogar als Erwachsener für alles zu stehen, was mit der Welt im Argen lag. Pamela war die Quelle von McKales größter Angst – ein ständiger Stachel in ihrem Herzen. Es gab einen guten Grund, weshalb ich sie nicht auf Anhieb erkannt hatte. Ich war Pamela nur ein einziges Mal begegnet, bei McKales Beerdigung, und hatte damals alles gesagt, was ich ihr je sagen wollte.

»Was wollen Sie?«, fragte ich.

»Ich hatte gehofft, mit Ihnen zu reden«, sagte sie.

»Worüber?«

Sie schluckte nervös. »Alles.«

»Alles«, wiederholte ich. Ich schüttelte den Kopf. »Nein. Wir haben nichts zu bereden.«

Sie schien betroffen, aber nicht besonders verblüfft von meiner Reaktion. »Das kann ich Ihnen nicht verdenken, aber ich habe einen langen Weg hinter mir …«

Einen Moment sah ich sie an, dann schulterte ich meinen

Rucksack. »Ich auch.« Ohne ein weiteres Wort wandte ich mich ab und ging durch die Hoteltür ins Freie.

In der Stadt Custer wimmelte es von Touristen. Es herrschte dichter Verkehr, und auf den Gehsteigen der Mount Rushmore Road drängten sich Leute, die das Monument besichtigen wollten. Ich plante, an diesem Tag ungefähr zwanzig Meilen zurückzulegen, und hatte vor, zuerst etwas zu frühstücken, auch wenn mir die Begegnung mit Pamela, ehrlich gesagt, irgendwie auf den Magen geschlagen hatte.

Ich konnte nicht glauben, dass sie hierhergekommen war, um mich zu finden. *Worüber könnte sie bloß mit mir reden wollen?* Als ich etwa hundert Meter die Straße hinuntergegangen war, sah ich noch einmal zurück. Zu meinem Entsetzen folgte mir Pamela mit etwa einem Block Abstand auf derselben Straßenseite. Sie trug eine Sonnenbrille und eine große rosa Tasche über der Schulter. Ein paar Schritte weiter betrat ich das Songbird Café – das Lokal, das der Hotelangestellte mir empfohlen hatte.

Das Café war klein und gut besucht, und die Bedienung hatte mich eben zu einem runden Tisch in der Ecke geführt, als die Glocke über der Tür bimmelte und Pamela hereinkam. Sie hielt ihre Tasche mit beiden Händen und sah mich verstohlen an, während sie darauf wartete, platziert zu werden. Zum Glück führte die Hostess sie zu einem Tisch am anderen Ende des Raums, wo sie auch blieb. Ich war froh, dass sie nicht an meinen Tisch kam. Ich wäre gegangen, wenn sie es getan hätte.

Ich schlang mein Frühstück hinunter – einen großen Stapel Buttermilchpfannkuchen mit zwei Spiegeleiern und drei Streifen zu braun gebratenem Speck, dazu eine Tasse Kaffee. Ich bezahlte meine Rechnung, schulterte meinen schweren Rucksack und ging. Pamela saß noch immer an ihrem

Tisch und schlürfte Kaffee, während sie mich mit Blicken verfolgte.

Ich ging auf die andere Straßenseite und mehrere Blocks weit zurück in Richtung meines Hotels, bis ich im Stadtzentrum an der Junction 16 abbog. Dann folgte ich dem Highway 16 nach Norden zum Crazy Horse Memorial. Es gab mehr als einen Weg von Custer zur I-90, aber so würde ich direkt am Denkmal vorbeikommen, was vielleicht kein kürzerer, aber ein interessanterer Weg zu sein schien.

Als ich den höchsten Punkt der Anhöhe über Custer erreichte, sah ich ein letztes Mal zurück auf die Stadt. Es war nicht zu glauben, aber da war Pamela und ging etwa eine viertel Meile hinter mir. Ich schüttelte den Kopf. Hatte sie wirklich vor, mir zu folgen? Ich bezweifelte, dass sie körperlich in der Verfassung war, mit mir Schritt zu halten. Sie hatte nicht einmal die richtigen Schuhe dafür. Wenn sie glaubte, ich würde stehen bleiben und auf sie warten, dann lag sie leider falsch.

Die ersten drei Meilen hinter der Stadt ging es überwiegend bergauf, und Pamela fiel rasch zurück, bis ich sie nicht mehr sehen konnte. Keine halbe Stunde hinter Custer war sie spurlos verschwunden. Ich fragte mich, was McKale von der Situation gehalten hätte. Die Mutter, nach der sie sich ihr Leben lang gesehnt hatte, verfolgte mich.

Vier Meilen hinter Custer erreichte ich die *Avenue of the Chiefs*. Ich war noch immer völlig fasziniert von Korczaks Werk (und werde es wohl immer sein), daher machte ich einen kleinen Abstecher und ging hoch zum Eingang des Parks. Der Park kostet zehn Dollar Eintritt, und ich hatte weder Zeit noch Lust, den ganzen Weg bis zum Denkmal für Crazy Horse zu laufen, daher blieb ich einfach am Eingang stehen und bewunderte das Werk aus der Ferne. Ich fragte mich, ob diese gewaltige Skulptur noch zu meinen Lebzeiten fertig werden würde. Ich hoffte es. Selbst als alter Mann würde ich auf jeden Fall noch einmal hierherkommen, um das fertige Kunstwerk zu sehen. Auf einmal wurde mir schwer ums Herz. Die Vorstellung, ohne McKale alt zu werden, erfüllte mich mit tiefer Einsamkeit. Ich kehrte zurück zum Highway und setzte meinen Weg fort.

Die Straße hinter dem Crazy Horse Memorial ging die meiste Zeit steil bergab, mit breiten Seitenstreifen und nur einer Handvoll Gebäuden auf dem Weg, darunter ein Unternehmen, das Hubschrauberflüge zu den Monumenten anbot.

In Pennington County machte ich Mittagspause und aß einen Apfel, einen Müsliriegel und ein leicht zerdrücktes Schinken-Käse-Sandwich aus meinem Rucksack, das ich am Tag zuvor in dem Lebensmittelladen von Custer gekauft hatte.

Während ich aß, kehrten meine Gedanken wieder zurück zu Pamela – zusammen mit meiner Wut. Ich fragte mich, wie weit sie noch gegangen war, bevor sie kehrtgemacht hatte. Und ich fragte mich, wie sie mich gefunden hatte. Nach ein paar Minuten verscheuchte ich sie jedoch aus meinen Gedanken. Die Vorstellung, dass sie mir folgte, erfüllte mich mit Abscheu. Ich aß auf und machte mich wieder auf den Weg.

In den nächsten paar Stunden waren die Wanderbedingungen ideal – glatte, neue Straßen aus schwarzem Asphalt, breite Seitenstreifen, frische Luft und eine wunderschöne Gebirgslandschaft – etwas, das ich nach meinem langen Marsch durch den trostlosen Osten von Wyoming erst recht zu schätzen wusste.

Die Sonne stand bereits tief am Himmel, als ich hinter

mir einen Wagen heranfahren und mit knirschenden Reifen auf dem Kies zum Stehen kommen hörte. Als ich mich umwandte, sah ich einen älteren, türkisfarbenen Chevy-Truck mit einem dazu passenden Camper-Verdeck, der etwa fünfzig Schritte hinter mir angehalten hatte. Die Beifahrertür ging auf, und Pamela stieg aus. Sie sagte irgendetwas zu dem Fahrer, dann warf sie sich ihre Tasche über die Schulter und ging mir wieder nach. Ich stöhnte auf. *Sie ist genauso hartnäckig wie McKale*, dachte ich. Vielleicht ist Hartnäckigkeit genetisch bedingt. Wenn McKale etwas wollte, dann ließ sie nicht locker, bis sie es bekam.

Nachdem der Truck weitergefahren war, rief Pamela mir zu: »Alan, wir müssen reden.«

»Nein, das müssen wir nicht«, rief ich zurück, ohne mich umzudrehen. »Lassen Sie mich einfach in Ruhe.« Ich beschleunigte meine Schritte. Als ich eine Stunde später Hill City erreichte, war sie nirgends mehr zu sehen.

Drittes Kapitel

Ich weiß nicht, ob es Poltergeister oder Gespenster gibt, und es ist mir auch egal. Es gibt zu vieles in meinem Leben, was ich nicht verstehe, um mir den Kopf über Dinge zu zerbrechen, denen ich noch nicht begegnet bin.

Alan Christoffersens Tagebuch

In seiner kurzen Blütezeit besaß Hill City den Spitznamen »Hell City« oder »Die Höllenmeile«, da es an jedem Ende der Stadt eine Kirche gab, mit fünfzehn Saloons dazwischen. Die Stadt wurde während Amerikas Hundertjahrfeier 1876 gegründet und war ursprünglich eine Bergarbeiterstadt – erst die zweite, die in den Black Hills angesiedelt wurde.

Hill City war etwa zwanzig Meilen von Custer entfernt, und die Strecke führte hauptsächlich bergab, was sich wohl ziemlich leicht anhört. Aber ich spürte das Gefälle in meinen pochenden Knien. Es wurde bereits dunkel, als ich begann, nach einem Bett für die Nacht Ausschau zu halten.

An der Hauptstraße von Hill City stieß ich auf ein Hotel mit dem Namen Alpine Inn, ein auffälliges Gebäude im bayerischen Stil, wie ein Lebkuchenhaus verziert und mit einer hölzernen Veranda davor. Über den Stufen vor dem Haus befand sich ein Schild mit der Aufschrift:

GEPFLEGTE EUROPÄISCHE UNTERKUNFT

Ich betrat eine leere Bar, in der nur ein paar kleine runde Tische standen. Links führte eine Tür in ein Restaurant, das allerdings verblüffend gut besucht war. Eine Frau stand dort hinter einem massiven Walnuss-Empfangstresen und beobachtete mich. Sie lächelte, als ich auf sie zutrat. »Guten Abend«, sagte sie.

»Ich würde gern einen Blick auf Ihre Speisekarte werfen«, sagte ich.

»Das wird nicht nötig sein«, sagte sie. »Wir haben nur ein Gericht auf der Karte. Zwei, um genau zu sein. Filet mignon, klein oder groß.«

Im ersten Augenblick dachte ich, sie hätte einen Witz gemacht, aber ihre Miene blieb ernst. »Wirklich?«

Sie nickte. »Ich weiß, das ist etwas ungewöhnlich, stimmt's?«

Ich war noch nie in einem solchen Restaurant gewesen, aber danach zu urteilen, wie voll der Laden war, machten sie offenbar irgendetwas richtig.

»Ich nehme das Filet mignon«, sagte ich.

»Gute Wahl«, sagte sie. »Wenn Sie mir bitte folgen wollen.«

Sie führte mich zu einem kleinen Tisch im hinteren Teil des Raums, an der Innenwand. In einem Ständer auf dem Tisch steckten Speisekarten aus Papier, was mir angesichts des begrenzten Angebots des Restaurants etwas seltsam erschien.

Kurz darauf kam meine Kellnerin. Sie war eine hochgewachsene Frau, vermutlich etwa in meinem Alter, mit blondem Haar und einer großen Nase.

»Ich bin Heidi«, sagte sie. »Groß oder klein?«

»Groß.«

Sie notierte sich nichts, was kein Wunder war. »Möchten Sie etwas trinken?«

»Haben Sie Saft?«

»Apfel, Orange und Cranberry.«

»Ich nehme einen Apfelsaft. Können Sie ihn mit Cranberry mischen?«

»Na klar. Einen Cranapple.«

»Und etwas Eiswasser.«

»Sehr gern.«

Bevor sie ging, fragte ich: »Wissen Sie zufällig, ob es in Ihrem Hotel heute Abend noch freie Zimmer gibt?«

»Nein, aber ich frage gleich nach.«

Einen Augenblick später kam sie mit meinem Saft wieder. »So, bitte sehr. Und ich habe mich nach unseren Zimmern erkundigt. Leider haben wir keines frei. Wir haben nur vier Zimmer.«

Ich runzelte die Stirn. Ich hatte mich schon darauf gefreut, dort zu übernachten. »Wissen Sie irgendetwas in der Nähe, wo ich übernachten könnte?«

Sie dachte einen Moment nach. »Ich bin mir ziemlich sicher, dass es etwa eine halbe Meile nördlich von hier ein Bed & Breakfast gibt. Es heißt Holly irgendwas. Holly Inn, glaube ich.«

»Am Highway?«

Sie nickte. »Wenn Sie immer nach Norden gehen, können Sie es nicht verfehlen.«

»Danke«, sagte ich. »Ich werde es mir ansehen, nachdem ich gegessen habe.«

Mein Essen kam schnell – noch ein Vorteil der kurzen Speisekarte. Zu dem Filet mignon wurden grüner Salat, selbst gemachtes Ranch-Dressing und gebutterter, dick geschnittener Toast gereicht.

»Haben Sie sonst noch einen Wunsch?«, fragte Heidi.

»Nein«, sagte ich. »Ist hier immer so viel los?«

»Das ganze Jahr über. Im Hotel auch. Die Zimmer sind hübsch.« Ein verschmitztes Grinsen huschte über ihr Gesicht. »Es spukt dort, aber sie sind hübsch.«

»Es spukt?«

»Ja, aber das sollte ich Ihnen vermutlich nicht sagen.«

»Woher wissen Sie, dass es dort spukt? Haben Sie schon einmal ein Gespenst gesehen?«

»Nein. Aber eine der anderen Kellnerinnen hat gesagt, sie hätte eines gesehen.«

»Und Sie glauben ihr?«

»Sie hat mich noch nie belogen. Außerdem geht es gar nicht darum, *was* sie gesagt hat, sondern *wie* sie es gesagt hat. Es war mitten an einem Freitagabend, an dem viel los war. Sie war auf der Personaltoilette hinter der Küche. Während sie sich die Hände gewaschen hat, hat sie in den Spiegel gesehen. Genau hinter ihr stand eine Frau in einem Kleid aus dem achtzehnten Jahrhundert. Wir haben sie alle schreien hören.

Ich bin hineingegangen, um nach ihr zu sehen, und sie war kreidebleich und hat gezittert. Sie sah aus, als würde sie gleich in Ohnmacht fallen. Sie hat den Job sofort hingeschmissen, und ich musste an dem Abend ihre ganzen Tische übernehmen. Seitdem hat sie nie wieder einen Fuß in dieses Haus gesetzt.« Sie sah mich an, beobachtete meine Reaktion. »Jedenfalls, ich lasse Sie besser essen, bevor es kalt wird. Auf der Rückseite der Speisekarte steht noch mehr über das Hotel. Bon appétit.«

Ich schnitt in das Steak. Das Fleisch war meisterhaft zubereitet und so zart, dass ich es mit der Gabel hätte zerteilen können. Ich nahm ein paar Bissen, dann griff ich nach der Speisekarte. Die Geschichte des Hotels stand auf der Rückseite, und ich las, während ich weiteraß.

Hill City war eine Goldwäscherstadt, die während des Goldrauschs im Westen gegründet wurde. Ihr Erfolg war von kurzer Dauer, die Goldwäscher zogen bald weiter und überließen die Stadt zwei Bewohnern – einem Mann und seinem Hund.

1883 erfuhr die Stadt erneut einen Aufschwung, als größere Zinnvorräte entdeckt wurden und ein englisches Bergbauunternehmen Millionen investierte, um die *Harney Peak Tin Mining, Milling, and Manufacturing Company* auf die Beine zu stellen. Das Unternehmen errichtete den Gasthof – damals unter dem Namen Harney Peak Hotel – als Luxusunterkunft für die leitenden Angestellten des Bergbauunternehmens. Wie schon das frühere Bergbauvorhaben hielt auch der Zinnrausch nicht lange an, und mit der Stadt ging es erneut bergab, bis der Mount Rushmore die Gegend wiederbelebte und das Gold der Touristen anlockte.

1974 kaufte eine Deutsche namens Wally Matush das Harney Peak Hotel und benannte es in Alpine Inn um. Inzwischen waren übersinnliche Erscheinungen keine Seltenheit mehr, und die neuen Geschäftsführer scheuten sich nicht, ihren Gästen zu erzählen, dass es in dem Hotel spukte. Wally bat sogar darum, nach ihrem Tod unter dem Hotel begraben zu werden, um mit den anderen Geistern über die Flure ziehen zu können.

Während ich von diesen Spukgeschichten las, musste ich unwillkürlich wieder an Pamela denken. Ich fragte mich, was aus ihr geworden war, nachdem ich sie stehen gelassen hatte. Zum ersten Mal, seit sie aufgetaucht war, hatte sich meine Wut so weit gelegt, dass ich meinen Gefühlen objektiv auf den Grund gehen konnte. Trotz meiner Wut war ich in dieser Situation irgendwie hin- und hergerissen. Ein Teil von mir hatte das Gefühl, auch nur mit Pamela zu reden wäre ein Verrat an McKale. Ein anderer Teil, vielleicht der höflichere, hielt es für falsch, sie nicht wenigstens sagen zu lassen, wofür sie so weit gekommen war.

Ich drängte den Konflikt aus meinen Gedanken. Ob es nun richtig oder falsch war, ich hatte nicht das Bedürfnis, mit ihr zu reden. Wenn sie litt, dann war es eben so. Das hatte sie sich nur selbst zuzuschreiben. McKale war ihr nichts schuldig. Ich war ihr nichts schuldig.

Nach dem Essen bezahlte ich meine Rechnung, dann schulterte ich meinen Rucksack und ging die Hauptstraße in nördlicher Richtung hoch, auf der Suche nach dem Bed & Breakfast. Unterwegs hielt ich an einem kleinen Supermarkt und stockte meine Wasser- und Essensvorräte auf: Pop-Tarts, Äpfel, Studentenfutter, Salami, Orangen, Eiweißriegel, Dörrfleisch, ein Brot mit einer harten Kruste und ein paar Konservendosen: Suppe, Chili und Eintopf.

Ich fragte die Kassiererin, ob sie etwas von dem Bed & Breakfast wüsste, aber zu meiner Verwirrung hatte sie nie davon gehört. Wie war das in einer Stadt dieser Größe überhaupt möglich? Ich ging wieder hinaus und wandte mich nach Norden, besorgt, ich könnte das Haus im Dunkeln übersehen haben. Nach einer weiteren Meile entdeckte ich am Straßenrand ein Schild, auf dem stand:

THE HOLLY HOUSE
BED & BREAKFAST RESORT

Ich war mir nicht sicher, was der Begriff »Resort« mir sagen sollte, denn das Haus sah eher ein bisschen in die Jahre gekommen aus und nicht wie eine schicke Urlaubsanlage. Scheinwerfer strahlten das Gebäude von außen an und erhellten eine Fassade, die mit Stechpalmenblättern und -kränzen verziert war.

Ich ging ums Haus und klopfte an eine Seitentür. Eine Frau mittleren Alters öffnete, bei der es sich, so meine Vermutung, um die Besitzerin des »Resorts« handelte.

»Kann ich Ihnen helfen?«

»Ich brauche ein Zimmer für die Nacht.«

»Willkommen«, sagte sie mit einem breiten Lächeln. »Mein Name ist Dawna. Bitte kommen Sie herein.«

Ich betrat das, wie es aussah, Wohnzimmer des Hauses. Es hatte einen dunkelroten Veloursteppich und waldgrüne Wände, bedeckt von gerahmten Aquarelldrucken mit weihnachtlichen Motiven.

»Wie heißen Sie?«, fragte sie.

»Alan.«

»Freut mich, Sie kennenzulernen, Alan. Wir haben fünf freie Zimmer und hinter dem Haus eine Hütte. Ich werde Ihnen alles zeigen, und dann können Sie mir sagen, welches Zimmer Sie gern hätten.«

»Spukt es in Ihren Zimmern?«, fragte ich.

Sie sah mich von der Seite an. »Nicht dass ich wüsste. Benötigen Sie denn ein Zimmer, in dem es spukt?«

Ich grinste. »Nein. Ohne Spuk ist mir recht.«

Dawna führte mich durch alle fünf Zimmer, angefangen mit dem Western-Zimmer, in dem eine Nachbildung von Wyatt Earps Revolver ausgestellt war, über das USA-Zimmer, die Hochzeitssuite und das Harley-Zimmer (zweifellos zu Ehren des alljährlichen Motorradfahrer-Treffens in Sturgis so benannt) bis hin zu dem Viktorianischen Zimmer, das mit dem Taufkleid von Dawnas Schwiegermutter und einem funktionstüchtigen, antiken Victrola-Grammophon geschmückt war.

Die Zimmer sahen alle hübsch aus, und mir war es im Grunde egal, in welchem ich schlief. Also entschied ich mich für das Western-Zimmer, aus dem einfachen Grund, weil es dem Eingang am nächsten war. Außerdem gefiel mir die Badewanne, die fast groß genug für einen Cowboy *und* sein Pferd war.

»Gute Wahl«, sagte Dawna. »Zum Frühstück morgen werde ich meine *festliche* Frühstückskasserolle servieren. Was meinen Sie, um wie viel Uhr Sie essen wollen?«

»Normalerweise stehe ich früh auf«, sagte ich, froh über die Aussicht auf etwas Schönes zum Frühstück. »Vielleicht sieben. Vielleicht noch früher.«

»Dann bereite ich das Frühstück um die Zeit für Sie vor. Gute Nacht.«

Ich ging auf mein Zimmer und schaltete den Fernseher ein, während ich mir in der Whirlpoolwanne ein Bad einließ. Im Fernsehen lief eine Reality-Show über Leute, die den unbekannten Inhalt verlassener Lagerräume ersteigerten. *Sie sollten eine Sendung über einen Typen bringen, der zu Fuß durch Amerika geht*, dachte ich. *Nur nicht über mich.*

Ich schaltete den Fernseher aus, zog mich aus und ließ mich in das Wasser sinken, das so heiß war, dass meine Haut ganz rot davon wurde. Erst nach einem langen Bad war ich bereit, mich schlafen zu legen.

Viertes Kapitel

Zu sagen, dass jemand nicht weiß, wann er aufhören soll, ist entweder eine Beleidigung oder ein Kompliment, je nachdem, was bei seinen Mühen am Ende herauskommt.

Alan Christoffersens Tagebuch

Am nächsten Morgen wachte ich zu dem Geräusch von klapperndem Geschirr auf. Ich sah auf die Uhr. Es war fast acht. Ich duschte, rasierte mich und zog mich an, dann packte ich meine Sachen und machte mich auf die Suche nach Frühstück. Dawna betrat den Speiseraum etwa im selben Augenblick wie ich.

»Guten Morgen, Schlafmütze. Bin ich froh, dass ich um halb sechs aufgestanden bin, um das Frühstück vorzubereiten.«

»Entschuldigung, ich …«

Sie winkte ab. »Ich ziehe Sie nur auf. Ich hatte noch einen anderen Gast, für den ich Frühstück herrichten musste. Was möchten Sie trinken? Ich habe Kaffee, Orangensaft, Apfelsaft, Milch – oder von allem etwas, wenn Sie möchten.«

»Kaffee und Orangensaft«, sagte ich.

Sie ging zurück in die Küche, und ich setzte mich an den Tisch, auf dem eine mit Weihnachtssternen bedruckte Tischdecke und weihnachtliche Platzdeckchen lagen, rot-golden umrandet und mit Stechpalmenblättern verziert. Das Prunkstück war ein Windlicht, umgeben von einem Stechpalmenkranz.

Ein paar Minuten später kam Dawna mit einer Kasserolle und einem silbernen Servierlöffel wieder in den Speiseraum. »Meine festliche Frühstückskasserolle ist eines der Lieblingsgerichte unserer Gäste«, erklärte sie. »Sie wird mit Schweinswurst, Cheddarkäse, scharfer Sauce, Brot und Eiern zubereitet. Es schmeckt köstlich.«

»Es sieht gut aus«, sagte ich.

»Das ist es auch.« Sie häufte mir eine große Portion aus der Kasserolle auf meinen Teller, dann sagte sie: »Oh, ich habe Ihre Getränke vergessen.«

Sie ging zurück in die Küche und war eine Minute später mit Saft und Kaffee wieder da. Sie stellte die Getränke ab und setzte sich mir gegenüber an den Tisch, offenbar, um mir beim Essen zuzusehen.

Ich nahm ein paar Bissen, während ich darauf wartete, dass sie etwas sagte, aber das tat sie nicht. Sie saß einfach nur da und sah mir zu, was mir, offen gestanden, ein bisschen unangenehm war. Schließlich fragte ich: »Wie läuft das Geschäft?«

Sie seufzte. »Im Moment ein bisschen schleppend, aber es wird langsam wieder besser. Die Touristensaison hat noch nicht begonnen. Wenn die Sturgis-Rallye ist, vermieten wir einfach das ganze Haus. Sie wissen, was die Sturgis-Rallye ist?«

Ich nickte. »Ich hatte Angestellte, die jedes Jahr dorthin gefahren sind. Die Geschichten, die sie erzählt haben …«

»Oh ja, die Geschichten sind vermutlich alle wahr. Letztes Jahr gab es da eine Frau auf einer Harley, die sich ›Lady Godiva‹ nannte. Ich muss Ihnen nicht sagen, was sie anhatte. Oder nicht anhatte.«

Die Stadt Sturgis in South Dakota ist das Epizentrum des weltweit größten Jahrestreffens von Harley-Davidson-Motorradfahrern. Jeden August fallen tausende Biker, von Wirtschaftsbossen bis zu Hells Angels, in die Stadt ein. Es gibt nichts Vergleichbares auf der Welt.

»Wie weit entfernt von Sturgis sind wir denn hier?«, fragte ich.

»Etwas über fünfzig Meilen.«

»Das würde ich gern einmal sehen.«

»Um diese Jahreszeit gibt's da nicht viel zu sehen«, sagte sie. »Natürlich ist es nicht mehr so wild wie früher. Es ist wie Weihnachten – es wurde kommerzialisiert.«

In diesem Augenblick hörte ich, wie ein Türknauf gedreht wurde und die Hintertür aufging. Ich sah hinüber, als Dawnas anderer Gast den Raum betrat. Es war Pamela.

»Hi, Alan«, sagte sie leise.

Ich starrte sie ungläubig an. »Ich dachte, Sie hätten aufgegeben.«

»Nein.«

Ich sah sie einen Moment an, dann erhob ich mich. »Na schön. Folgen Sie mir bis nach Key West, wenn Sie wollen. Aber Sie sollten sich bessere Schuhe zulegen.« Ich wandte mich an Dawna, deren Blicke nervös zwischen uns hin- und herhuschten. »Ich hätte gern meine Rechnung.«

»Ich hole sie Ihnen.« Sie stand rasch auf und trat an die kleine Nische mit dem Ahornschreibtisch. »Das macht dann neunundachtzig Dollar für die Nacht.« Sie hielt eine handgeschriebene Rechnung hoch. »Zweiundneunzig sechsundfünfzig mit Steuern.«

Pamela starrte mich an. »Alan … nur fünf Minuten. Bitte.«

»Ich habe Nein gesagt.«

Ich reichte Dawna meine Kreditkarte, und während sie sie durchzog, ging ich zurück auf mein Zimmer, um meinen Rucksack zu holen. Als ich wieder in den Speiseraum kam, war Pamela immer noch da. Ich ließ mir meine Kreditkarte wiedergeben, unterschrieb die Rechnung und ging an Pamela vorbei zur Tür.

»Bitte hören Sie mich an«, sagte sie.

»Ich habe Ihnen schon gestern gesagt, wir haben nichts zu bereden. Seitdem hat sich nichts geändert.« Ich ging zur Tür hinaus und knallte sie hinter mir zu.

Noch bevor ich das andere Ende des Parkplatzes erreichte, kam Pamela aus dem Haus. »Sie sind mir etwas schuldig«, brüllte sie.

Ich schnellte herum. »Was?«

»Sie sind mir etwas schuldig.«

Ein Anfall von Zorn wallte in mir auf. »Ich bin *Ihnen* etwas schuldig?«

Sie kam halb über den Parkplatz auf mich zu. »Oh ja. Allerdings.«

»Wofür? Dass ich ein kleines Mädchen im Stich gelassen habe? Dass ich das Leben meiner Frau ruiniert habe?«

Sie sah mir in die Augen. »McKales Leben war nicht ruiniert. Sie hatte Sie.« Sie trat näher, und ihre Stimme war jetzt ruhiger. »Wenn ich nicht eine so schlechte Mutter gewesen wäre, hätte McKale Ihnen dann so gehört, wie sie es tat? Hätte sie Sie dann so gebraucht, wie sie es tat? Hätte sie Sie überhaupt geheiratet?«

Ihre Fragen verschlugen mir für einen Moment die Sprache. Dann sagte ich: »Gehen Sie nach Hause, Pamela. Fahren Sie zurück dorthin, wo Sie sich all die Jahre versteckt haben. Sie hatten Ihre Chance.«

Ihre Augen füllten sich mit Tränen.

Ich wandte mich zur Straße um. Ich ging etwa fünfzig Meter weit, bevor ich noch einmal zurücksah. Ich konnte es nicht glauben. Sie folgte mir noch immer. Diesmal jedoch mit einem leichten Humpeln. Ich brauchte nicht lange, um sie weit hinter mir zu lassen.

Das Seltsamste, was ich an diesem Morgen – abgesehen von Pamela – sah, war ein Schild für *Red-Ass-Rhabarberwein*. Wenn ich es nicht so eilig gehabt hätte, meine Verfolgerin abzuschütteln, hätte ich vielleicht angehalten, um ihn zu kosten. Einen Schluck Wein hätte ich gut vertragen können. Pamelas Fragen ließen mir keine Ruhe.

Kurz nach Hill City kam ich zu einem Ort mit dem Namen Mistletoe Ranch, der eigentlich gar keine Ranch war, sondern ein Weihnachtsladen. Ein Schild vor dem Gebäude erklärte es: *Das ultimative Weihnachtskaufhaus*.

McKale war ein eingefleischter Fan von Weihnachten, und sie hatte mich, wie bei so vielen ihrer Leidenschaften, ebenfalls dazu bekehrt. Selbst im Frühjahr konnte ich mich der Anziehung der Weihnachtszeit nicht entziehen. Da ich Pamela seit über einer Stunde nicht mehr gesehen hatte, ging ich hinein.

Der Laden war tatsächlich randvoll mit Weihnachten. Blecherne Banjo-Weihnachtsmusik drang über mir aus Lautsprechern, und es roch nach Tannen und Kerzen mit Buttercremeduft. Auf den Regalen an den Wänden türmten sich hunderte einzigartiger weihnachtlicher Dekorationen, Nippesgegenstände und Sammlerobjekte, von Betty-Boop-Weihnachtsschmuck über Elvis-Strümpfe bis hin zu Miniatur-Weihnachtsdörfern aus Porzellan.

Es gab ein paar Dinge, die ich gern haben wollte, aber da es absurd gewesen wäre, irgendetwas zu kaufen, was ich mit mir herumschleppen müsste (auch wenn ich in Versuchung war, eine Marilyn-Monroe-Figur zu kaufen, die ich von meinem Rucksack baumeln lassen könnte), verließ ich das Geschäft mit leeren Händen. Aber mein Zwischenstopp war keine Zeitverschwendung gewesen. Der Besuch hatte mich von den Emotionen abgelenkt, die meine Begegnung mit Pamela aufgewühlt hatte. Egal, zu welcher Jahreszeit, eine gesunde Dosis Weihnachten hebt jedes Mal die Stimmung.

Als ich die Tür öffnete, sah ich zuerst in beide Richtungen, ob Pamela in der Nähe war. Tatsächlich, da war sie. Ich habe keine Ahnung, woher sie wusste, dass ich in das Geschäft gegangen war – sie war nirgends zu sehen gewesen, als ich es betreten hatte –, aber jetzt stand sie da, auf der anderen Straßenseite, und wartete auf mich.

Ich setzte meinen Weg fort, mit noch schnelleren Schritten als sonst. Binnen einer Viertelstunde war Pamela wieder außer Sichtweite, auch wenn ich inzwischen nicht mehr glaubte, dass sie die Verfolgung aufgegeben hatte.

Ein paar Meilen hinter Hill City teilte sich der Highway. Ich ging auf der 16 in östlicher Richtung weiter, bis die Straße wieder nach Norden verlief. Gegen Mittag erreichte ich das geschichtsträchtige Rockerville Café, wo ich einkehrte, um einen Hamburger zu essen – ohne zu erfahren, was den historischen Wert des Lokals ausmachte. Ehrlich gesagt war mir das auch egal. Nachdem ich Idaho durchquert hatte, wo alles historisch bedeutsam war, hatte dieses Etikett seinen Glanz verloren.

Ich hielt mich nicht lange auf. Zwar hoffte ich, dass ich Pamela dort abgehängt hatte, wo sich der Highway teilte – aber falls dem nicht so war, wollte ich ihr nicht die Gelegenheit geben, mich einzuholen. Ich war erleichtert, dass sie nicht dastand, als ich das Café verließ.

Ein paar Meilen hinter dem Café wies mich ein Schild der Forstverwaltung darauf hin, dass ich den Nationalforst Black Hills jetzt verließ, auch wenn es nicht den Anschein hatte:

So weit ich sehen konnte, war die Straße weiterhin von Wald gesäumt. Dazwischen lagen Touristenattraktionen, deren Betreiber offenbar hofften, die Krümel vom Tisch des Mount Rushmore aufzupicken.

Ich kam am nächsten Weihnachtsladen vorbei (Weihnachten ist in South Dakota offenbar ein Kassenschlager) und an Bear Country USA – einem Drive-through-Wildpark mit einer Fläche von 250 Morgen, der sich rühmt, die größte Anzahl von Schwarzbären in Privatbesitz zu haben. Vom Highway aus konnte ich einige der Bären sehen, und ich musste wieder an den wilden Grizzly denken, dem ich drei Wochen zuvor in Yellowstone begegnet war. Diese in Gefangenschaft lebenden Bären wirkten dagegen nicht annähernd so lebendig oder gefährlich. Tatsächlich sahen sie ruhiggestellt und ungefähr so munter aus wie mein Vater eine Stunde nach dem Thanksgiving-Dinner.

Auf diesem Wegabschnitt gab es vielleicht mehr Touristenattraktionen als irgendwo sonst in Amerika. Ich kam an einem Reptilienzoo, einem Wachsmuseum, einem Maislabyrinth und einer Berg-Seilrutsche vorbei, wobei mich Letztere an meinen elften Geburtstag erinnerte.

Es war ein denkwürdiger Geburtstag. Um genau zu sein, war es unmöglich, ihn zu vergessen. In einem seltenen Moment der Selbstbetrachtung entschied mein Dad, dass ein pflichtbewusster Vater in Ermangelung einer Mutter wenigstens einmal im Leben eine Geburtstagsparty für seinen einzigen Sohn ausrichten sollte. Das war etwas, was er bis dahin noch nie getan hatte, daher war es kein Wunder, dass er keine Ahnung hatte, wie er es anstellen sollte. Ich habe einmal zugesehen, wie mein Vater einen 5PS-Briggs & Stratton-Motor aus unserem Rasenmäher ausbaute, in seine Bestandteile zerlegte und exakt wieder zusammensetzte. Aber er konnte beim besten Willen keine Geburtstagsparty auf die Beine stellen.

Zuerst einmal lud er wahllos Kinder aus der Nachbarschaft ein, von denen ich viele gar nicht kannte, darunter zwei Schwestern, deren Familie eben erst aus Ungarn in die USA eingewandert war. Die Mädchen sprachen kein Englisch, zumindest nicht, soweit irgendjemand von uns gehört hatte, und sie hockten die ganze Zeit zu zweit zusammen und flüsterten ängstlich miteinander.

Mein Vater lieh sich einen Minivan und fuhr mit uns sieben Kindern zu einem Pizza Hut (im Grunde eine ziemlich gute Idee) und dann zu einer Seilrutsche, für die er einen Gutschein gefunden hatte, etwa eine Dreiviertelstunde von unserem Zuhause entfernt.

Die ungarischen Mädchen wurden auf der Party erst dann richtig wahrgenommen, als sich die jüngere der beiden (keiner von uns erfuhr je ihre Namen) mit ihren langen blonden Haaren irgendwie im Flaschenzug verhedderte und so wortwörtlich mitten auf der Strecke hängenblieb. Dort baumelte sie an die hundert Meter über der Erde, während sie hysterisch schrie.

Die Rettungsaktion war den Eintrittspreis mehr als wert. Wir und ein paar Dutzend andere aus wartenden Gruppen sahen mit offenem Mund zu, wie sich einer der Mitarbeiter der Seilrutsche ein Paar dicke Handschuhe überstreifte und an dem Seil hinunterrutschte, bis er nah genug an dem Mädchen war, um ihr die Haare mit einer Drahtschere abschneiden zu können. Sobald sie befreit war und weiter an dem Seil hinunterrollte, jubelten und klatschten wir begeistert, und wir alle werteten die Rettungsaktion als großen Erfolg. Wir alle, das hieß, bis auf die Schwestern. Ihren geröteten und tränenverschmierten Gesichtern nach zu urteilen, waren sie wohl anderer Meinung. Das ältere der Mädchen begutachtete unter Tränen immer wieder die abgeschnittenen Haare seiner Schwester.

Als wir nach Hause in unser Viertel kamen, setzte mein Dad die beiden Schwestern in ihrer Auffahrt ab und schoss davon, bevor sie ihre Haustür erreichten. Ich fragte ihn, ob er ihren Eltern nicht sagen sollte, was passiert war, aber mein Dad murmelte nur: »Sie sprechen nicht so gut Englisch« und: »Sie sind aus einem kommunistischen Blockstaat, da sind sie so etwas gewohnt.« Ich grübelte noch jahrelang über seine Bemerkung nach, und jedes Mal, wenn ich irgendetwas über ein kommunistisches Land hörte, stellte ich mir unglückliche Mädchen mit ungleichmäßig abgeschnittenen Haarbüscheln vor.

Bei Einbruch der Dämmerung war ich kurz vor Rapid City, und wenn ich mit dem Auto unterwegs gewesen wäre, dann wäre ich weiter bis ins Stadtzentrum gefahren, aber ich hatte an dem Tag bereits zwanzig Meilen zurückgelegt, und vor mir ragte ein bedenklich steiler Hügel auf, daher beendete ich meinen Tag vor der Stadtgrenze beim Happy Holiday Motel. Ich rechnete jeden Augenblick damit, Pamela hinter mir aus einem Wagen steigen zu sehen, aber das passierte nicht. Ich war so dumm und optimistisch, zu glauben, sie hätte endlich aufgegeben und den Rückzug angetreten. Ein großer Irrtum.

Fünftes Kapitel

Gestern Nacht träumte ich, ich würde McKale küssen. Als ich meine Lippen auf ihre presste, wurde ich von übergroßer Freude erfüllt. Dann verwandelte sich meine Freude in Entsetzen, weil ich begriff, dass ich sie nicht küsste, sondern ihr eine Mund-zu-Mund-Beatmung gab.

Alan Christoffersens Tagebuch

Als ich am nächsten Morgen aufwachte, fragte ich mich, was Pamela mir wohl sagen wollte. Wenn sie gekommen war, um sich zu entschuldigen, dann war sie zu spät dran. Der Mensch, bei dem sie sich hätte entschuldigen müssen, lebte nicht mehr.

Nach dem Frühstück dehnte ich kurz die Beine und den Rücken, dann machte ich mich wieder auf den Weg.

Ich mag keine Tage, die mit großen Hügeln anfangen; dasselbe galt im übertragenen Sinn schon damals, als ich meine Werbeagentur leitete. In weniger als zwei Stunden erhob sich Rapid City vor mir.

Rapid City erinnerte mich sehr an Spokane. Da es die erste Stadt nennenswerter Größe war, durch die ich seit Cody, Wyoming, kam, beschloss ich, die Truckerroute links liegen zu lassen und durch die Stadt zu gehen. Zweifellos inspiriert von der präsidialen Erhabenheit des Mount Rushmore stand an jeder Straßenecke eine Bronzestatue, die einen US-Präsidenten bei irgendeiner Aktivität darstellte, die für seine Amtszeit typisch war.

Ich erkannte nicht viele von ihnen. Ehrlich gesagt erkannte ich kaum einen. Das war kein Wunder. Ich meine, könnte irgendjemand, der heutzutage lebt, bei einer polizeilichen Gegenüberstellung auf James K. Polk zeigen oder Rutherford B. Hayes erkennen, wenn er ihm in einem Aufzug begegnen würde? Oder was war mit William Henry Harrison, unserem Präsidenten mit der kürzesten Amtszeit, der nach nur zweiunddreißig Tagen im Amt verstarb? Ich fragte mich, wie seine Statue wohl aussah – ein Mann im Bett?

Am Ende der Einkaufsstraße bog ich nach links auf den East Boulevard zur I-90 ein. In der Stadt kommt man zu Fuß grundsätzlich langsamer voran, und mein Weg wurde durch eine längere Baustelle zusätzlich verzögert, weil ich auf den nächsten paar Meilen immer wieder Straßenbauarbeitern und ihren schweren Maschinen ausweichen musste. Ich hatte die Stadt noch nicht einmal zur Hälfte durchquert, als ich mich schon wieder nach der Wildnis sehnte.

Das einzige Lokal, das ich – abgesehen von den üblichen Fastfoodketten – sah, war ein vietnamesisches Restaurant, das sich interessant anhörte. Nachdem ich es betreten hatte, bestellte ich letztendlich jedoch Dinge, die gar nicht vietnamesisch waren – Sesamhühnchen und Thai-Curry-Shrimps. Beides schmeckte gut. Ich aß rasch auf, um mich wieder auf den Weg machen und die Stadt verlassen zu können.

Bei einem Lebensmittelgeschäft hielt ich an, um meine Vorräte aufzustocken: Dosenobst, Dörrfleisch, Energieriegel, Brot, Pop-Tarts, ein Glas Artischockenherzen und Wasser. Eine halbe Stunde nach dem Lebensmittelgeschäft erreichte ich die Interstate 90 und nahm den Weg nach Osten.

Auf der Interstate herrschte gefährlich viel Verkehr, und die meiste Zeit war ich gezwungen, auf dem holperigen, mit Schlaglöchern übersäten Seitenstreifen zu laufen.

Bis zum Spätnachmittag ließ wenigstens der Verkehr nach, während die Landschaft eintönig und kahl wurde. Riesige Wohnwagenparks, ganz ohne Bäume, schufen eine trostlose Atmosphäre. Ich kam mir vor, als wäre ich wieder in Ost-Wyoming. Aber nur, bis ich mein erstes Wall-Drug-Schild sah.

Wall Drug ist eine Legende, eine echte amerikanische Erfolgsgeschichte und eine Fallstudie über die Macht der Werbung. Jeder Werbetyp, der sein Geld wert ist, kennt Wall Drug.

Die Wall-Drug-Story begann im Jahr 1931 in Canova, South Dakota, als Ted Hustead, ein junger Apotheker, den verhängnisvollen Entschluss fasste, sich selbstständig zu machen. Mit dem Dreitausend-Dollar-Erbe seines Vaters sprangen er und seine Frau Dorothy in ihr Model T und begannen, den Bundesstaat nach einem Laden abzuklappern, den sie kaufen könnten.

Ihre Suche führte sie zu der kleinen, trostlosen Stadt Wall in South Dakota – eine Gegend des Bundesstaates, die Teds Schwiegervater als »so gottverlassen, wie es schlimmer nicht geht« bezeichnete. Die Stadt lag nicht nur mitten im Nirgendwo, sie war auch arm – ihre Bewohner hauptsächlich die mittellosen Überlebenden der Weltwirtschaftskrise. Wall war kaum der richtige Ort, um ein erfolgreiches Geschäft zu gründen.

Trotz der offenkundigen Nachteile fühlten sich Ted und Dorothy in der kleinen Stadt zu Hause, hauptsächlich weil es eine katholische Kirche gab, in der sie jeden Tag zur Messe gehen konnten. Sie beteten angesichts ihrer Entscheidung, und da sie göttlichen Segen zu verspüren meinten, beschlossen sie, die ums Überleben kämpfende Drogerie zu kaufen.

Während erst die Monate und dann die Jahre verstrichen,

hielt sich die Drogerie mühsam über Wasser, immer in Gefahr, in den Abgrund gerissen zu werden. Trotz seines Glaubens begann sich Ted zu fragen, ob sie das Richtige getan hatten. Schließlich entschied er, dem Geschäft noch fünf Jahre zu geben. »Fünf gute Jahre«, sagte er zu seiner Frau, »und wenn es bis dann noch nicht läuft …«

Dorothy war optimistischer. »In ein paar Jahren wird das Monument am Mount Rushmore fertig sein«, überlegte sie. »Dann wird es hier deutlich mehr Verkehr und Umsatz geben.«

Sie hatte recht, zumindest teilweise. Jedes Jahr nahm der Verkehr in Wall zu, aber ihr Umsatz nicht. Tag für Tag saßen die beiden auf der Veranda vor ihrem Geschäft und sahen zu, wie die Autos vorbeifuhren – und nur wenige davon in der staubigen kleinen Stadt hielten.

Dann, eines Tages, hatte Dorothy einen Geistesblitz. Mitten im Nirgendwo zu sein hieß, dass all diese Leute, die an ihnen vorbeifuhren, eine lange Strecke durch die heiße, trostlose Prärie hinter sich hatten. »Sie sind durstig«, sagte Dorothy. »Sie wollen Wasser. Eiskaltes Wasser. Und wir haben jede Menge Eis und jede Menge Wasser.«

Am nächsten Tag malte Ted mehrere Schilder, auf denen KOSTENLOSES EISWASSER angeboten wurde. Dann stellte er seine Schilder jeweils mit etwa einer Meile Abstand an der Straße zu ihrem Geschäft auf. Bis er zurück zu ihrer Drogerie kam, hielten bereits die ersten Leute, um sich kostenloses Eiswasser geben zu lassen – und Dorothy lief sich die Füße wund, um ihren anderen Einkaufswünschen nachzukommen.

Heute zieht die weltberühmte Drogerie jedes Jahr Millionen von Besuchern an, bis zu zwanzigtausend täglich. Ihre Werbeschilder, wie das, das ich eben gesehen hatte, waren zwar kleiner als herkömmliche Plakatwände, aber was ihnen an Größe fehlte, das machten sie durch Häufigkeit wett, mit Werbesprüchen, die jeden ansprechen sollten.

Von dem Augenblick an, als ich dieses erste Schild sah, war immer ein Schild in Sichtweite.

Hol dir einen Milchshake. Wall Drug
Hol dir ein Malzbier. Wall Drug
Ganz in der Nähe. Wall Drug
Kostenloser Kaffee & Donuts für Vietnam-Veteranen.
Wall Drug

Noch immer ein Sklave einer alten Werbe-Gewohnheit von mir, zückte ich mein Tagebuch und begann, die Slogans aufzuschreiben. Als ich mit meinen Aufzeichnungen begann, war ich bereits an vier Schildern vorbeigekommen, und ich war immer noch über vierzig Meilen von Wall entfernt.

Bis zum Abend hatte ich an die neunzehn Meilen zurückgelegt, über weite Strecken hinweg mit nichts als Ebenen, Feldern und Wall-Drug-Schildern. Das letzte Tageslicht schwand bereits, und ich hielt nach einem Platz zum Zelten Ausschau, als etwa fünfzig Schritte hinter mir ein Wagen zum Stehen kam. Die Tür ging auf, und Pamela stieg aus. Sie bedankte sich bei dem Fahrer und schloss die Tür.

»Alan«, sagte sie.

Nicht zu fassen, dachte ich. *Sie ist wirklich der Inbegriff der Stalker.*

Ich verschob meinen Plan, zu zelten, auf später und ging weiter. Pamela folgte mir. Ich ging vielleicht noch fünf Meilen weit, bis nichts mehr von ihr – oder irgendetwas sonst – zu sehen war, nur noch eine Menge Nichts und die Wall-Drug-Schilder. Es war eine laue Nacht, und ich rollte meine Matte und den Schlafsack unter einer Freeway-Überführung aus. Ich fragte mich, wie Pamela die Nacht zu verbringen gedachte.

Am nächsten Morgen wachte ich kurz vor Sonnenaufgang auf. Ich sah mich nach Pamela um, konnte sie aber nirgends entdecken, obwohl ich mir sicher war, dass sie irgendwo dort draußen sein musste. Ich fragte mich, wie sie überlebte. Sie hatte keinen Proviant, keinen Schlafsack, keine Luftmatratze, nur eine schlichte Damenhandtasche und schlechte Schuhe. *Hatte sie wirklich auf der Straße geschlafen?*

Ich aß zwei Pop-Tarts, einen Energieriegel und einen Apfel, dann machte ich mich wieder auf den Weg für einen neuen Tag voller Wall-Drug-Schilder.

Wall Drug. Historische Fotos
Wall Drug. Noch 33 Meilen
Alle Wege führen nach Wall Drug
Westernkleidung. Wall Drug
Sheriff im Dienst. Wall Drug
Western-Inneneinrichtung. Wall Drug
Wall Drug oder Untergang
Zwei Meter großes Kaninchen. Wall Drug
Büffel-Burger. Wall Drug
Kostenloses Eiswasser. Wall Drug
Sei du selbst. Wall Drug
Badlands-Straßenkarten. Wall Drug
Eisgekühltes Bier. Wall Drug
Greif zu. Wall Drug

Nachdem ich etwa eine Stunde gelaufen war, sah ich weit vor mir jemanden gehen. *Das kann nicht sein,* dachte ich. *Das kann nicht* sie *sein.*

Sie war es. Pamela ging vor mir her. Selbst aus der Ferne konnte ich sehen, dass sich ihr Humpeln verschlimmert hatte.

Ich wechselte die Straßenseite. Als ich neben ihr war, konnte ich erkennen, wie schlimm sie wirklich aussah. Ihr Haar war verfilzt, und ihr Gesicht war blass.

»Bitte reden Sie mit mir«, sagte sie. »Ich flehe Sie an.«

»Fahren Sie nach Hause, Pamela.«

»Ich werde nicht aufgeben«, sagte sie. »Es ist mir egal, und wenn es mich umbringt.«

»Das könnte es durchaus«, sagte ich.

»Bitte.«

Ich ging weiter.

Wall Drug USA Ausfahrt 110
Wall Drug seit 1931
Kaffee 5 Cent. Wall Drug
Ein Muss in Dakota. Wall Drug
Erfrischendes kostenloses Eiswasser. Wall Drug

Gegen Mittag hielt ich am Straßenrand, um eine Dose Obstcocktail, noch einen Energieriegel und meine eigene Erfindung, ein Dörrfleisch-Sandwich, zu essen. Das Land war flach, aber abgesehen von den Schildern gab es nichts, so weit das Auge reichte, Pamela eingeschlossen.

Touristen-Info. Wall Drug
Skinny Saloon. Wall Drug
Es ist cool. Wall Drug
Erleben Sie das Wall-Drug-Bergbauunternehmen
Eine amerikanische Ikone. Wall Drug
Kinder lieben Wall Drug

Während ich durch die gleich bleibende Landschaft ging, schweiften meine Gedanken ab. Ich fragte mich, wie es Kailamai und Nicole wohl ging. Nicole war die Frau, die mich bei sich aufgenommen hatte, nachdem ich in der Nähe von Spokane überfallen worden war. Kailamai war eine junge Ausreißerin, die ich wenig später hinter Coeur d'Alene, Idaho, kennengelernt hatte. Ich hatte die beiden miteinander bekannt gemacht, und Kailamai war jetzt Nicoles Mitbewohnerin. Es schien Monate her zu sein, seit ich die beiden zuletzt gesehen hatte. Ich zählte die Tage zurück. Sechsunddreißig Tage. Nur sechsunddreißig Tage. Es kam mir vor wie sechs Monate. Wenn nicht mehr.

Mir fiel ein, dass ich damals in Spokane versprochen hatte, meinen Vater jede Woche anzurufen. Er hatte mir eigens zu diesem Zweck ein Handy gekauft. Ich war mir nicht sicher, ob ich hier draußen Empfang haben würde oder nicht, aber ich blieb stehen, nahm mein Handy aus meinem Rucksack und schaltete es ein. Zwei Balken erschienen. Ich drückte auf die Taste mit der 1 und rief meinen Vater an. Er nahm noch vor dem zweiten Klingeln ab.

»Wo bist du?«, fragte er.

»Mitten im Nirgendwo. Ich bin in South Dakota auf dem Highway 90.«

»Bist du schon an Wall Drug vorbeigekommen?«, fragte er.

»Du kennst Wall Drug?«, fragte ich.

»Jeder kennt Wall Drug«, sagte er. »Es stand im *Reader's Digest* und im *Life*-Magazin.« In der Welt meines Vaters hatte *jeder* diese Zeitschriften gelesen. Las sie noch immer.

»Nein. Aber ich bin an etlichen ihrer Schilder vorbeigekommen.«

»Für diese Schilder sind sie berühmt. Wie geht es dir?«

»Ganz gut. Und dir?«

»Du kennst mich doch. Nichts ändert sich.«

»Hast du von Nicole gehört?«

»Ja. Wir sprechen uns ein paarmal die Woche. Sie ist eine richtig nette junge Dame. Wir gehen es langsam an. Ich habe sie mit einem individuellen Rentenkonto und ein paar Investmentfonds versorgt.«

»Wie geht es ihr?«

»Sehr gut. Sie hat ja dieses Erbe.«

»Ich meinte nicht finanziell«, sagte ich.

»Oh. Na ja, davon weiß ich nichts. Sie hörte sich gut an.«

»Hat sie etwas von Kailamai gesagt?«

»Von wem?«

»Offenbar nicht.«

»Sie hat nach dir gefragt. Sie wollte wissen, ob ich von dir gehört hätte und wie es dir geht.«

»Sag ihr, ich bin immer noch unterwegs.«

Er lachte. »Werde ich machen. Wenn ich es nicht besser wüsste, würde ich sagen, sie klang ein bisschen verknallt.«

»In wen?«

»Was meinst du wohl?«

Ich war mir nicht sicher, wie ich darauf reagieren sollte, daher wechselte ich das Thema. »Irgendetwas Seltsames ist hier los. McKales Mutter ...«

»Pamela«, schnitt mir mein Vater das Wort ab. Ich wunderte mich, dass er ihren Namen wusste. Aber natürlich wusste er ihn. Er und Sam waren über zehn Jahre Nachbarn gewesen.

»Richtig, Pamela«, sagte ich. »Sie folgt mir.«

»Sie folgt dir? In ihrem Wagen?«

»Zu Fuß.«

»Sie geht den Weg mit dir?«

»Nicht *mit* mir. Sie verfolgt mich.«

Eine lange Pause trat ein. »Was will sie denn?«

»Ich bin mir nicht sicher. Sie sagt, sie will mit mir reden.«

»Worüber?«

»Keine Ahnung.«

»Warum fragst du sie nicht?«

»Ich versuche ihr aus dem Weg zu gehen.«

»Ich habe sie bei McKales Beerdigung gesehen«, sagte er.

»Ich weiß. Ich auch.«

»Vielleicht solltest du einfach herausfinden, was sie will.«

»Vielleicht sollte sie einfach nach Hause fahren«, sagte ich.

Er schwieg. Einen Augenblick später sagte ich: »Weißt du noch, wie du diese Geburtstagsparty für mich ausgerichtet hast und wir zu der Seilrutsche gefahren sind?«

»Ja. Und dieses deutsche Mädchen ist mit den Haaren im Flaschenzug hängen geblieben.«

»Sie war Ungarin.«

»Richtig. Was ist damit?«

»Danke«, sagte ich.

»Wofür?«

»Dass du diese Party für mich ausgerichtet hast.«

Er schwieg einen Moment. »Gern geschehen.«

»Wir sprechen uns nächste Woche«, sagte ich.

»Okay. Pass auf dich auf.«

»Bis dann.«

Ich legte auf, verstaute das Handy in meinem Rucksack und ging weiter.

Hausgemachte Pastete. Wall Drug
Fastfood. Wall Drug
Hausgemachtes Eis. Wall Drug
Wall Drug, wie man es auf CMT sieht

Heißer Kaffee 5 Cent. Wall Drug
Westernkleidung. Wall Drug
Der letzte Schrei. Wall Drug
Hausgemachte Donuts. Wall Drug
Kostenloser Kaffee und Donuts für Flitterwöchner

In jener Nacht schlief ich hinter einem der Wall-Drug-Schilder – einer Reklame für Kaffee zu fünf Cent. Die Straße war flach und glatt, was mir das Gehen erleichterte, aber es gab nirgends eine Raststätte. Ted Husteads Schwiegervater hatte recht, dieser Ort war so gottverlassen, wie es auf dieser Erde schlimmer nicht ging. Zum Glück war ich darauf vorbereitet. Ich hatte mich in dem Lebensmittelladen von Rapid City nach diesem Wegabschnitt erkundigt und erfahren, dass bis Wall nichts mehr kam. Ich hatte mehrere Liter Wasser eingepackt, von denen ich trotz des Gewichts nur sparsam trank.

Dabei fragte ich mich: Woher bekam Pamela eigentlich Wasser?

Sechstes Kapitel

Meine Stalkerin hat mich zum Handeln gezwungen.

ALAN CHRISTOFFERSENS TAGEBUCH

In jener Nacht schlief ich nicht gut. Der Boden kam mir härter vor als sonst, falls das überhaupt möglich war. Mein Wasser war warm, und kostenloses Eiswasser bei Wall Drug hörte sich ziemlich gut an. Dorothy Hustead war eine kluge Frau.

Beim Frühstück stellte ich fest, dass eine Feldmaus in meinen Rucksack gelangt war und die Ecke eines Erdnussbutter-Energieriegels angeknabbert hatte. Ich brach die verdorbene Ecke ab und aß den restlichen Riegel auf, dazu ein Stück Brot und meine letzte Dose Obstcocktail. Dann rollte ich meinen Schlafsack zusammen und machte mich wieder auf den Weg. Ich hatte leichte Rückenschmerzen. Wie sehr sehnte ich mich nach einem richtigen Bett!

Zwei Meilen später öffnete sich die Landschaft in ein Tal – eine willkommene Abwechslung nach der Ödnis der endlosen Ebenen. Die Schilder waren immer noch da.

Neuer Dinosaurier. Wall Drug
Campingzubehör. Wall Drug
Toller heißer Kaffee 5 Cent. Wall Drug

War es, bei einem solchen psychologischen Angriff, irgendjemandem möglich, bei Wall Drug *nicht* anzuhalten? Das hier war eindeutig ein Beispiel dafür, wie die Werbung faszinierender wurde als das Produkt selbst, wie bei den California Raisins oder Pepto-Bismol.

Nach fünf Meilen kam ich durch die Stadt Wasta. Seltsamer Name. Ich habe keine Ahnung, was er bedeutet.

Wasta war eigentlich kaum eine Stadt, aber es war die erste, zu der ich seit Rapid City kam. Der Highway überquerte den Cheyenne River, das erste Gewässer, das ich seit einer ganzen Weile sah. Eine halbe Stunde hinter dem Fluss kam ich zu einem Rastplatz, wo ich die Toilette aufsuchte. Ich steckte mir etwas Toilettenpapier ein, da meines allmählich zur Neige ging. Und ich füllte meine Wasserflaschen mit frischem Wasser auf.

Während ich mir die Flaschen an den Hosenbund schnallte, ging mir wieder die Frage durch den Kopf, wie Pamela an Wasser kam. Was, wenn sie das mit dem Sterben wirklich ernst gemeint hatte? Ihr zuliebe hoffte ich, dass sie so klug gewesen war, zurück nach Custer zu trampen, oder wo immer sie ihren Wagen gelassen hatte. Das musste sie getan haben, es gab keine andere Möglichkeit. Sie konnte nicht so weit gekommen sein, ohne irgendwo Wasser zu finden.

Nach meinem Aufenthalt auf dem Rastplatz tauchten die Wall-Drug-Schilder in immer kürzeren Abständen auf und versicherten mir, dass es nicht mehr weit war. Bei meinem gegenwärtigen Tempo würde ich Wall am Spätnachmittag erreichen.

Black Hills Gold. Wall Drug
Ausfahrt 109. Wall Drug
Erleben Sie Wall Drug
Kaffee 5 Cent. Wall Drug

Conoco und Wall Drug
Der Wilde Westen. Wall Drug
Tourbus-Haltestelle. Wall Drug
Kostenloser Kaffee und Donuts für Veteranen. Wall Drug
Berühmte Western-Kunstgalerie – ein Muss in Wall Drug

Ich hielt die Schilder noch immer in meinem Tagebuch fest. Aus Neugier zählte ich die Einträge, als ich Mittagspause machte. Zweiundfünfzig. Und das waren nur die, an denen ich in östlicher Richtung vorbeigekommen war. Ich war mir sicher, dass es auf der anderen Seite von Wall mindestens genauso viele gab. Das hieß, über einhundert Schilder. Angesichts der Tatsache, wo diese Schilder aufgestellt waren – am Rande von Farmen –, nahm ich an, dass die Wall-Drug-Leute nicht die üblichen Werbegebühren bezahlten, da eine Außenwerbekampagne dieser Größenordnung ein Vermögen kosten würde. Vermutlich war es ein Deal unter Nachbarn – ein, zwei Kuchen pro Woche oder kostenloses Eis für die Kinder des Farmers. Der Süden von South Dakota schien mir noch immer diese Art Gegend zu sein.

Ein paar Meilen später sah ich auf der Südseite der Straße Bahngleise. Ich fragte mich, wo sie die letzten fünfzig Meilen gewesen waren.

Eine Stunde nach dem Mittagessen kam ich zu einem ziemlich großen Teich mit einladend blauem Wasser. Ich kletterte den abschüssigen Seitenstreifen des Highways hinunter zum Rand des Teichs. Da keine Autos in Sicht waren, zog ich mich aus und sprang hinein. Seit zwei Tagen, seit dem Happy Holiday Motel, hatte ich nicht mehr gebadet und kam mir so klebrig vor wie eine Rolle Fliegenpapier. Das Wasser fühlte sich wundervoll an. Ich wusch mir die

Haare und den Körper mit einer kleinen Flasche Shampoo, die ich vom Holly House Bed & Breakfast übrig hatte.

Ich badete ungefähr zwanzig Minuten lang, dann trocknete ich mich ab, zog mich an und kletterte wieder zum Highway hoch. Zwei Stunden später hörte ich das inzwischen vertraute Geräusch eines Wagens, der hinter mir anhielt. Pamela. *Wenigstens hat sie keine Schwierigkeiten damit, mitgenommen zu werden*, dachte ich. Natürlich, wenn ich eine Fremde – eine ältere Frau – an dieser Straße trampen sehen würde, dann würde mein Gewissen es mir auch verbieten, an ihr vorbeizufahren. Aber für mich war sie keine Fremde. Ich wusste, was sie getan hatte.

Während ich zusah, wie sie aus dem Wagen stieg, konnte ich erkennen, dass irgendetwas nicht stimmte. Der Fahrer des Wagens sagte etwas zu ihr, und seine Worte, auch wenn ich sie nicht verstehen konnte, klangen flehend. Pamela bedankte sich knapp und schloss die Wagentür, leicht taumelnd, als sie einen Schritt zurücktrat. Selbst aus dieser Entfernung konnte ich sehen, dass es ihr nicht gut ging. Sie ging zu einer Seite gebeugt, und ihre Schritte waren unbeholfen.

Ich hatte einmal von Leuten gelesen, die auf den Knien nach Mekka krochen, um für ihre Sünden zu büßen. Ich fragte mich, ob Pamela diese Reise in gewisser Weise als ihre Buße ansah. Vielleicht hatte sie wirklich vor, sich zu Tode zu laufen. Ich wollte nicht darüber nachdenken. Ich ging weiter, vorbei an noch zwei Schildern.

Wall Drug, USA. Gleich da
Hausgemachte Lunch Specials. Wall Drug

Ein paar Minuten später warf ich noch einmal einen Blick hinter mich. Pamela war weiter zurückgefallen, als ich vermutet hatte. Um genau zu sein, sah es aus, als hätte sie nicht mehr als ein paar Schritte getan, seit sie aus dem Wagen gestiegen war. Ich ging weiter, aber keine Minute später drehte ich mich noch einmal um. Pamela lag mit dem Gesicht nach unten auf dem Boden.

Ich ließ meinen Rucksack am Straßenrand fallen und begann zu ihr zurückzusprinten.

Je näher ich kam, desto beunruhigter wurde ich. Sie bewegte sich nicht. Als ich vielleicht noch dreißig Meter von ihr entfernt war, legte ich mir die Hände an den Mund und rief: »Pamela!«

Keine Reaktion. Ich rief noch einmal: »Pamela!«

Sie hob langsam den Kopf, sodass ihr Kinn den Asphalt berührte. Sie sah mich mit verwirrter Miene an. Als ich bei ihr ankam, kauerte ich mich neben sie. »Alles okay mit Ihnen?«

Sie gab keine Antwort. Ihre Augen huschten rasch hin und her. Ihr Gesicht war auf einer Seite aufgeschürft, und ihre Haut gerötet. Ihre Lippen waren aufgesprungen. Ihr Mund bewegte sich, aber das Sprechen fiel ihr schwer. »Entschuldigung«, sagte sie.

»Wann haben Sie denn das letzte Mal etwas getrunken?«, fragte ich sie, während ich eine Wasserflasche von meinem Hüftgürtel abmachte.

»Ist lange her«, lallte sie.

Ich hielt ihr die Flasche an die Lippen. Sie öffnete den Mund, und ich goss das Wasser langsam hinein. Sie trank mit großen Schlucken, auch wenn dabei viel Wasser an ihrem Mund vorbei und über ihr Gesicht lief. Sie hielt nur ein paarmal mit dem Trinken inne und leerte die ganze Flasche in weniger als einer Minute. Als die Flasche leer war, streckte sie sich wieder auf dem Bauch aus, das Gesicht in den Armen vergraben.

Sie lag noch eine Viertelstunde so da, bevor sie sich auf die Seite rollte. »Danke.«

»Möchten Sie noch etwas Wasser?«

Sie nickte. »Ja.« Ihre Sprechweise klang bereits besser.

Ich schnallte meine andere Flasche ab, die nur halb voll war. Diesmal hielt sie die Flasche selbst, leerte sie aber ebenso rasch wie die erste. Als sie das Wasser ausgetrunken hatte, reichte ich ihr einen Energieriegel aus meiner Hosentasche. »Hier, nehmen Sie das.« Ich wickelte ihn für sie aus. »Sie brauchen Kohlehydrate.«

Sie verschlang den Riegel geradezu.

»Es war dumm von Ihnen, mir zu folgen«, sagte ich. »Sie sind nicht darauf vorbereitet. Sie hätten hier draußen sterben können.«

Sie sah langsam zu mir hoch. »Und wenn es so wäre?«

Ich sah sie lange an, dann sagte ich: »In Wall gibt es ein Hotel. Ich bringe Sie dorthin. Können Sie gehen?«

»Werden Sie mit mir reden, wenn ich es tue?«

»Nein.«

»Dann gehen Sie«, sagte sie. »Lassen Sie mich einfach allein.«

»Ich lasse Sie nicht allein.«

Trotz ihres geschwächten Zustands schrie sie: »Lassen Sie mich allein!« Sie legte sich wieder mit dem Gesicht auf den Asphalt. »Lassen Sie mich einfach allein.«

Ich sah mich um. Es war niemand sonst zu sehen. Ich atmete langsam aus. »Okay. Ich werde mit Ihnen reden.«

Sie sah zweifelnd zu mir hoch.

»Kommen Sie«, sagte ich. »Ich meine es ernst. Ich bringe Sie nach Wall, und wir werden reden.«

Sie schloss für einen Moment die Augen, dann rappelte sie sich mühsam auf die Knie hoch. Ich nahm ihren Arm und half ihr auf die Beine. Die Vorderseite ihrer Bluse war verschmutzt und ihre Arme gerötet und pockennarbig von den Steinen, auf die sie gestürzt war.

Sie tat einen Schritt, wobei sie sich schwer an mich lehnte. Dann noch einen. Wir brauchten über zwanzig Minuten, um zurück zu meinem Rucksack zu kommen, und fast fünfundvierzig, um die eine Meile bis zur Ausfahrt nach Wall zu laufen. Nur ein paar Autos fuhren an uns vorbei, und obwohl ich den Daumen ausstreckte, hielt keines von ihnen an. Unterwegs kamen wir an noch drei Schildern vorbei.

Ausfahrt Wall Drug
Wall Drug links halten. Kostenloses Parken in der Mainstreet
Wall Drug immer geradeaus, 4 Blocks

Pamela taumelte und keuchte schwer, als wir das obere Ende der Highway-Abfahrt erreichten. »Kann ich mich kurz ausruhen?«

»Natürlich«, sagte ich. Behutsam führte ich sie zu der geschwungenen Aluminium-Oberfläche des Schutzgeländers, wo sie sich setzte.

Ich ging zurück zum Straßenrand und streckte wieder den Daumen aus, als ich ein Fahrzeug näher kommen sah, das sein Tempo prompt verlangsamte – ein Phänomen, das in Kleinstädten nicht ungewöhnlich ist. Der grauhaarige Mann, der einen alten Truck fuhr, hielt ein Stück hinter uns am Straßenrand. Ich trat an das Fenster des Trucks, als er es herunterkurbelte. Der Mann streckte eine Hand aus und stellte die laute Countrymusik im Radio ab, bevor er zu mir hinaussah. »Soll ich Sie mitnehmen?«

»Ja. Nur bis in die Stadt.«

»Das ist nur eine halbe Meile. Springen Sie vorn hinein.«

Ich ging zurück und half Pamela zu dem Truck, hievte sie praktisch ins Führerhaus und auf die Sitzbank. Dann warf ich meinen Rucksack auf die Ladefläche des Trucks und kletterte neben Pamela ins Führerhaus.

»Wie geht's euch beiden denn heute Nachmittag?«, fragte der Mann.

Pamela zwang sich zu einem Lächeln. »Danke, dass Sie angehalten haben.«

»Gern geschehen«, sagte er.

»Wir wollen nur bis zum ersten Hotel«, sagte ich zu dem Mann.

»Das wäre das Ann's«, erwiderte er. »Gleich neben Wall Drug.« Er betätigte den Blinker, warf einen Blick in den Rückspiegel und fuhr los in Richtung Stadt.

Ann's Motel war ein kleiner Gasthof an der Hauptstraße von Wall, westlich des Wall-Drug-Komplexes gelegen. Der Mann fuhr auf den Parkplatz des Motels und hielt mit seinem Truck vor der Eingangstür. Ich stieg aus und half dann Pamela, hielt ihren Arm, während sie herauskletterte.

»Danke«, sagte ich zu dem Mann.

»Keine Ursache. Vergessen Sie Ihren Rucksack nicht.«

»Danke, Sir«, sagte Pamela.

»Gern geschehen, Ma'am«, erwiderte er freundlich.

Ich schloss hinter Pamela die Tür und schnappte mir meinen Rucksack von der Ladefläche des Trucks. Ich schlug mit einer Hand auf den Truck, und er ratterte davon.

Pamela humpelte zu einer Holzbank nahe der Lobby des Motels, während ich hineinging, um mich nach Zimmern zu erkundigen. Zum Glück war das Motel nicht voll belegt, und ich bekam zwei Zimmer zu ebener Erde. In der Lobby gab es einen kleinen Kühlschrank mit Glastür, in dem Getränke zum Verkauf angeboten wurden, und ich nahm eine Flasche Gatorade. Dann ließ ich mir von der Angestellten unsere Schlüssel geben und ging wieder hinaus zu Pamela. Ich reichte ihr einen Schlüssel und die Gatorade. »Sie sollten das jetzt gleich trinken. Das wird Ihnen helfen.«

»Danke.« Sie verstaute die Flasche in ihrer Handtasche.

»Ich habe für Sie ein Zimmer im Erdgeschoss bekommen. 111, gleich dort drüben.«

Pamela stand allein auf, ihre Tasche über die Schulter geschlungen. »Können wir jetzt reden?«

»Noch nicht«, sagte ich. »Ich will, dass Sie das hier trinken und sich ein bisschen ausruhen. Ich werde sehen, was es drüben in der Drogerie an Lebensmitteln gibt, und später werden wir essen gehen. Dann können wir reden.«

»Danke«, sagte sie. »Danke.«

»Bedanken Sie sich nicht bei mir. Sie haben mir keine Wahl gelassen.«

»Wir haben immer eine Wahl«, sagte sie.

Angesichts der Umstände unserer Beziehung fand ich ihren Kommentar faszinierend. Ich half ihr zu ihrem Zimmer und ging dann in mein eigenes.

Mein Zimmer war ein kleines Rechteck, möbliert mit zwei Einzelbetten mit steifen Matratzen und altmodischen Bettdecken mit Blümchenmuster. Nach so vielen Tagen ohne jeden Komfort war es mir so willkommen wie eine Suite im Vier Jahreszeiten.

Ich lehnte meinen Rucksack an die Wand und ließ mich aufs Bett fallen. Ich fragte mich, was Pamela so Wichtiges zu sagen hatte, dass sie ihr Leben aufs Spiel gesetzt hatte, um mir zu folgen. Was konnte sie zu ihrer Rechtfertigung bloß sagen wollen? Vor allem fragte ich mich, was McKale von alledem gehalten hätte.

Ich weiß noch, wie ich McKale zum ersten Mal fragte, wo ihre Mutter sei. Ich war erst neun Jahre alt und hatte meine eigene Mutter kaum ein Jahr zuvor verloren, daher war das Thema Mütter für mich interessant. Vor allem abwesende Mütter.

»Wir haben sie rausgeschmissen«, sagte McKale.

Ich sah sie verblüfft an. »Warum habt ihr das getan?«

»Ich und mein Dad, wir wollen sie nicht mehr haben. Wir haben sogar ihre ganzen Bilder weggeworfen, damit wir sie nicht mehr ansehen müssen.«

Ihre Antwort war das Seltsamste, was ich je gehört hatte. Selbst in dem Alter nahm ich an, dass hinter ihrer Geschichte mehr steckte, aber ich wusste auch, dass ich besser nicht danach fragte.

Eine Woche später waren wir in McKales Garten und kletterten einen Avocadobaum hoch, als ein Blatt Papier aus ihrer Hosentasche fiel. Ich sprang hinunter und hob es auf, dann faltete ich es auseinander. Es war ein zerknittertes Foto einer Frau.

»Wer ist das?« Ich hielt das Bild hoch.

McKale blickte entsetzt. »Niemand.«

»Das stimmt doch nicht«, sagte ich.

McKale kletterte von dem Baum herunter. »Wenn du es unbedingt wissen musst, das ist meine Mom.«

»Ich dachte, du hättest gesagt, ihr hättet die ganzen Bilder weggeworfen«, sagte ich, naiverweise erfreut darüber, McKale bei einer Lüge ertappt zu haben.

Ihre Augen füllten sich mit Tränen. »Du bist so dumm«, sagte sie. Sie rannte ins Haus und ließ mich allein in ihrem Garten stehen, mit dem Bild von Pamela in der Hand, während ich mich fragte, was ich denn falsch gemacht hatte.

Diese Erinnerung ging mir so lange wieder und wieder durch den Kopf, bis ich die Augen schloss und einschlief.

Siebtes Kapitel

Sobald man das Buch zum Leben eines anderen Menschen aufgeschlagen hat, sieht der Umschlag nie wieder so aus wie davor.

Alan Christoffersens Tagebuch

Erschrocken fuhr ich aus dem Schlaf hoch. Ich hatte gar nicht vorgehabt zu schlafen, aber nachdem ich die letzten drei Nächte auf der harten Erde verbracht hatte, war ich weggetreten, bevor ich es überhaupt mitbekam. Als ich einen Blick auf die Uhr warf, sah ich, dass es fast Viertel vor neun war. Ich stöhnte auf. »Pamela.«

Ich ging ins Bad und wusch mir das Gesicht, dann verließ ich mein Zimmer und klopfte an Pamelas Tür. Sie machte sofort auf. »Ich habe mich schon gefragt, ob Sie es sich anders überlegt haben.«

»Nein. Tut mir leid, ich bin eingeschlafen. Sind Sie so weit?«

Vermutlich hatte sie seit mehreren Stunden gewartet, aber sie nickte nur. »Ich bin so weit.« Sie kam heraus und schloss die Tür. »Danke.«

Wall Drug ist nicht mehr der einzelne Laden, als der er anfing – es ist jetzt eine lange Reihe von Gebäuden, die aussehen wie eine Kreuzung zwischen einer Einkaufspassage und der Westernstadt-Kulisse eines Filmstudios. Das Wall-Drug-Restaurant befand sich etwa in der Mitte des Komplexes.

Ich hielt Pamela die Tür auf, und wir betraten einen großen Speiseraum, der durch eine offene Küche und eine lange Reihe Cafeteria-artiger Tablettschienen in zwei Essbereiche unterteilt wurde.

In dem Sitzbereich an der Straßenseite gab es eine Eisbar und eine Kuchentheke mit Pasteten, Brownies und anderem Gebäck, darunter eine Platte mit ihren berühmten »Kostenlos-für-Veteranen«-Donuts.

Die holzgetäfelten Wände waren mit Cowboy-Kunst behängt: Gemälden von Cowboys, Pferden und Indianern. Sie standen alle zum Verkauf – was für so ziemlich alles in dem Gebäude galt.

Nur ein Paar saß im Speiseraum. Pamela folgte mir zu einem Tisch in der südwestlichen Ecke des Raums – am anderen Ende von den beiden.

»Hier können wir uns setzen«, sagte ich. »Was möchten Sie essen?«

»Was immer Sie bestellen, ist mir recht«, erwiderte Pamela.

Nachdem ich einen Blick auf die handgekritzelte Menütafel geworfen hatte, bestellte ich zwei Gläser Cola, zwei Tassen Hühnernudelsuppe und French-Dip-Sandwiches. Ich bezahlte das Essen und ging zurück zu unserem Tisch, wo Pamela still dasaß. Einen Moment lang sahen wir uns nur an, dann schlug ich mit den Händen vor mir auf den Tisch. »Worüber wollten Sie reden?«

Pamela holte einmal tief Luft. »Ich bin mir nicht sicher, wo ich anfangen soll.«

Einen Augenblick später sagte ich: »Warum fangen Sie nicht damit an, warum Sie Ihre Tochter im Stich gelassen haben?« Meine Worte klangen härter als beabsichtigt.

Sie nickte. »Na schön.« Sie senkte lange Zeit den Blick. Als sie wieder zu mir hochsah, lag auf ihrem Gesicht eine düstere Traurigkeit. »Ich will, dass Sie etwas verstehen. Was ich Ihnen sagen werde, ist keine Entschuldigung. Es ist nur eine Erklärung. Wenn ich heute anders handeln könnte, würde ich es tun.« Sie sah mir in die Augen, um zu sehen, ob ich sie verstanden hatte.

»Okay«, sagte ich.

Sie lehnte sich auf ihrem Stuhl etwas zurück. »Ich sollte ganz von vorn anfangen.« Sie holte noch einmal tief Luft. »Ich war zu jung, als ich Sam geheiratet habe. Ich war erst achtzehn. Viel zu jung. Mein Leben zu Hause war so fürchterlich, und vermutlich suchte ich einfach nach einer Möglichkeit, von dort wegzukommen. Meine Eltern haben sich ständig gestritten. Sie haben sich jeden Tag angeschrien und angebrüllt. Manchmal wurden ihre Auseinandersetzungen sogar gewalttätig. Einmal riefen die Nachbarn die Polizei, aber als die Cops eintrafen, brüllten meine Eltern sie nur an. Die Polizisten fuhren kopfschüttelnd wieder ab. Es war Wahnsinn.«

»Waren sie Ihnen gegenüber je gewalttätig?«, fragte ich.

»Meine Mutter hat mich ein paarmal geschlagen. Aber noch schlimmer war es, zu sehen, wie die beiden einander wehgetan haben. Ich habe mich immer in meinem Wandschrank verkrochen, mir die Hände über die Ohren gehalten, um sie nicht zu hören. Aber natürlich habe ich jedes Wort mitbekommen. Ich dachte immer, es wäre meine Schuld. Ich weiß, das ist Unsinn, aber Kinder sind eben nicht sehr rational.

Dieses Muster dauerte meine ganze Kindheit über an. Ich weiß nicht, warum sie keine Hilfe gesucht oder sich einfach in Ruhe gelassen haben. Sie waren einfach krank, nehme ich an. Oder ihre Beziehung war es. Das war eben ihr Kreislauf. Aber ich habe mich nie daran gewöhnt.

Als ich alt genug war, habe ich mir einen Job gesucht, als Bedienung in einem Pfannkuchenhaus. Ich habe so viel gearbeitet, wie ich konnte, und wenn ich keine Schicht hatte, hing ich mit meinen Freunden herum. Wir blieben abends richtig lange aus, und ich übernachtete meistens bei ihnen. Monatelang kam ich kaum noch nach Hause. Ich war nicht von zu Hause weggelaufen, ich hatte nur aufgehört, dorthin zu gehen.

Als ich das erste Mal nach Hause kam, nachdem ich über eine Woche fort gewesen war, dachte ich, meine Eltern würden beunruhigt sein und sich Sorgen um mich machen. Aber es schien so, als wäre ich nie fort gewesen. Mein Vater war nicht da, und meine Mom fragte mich nicht einmal, wo ich gewesen war.

Sobald ich die Highschool abgeschlossen hatte, ging ich gar nicht mehr nach Hause. Ich verbrachte die meiste Zeit mit einer der anderen Kellnerinnen in dem Restaurant. Ihr Name war Claire. Sie war eine Schulfreundin, und sie hatte mir den Job ursprünglich verschafft. Wir arbeiteten bis Betriebsschluss, dann gingen wir auf Partys, und danach übernachteten wir bei ihr. Schließlich zog ich einfach bei ihr ein.

Dort lernte ich Sam kennen. Er war Claires Cousin. Sam war ein ganzes Stück älter als ich. Acht Jahre älter.« Sie schüttelte den Kopf. »Er war erst sechsundzwanzig, aber damals kam er mir so erwachsen vor. Ich nehme an, verglichen mit mir war er das auch. Ich kannte ihn erst seit ein paar Wochen, als er mich um ein Date bat.

Er war anders als die Jungen, mit denen ich herumgehangen hatte. Sie waren noch Kinder. Sam war älter. Reifer. Bei unserem dritten Date bat er mich, ihn zu heiraten. Ich sagte Ja. Ich war mir nicht sicher, ob es richtig war, aber wie es so schön heißt, eine Ertrinkende ist nicht wählerisch, nach welchem Strohhalm sie greift. Eigentlich war ich mir damals bei gar nichts sicher, außer dass ich ihn mochte. Und wenn ich schon heirate, dachte ich, dann wäre es sicherer, jemanden zu heiraten, der älter war.

Erst zwei Tage vor unserer Hochzeit erfuhr ich, dass Sam schon einmal verheiratet gewesen war. Ich nehme an, seine Ex war eine ziemlich willensstarke Frau, und das ertrug er nicht, daher ließ er die Ehe sechs Wochen nach ihrer Heirat annullieren. Später fand ich heraus, dass er zu Claire gesagt hatte, seine nächste Frau würde jünger sein als er. Eine, die ihm gehorchen würde. Wahrscheinlich war das der Grund, weshalb er mich geheiratet hat. Ich war ziemlich unterwürfig. Ich tat, was er mir sagte.

Und so haben wir geheiratet. Unser Hochzeitstag war der schönste Tag meines Lebens. Ich war so voller Hoffnung. Dann, auf unserer Hochzeitsreise, sagte Sam, ich solle nicht mehr verhüten. Er wolle sofort ein Baby haben. Er *sagte* nicht, dass er eines haben wollte, er *verlangte* es von mir – als spielten meine Gefühle dabei gar keine Rolle. Bis dahin hatten wir noch nicht einmal über Kinder gesprochen. Ich sagte ihm, dass ich mich noch nicht alt genug fühlte, um ein Baby zu bekommen. Ich hatte das Gefühl, selbst noch ein Kind zu sein. Die Wahrheit ist, ich wusste nicht einmal, ob ich überhaupt eines wollte. Ich wollte nicht, dass irgendjemand ein Leben wie meines führen musste.

Aber Sam war älter als ich, und er sagte, er wolle kein alter Mann sein, wenn seine Kinder in die Highschool gingen. Im Grunde meines Herzens wusste ich, dass ich nicht bereit dazu war. Aber Sam war egal, was ich dachte. Er hatte diesen dämlichen Spruch, den er irgendwo gehört hatte: ›Es sind nicht deine Gefühle, es sind deine Schwächen.‹ Er wurde jedes Mal gemeiner, wenn ich mich weigerte. Wir fingen an, fast ständig darüber zu streiten. Ich hielt es nicht mehr aus. Es war, als wären wir meine Eltern geworden.

Dann spitzte sich alles zu. Nachdem wir uns monatelang gestritten hatten, stellte Sam mir ein Ultimatum. Er sagte, wenn ich sein Baby nicht bekommen wollte, dann würde er sich eine andere suchen, die bereit dazu wäre. Er gab mir bis zu seinem Geburtstag Zeit, mich zu entscheiden.«

Während Pamela sprach, wurde mir bewusst, dass ich McKales Vater, obwohl ich ihn so oft gesehen hatte, eigentlich gar nicht kannte. Für mich war er ein entspannter, lässiger Typ, der viel arbeitete und sich in seiner spärlichen Freizeit hauptsächlich Schallplatten anhörte – einer der Gründe, weshalb McKale immer mit mir zusammen gewesen war. Ich war mir nicht sicher, ob ich alles glaubte, was Pamela sagte, aber mir war klar, dass sie es selbst glaubte.

»Sam hat gesagt, er würde Sie verlassen?«, fragte ich.

Pamelas Augen füllten sich mit Tränen. Sie nickte. »Mehr als einmal. Ich war am Boden zerstört. Ich glaube, inzwischen ging es gar nicht mehr um das Baby; es ging darum, Macht über mich auszuüben. Er verstand es gut, mich klein zu halten. Anfangs hat er mich einfach durch Missachtung gestraft. Oft wechselte er tagelang kein Wort mit mir. Ich brauchte immer mehr Zuneigung als er, daher flehte ich ihn nach einem Tag meistens an, mit mir zu reden – mich zu lieben. Dann fing er an, mich wie ein Kind zu behandeln. Eines Abends sagte er, er würde mir eine Tracht Prügel verabreichen. Ich dachte, er würde einen Witz machen. Aber so war es nicht. Er legte mich übers Knie und verprügelte mich, bis ich heulte. Es war so demütigend. Ich kam mir wieder vor wie ein Kind.«

Auf einmal begann Pamela zu weinen, und ich sah, dass

die Essensgäste an dem anderen Tisch uns anstarrten. Ich wartete darauf, dass Pamela sich wieder fing. Während wir dort saßen, klingelte die Glocke an der Theke. Die Frau an der Theke sagte mit fröhlicher Stimme: »Ihr Essen ist fertig.«

Pamela tupfte sich die Augen mit einer Papierserviette ab. »Ich hole es schon«, sagte ich. Ich ging an die Theke, nahm unser Tablett und trug es zurück an den Tisch.

Bis ich wieder Platz genommen hatte, hatte Pamela sich etwas beruhigt. »Sollen wir essen oder weiterreden?«, fragte sie.

»Weiterreden«, sagte ich. »Warum haben Sie ihn denn nicht einfach verlassen?«

»Hätten Sie Ihre Frau verlassen?«, fragte sie.

»McKale war nicht gewalttätig.«

Sie schüttelte den Kopf. »Ich weiß nicht, warum. Ich hielt ihn eigentlich nicht für gewalttätig. Zumindest nicht damals. Für mich war Gewalt, wenn man blaue Flecken und gebrochene Knochen hatte, nicht nur ein gebrochenes Herz.« Sie sah mich an. »Ich weiß es nicht. Ich nehme an, man muss es einfach durchgemacht haben, um es zu verstehen. Wenn sich Leute in einer gewalttätigen Beziehung befinden, rechnen sie Vor- und Nachteile auf eine merkwürdige Art auf. Sosehr Sam mich auch verletzt hat, wäre es doch noch schmerzlicher gewesen, ihn zu verlassen. Außerdem hatte ein Teil von mir immer das Gefühl, dass ich es verdient hatte, schlecht behandelt zu werden. Ich kannte es nicht anders. Ich hatte immer versucht, mir jemands Liebe zu verdienen.

Die Sache ist die, ich wusste, dass er gewinnen würde. Ich wusste, dass ich letztendlich tun müsste, was er mir sagte.

Die nächsten paar Tage verbrachte ich damit, es mir einzureden – mir zu sagen, was für eine gute Idee es wäre, ein Baby zu bekommen, und wie toll es wäre, eine Familie zu haben. Oder ich sagte mir, wenn das Baby erst einmal da wäre, dann würde ich anders empfinden, oder was, wenn ich gar nicht schwanger werden könnte und dieses ganze Leid umsonst war? Letztendlich entschied ich, dass mein Einlenken mein Geburtstagsgeschenk für ihn sein würde.

Ich wusste, dass es falsch war – dass ich nicht einmal annähernd bereit war, eine Mutter zu sein. Aber ich wusste nicht, wohin ich mich sonst hätte wenden sollen.

An Sams Geburtstag machte ich ihm das Frühstück und brachte es ihm auf einem Tablett ans Bett. Unter seine Kaffeetasse hatte ich einen Zettel gelegt, auf dem ›JA‹ stand.

Er sah mit diesem triumphierenden Lächeln zu mir hoch und sagte: ›Dann lass uns anfangen.‹«

Pamela schüttelte den Kopf. »Natürlich wurde ich sofort mit McKale schwanger. Ich verstehe es nicht. Leute beten zu Gott und flehen ihn um ein Baby an und bekommen nie eines, und hier war ich, die hoffte, ich würde nicht schwanger werden, und wurde es sofort.

Ich hatte schreckliche Angst. Sam sagte mir nur immer wieder, es würde alles gut werden – eine Mutter zu sein wäre ein ganz natürlicher Teil des Frauseins.« Pamela schnitt eine Grimasse. »Als ob er irgendetwas darüber wüsste, was es heißt, eine Frau zu sein.« Sie sah mir in die Augen. »Egal, was man sagt, es ist nicht immer etwas ganz Natürliches – jedenfalls nicht für jede Frau. Ich weiß noch, wie ich nach der Geburt im Bett saß und dieses wunderschöne kleine Baby im Arm hielt und dachte, ich sollte jetzt irgendetwas Magisches fühlen, und mich fragte, was mit mir nicht stimmte. Ich hätte niemals ein Kind bekommen sollen, bevor ich bereit dazu war. Es war McKale gegenüber nicht fair. Es war mir gegenüber nicht fair.«

Pamela wischte sich die Augen. »Ich hatte ein furchtbar

schlechtes Gewissen, weil ich keine Nähe zu ihr aufbauen konnte. Ehrlich gesagt nahm ich es ihr übel. Und ich hasste mich selbst dafür, dass ich es ihr übel nahm.

Natürlich konnte ich Sam nichts von alledem sagen. Ich habe es einmal versucht, und da fuhr er mich so heftig an, dass ich dachte, er würde mir richtig wehtun.« Als Jugendlicher hatte ich ein paarmal gesehen, wie Sam explodiert war, daher wusste ich, dass er zu extremer Wut im Stande war. »Er hat mir gesagt, ich sei nur egoistisch.«

»Was haben Sie darauf erwidert?«

Pamela neigte leicht den Kopf. »Ich habe ihm gesagt, er hätte recht.«

Eine Zeit lang schwiegen wir beide. Sie schien völlig erschöpft, und ich war mir nicht sicher, was ich sagen sollte. Nach einer Weile sagte sie: »Stört es Sie, wenn ich etwas esse?«

Mir wurde bewusst, dass sie vermutlich seit mehreren Tagen nichts mehr gegessen hatte. »Nein. Natürlich nicht.«

Wir aßen beide. Pamela schlang ihr Sandwich hinunter; es schien ihr ein bisschen peinlich zu sein, dass sie so schnell aß. Als sie das Sandwich aufgegessen hatte, begann sie mit der Suppe, erst mit einem Löffel, und dann hielt sie sich die Schale an den Mund. *Sie muss am Verhungern sein*, dachte ich.

Als sie alles aufgegessen hatte, entschuldigte sie sich. »Es tut mir leid. Ich habe seit einer ganzen Weile nichts mehr gegessen.«

»Nein, mir tut es leid, ich hätte Sie essen lassen sollen. Möchten Sie vielleicht noch irgendetwas? Ein Stück Kuchen?«

»Nein, danke«, sagte sie. »Soll ich fortfahren?«

»Bitte«, sagte ich.

Sie senkte den Blick, sammelte ihre Gedanken. Ihre Stirn

furchte sich. »Bevor ich McKale bekam, arbeitete ich als Büroleiterin in einem Geschäft für Installateurbedarf. Ich hatte dort aufgehört, als McKale geboren wurde, aber mit Sams Gehalt allein hielten wir uns nur mühsam über Wasser, daher fing ich wieder an zu arbeiten, sobald sie in die Schule ging.

Eines Tages kam dieser richtig gut aussehende Mann in das Geschäft. Jeremy. Er war Installateur, aber er hätte ein Model sein können. Ich hatte einen dieser richtig harten Tage, an denen ich mich nur mit Mühe beherrschen konnte, nicht in Tränen auszubrechen. Er fragte, ob es mir gut ginge, und ich begann zu weinen. Er war richtig süß. Er fragte mich, ob ich jemanden zum Reden bräuchte, und bot mir an, mich nach der Arbeit auf einen Kaffee zu treffen. Ich sagte, danke, aber ich sei verheiratet, und er machte einen Rückzieher.

Aber das war nicht das letzte Mal, dass ich ihn sah. Er wurde ein Stammkunde und kam mehrmals die Woche vorbei. Jedes Mal brachte er mir eine kleine Schachtel Pralinen mit, um mir den Tag zu versüßen. Bald freute ich mich auf seine Besuche.

Eines Tages kam Jeremy gegen Mittag vorbei. Während er darauf wartete, dass seine Bestellung ausgeführt wurde, begannen wir wie gewohnt zu plaudern, und auf einmal fragte er mich, ob ich gern etwas essen gehen würde. Es war genau der richtige – oder falsche – Zeitpunkt für diese Frage. Sam und ich hatten uns an dem Morgen wieder einmal richtig schlimm gestritten.« Pamela hielt einen Moment inne, und ihre Stimme wurde etwas sanfter. »Ich habe Ja gesagt.

Letztendlich fuhren wir zu seiner Wohnung. Aber das war erst der Anfang. Wir begannen, uns jede Woche zu treffen. Jeremy war alleinstehend und besaß eine gut gehende Firma, daher hatte er viel Geld, und er kaufte mir ständig Schmuck und Kleidung. Ich konnte die Sachen nicht mit nach Hause nehmen – nicht dass es Sam aufgefallen wäre. Sam war damit beschäftigt, zu versuchen, sein Versicherungsunternehmen auf die Beine zu stellen, daher arbeitete er fast jeden Tag bis spätabends. Er rief mich selten tagsüber an.

Ein Jahr nach Beginn unserer Affäre bat mich Jeremy, Sam zu verlassen und ihn zu heiraten. Sam und ich waren uns nur noch fremder geworden, daher klang Jeremys Antrag, ehrlich gesagt, wundervoll. Es gab da nur einen Haken. Er sagte, er wolle nicht an ein Kind gebunden sein. Das konnte ich verstehen. Ich meine, mir ging es genauso. Ich hatte so jung geheiratet und ein Kind bekommen, dass ich nie die Gelegenheit gehabt hatte, die Welt zu sehen.

Ich weiß, es klingt abscheulich.« Sie sah mir in die Augen. »Es *ist* abscheulich. Ich habe mit dem Gedanken gespielt. Aber ich konnte es nicht tun. McKale war erst sieben. Ich konnte sie nicht einfach verlassen.

Jeremy sagte, das würde er verstehen. Er sagte, das sei es, was er wirklich an mir lieben würde – dass ich ein gutes Herz hätte. Aber weil er mich so sehr lieben würde, könne er es kaum ertragen, mich zu sehen, wenn unsere Beziehung keine Zukunft hätte.

Er hörte auf, mich anzurufen. Er kam noch immer in das Geschäft, aber er redete nicht mehr mit mir. Es war furchtbar. Ich war so verliebt in ihn. Mehr als alles andere wollte ich mit ihm zusammen sein.

Zu Hause mit Sam wurde es nur noch schlimmer. Er nannte mich nie offen eine schlechte Mutter, zumindest nicht damals, aber ich wusste, dass er es dachte. Vielleicht, weil ich es selbst dachte.

Dann, eines Tages, als ich McKale von ihrer Babysitterin abholte, sagte McKale zu mir: ›Ich will nicht mit dir nach Hause fahren.‹ Die Babysitterin war richtig verlegen. Sie sagte: ›Das meinst du doch nicht ernst.‹ McKale sagte: ›Doch, das meine ich ernst. Ich mag sie nicht.‹«

Pamelas Augen füllten sich wieder mit Tränen. »Ich weiß, dass Kinder dumme Sachen sagen, aber es brach mir das Herz. Sam hasste mich. Und jetzt wollte McKale mich nicht mehr. Ich weinte die ganze Nacht. Am nächsten Tag rief ich Jeremy von der Arbeit aus an und flehte ihn an, sich wieder mit mir zu versöhnen. Ich sagte, ich würde alles tun, was er wollte, wenn ich nur mit ihm zusammen sein könnte.

Direkt nach der Arbeit kam er und holte mich ab. Ich fuhr gar nicht erst nach Hause, sondern gleich mit zu ihm. Nicht einmal McKale habe ich abgeholt.

Natürlich war die Babysitterin in heller Aufregung. Sie rief Sam an, um zu hören, ob ich einen Unfall oder so gehabt hätte.« Pamela wischte sich die Augen. »*Oder so* … An dem Abend kam ich erst nach zehn nach Hause. McKale war schon im Bett. Sam wartete auf mich. Er schrie mich über eine Stunde lang an. Er sagte, er hätte eine wichtige Geschäftsbesprechung mit einem neuen Kunden absagen müssen, um McKale abzuholen. Er sagte, ich sei die verantwortungsloseste Mutter der Welt – eine grässliche Mutter *und Ehefrau.*

Das war der Tropfen, der das Fass zum Überlaufen brachte. Ich sagte ihm, ich würde gehen. Er sagte: ›Du kannst uns nicht verlassen.‹

Ich sagte: ›Doch, das kann ich.‹ Ich ging in unser Schlafzimmer, warf meine Sachen in einen Koffer und ging hinaus zu meinem Wagen. Dann fiel mir ein, dass ich nicht bei McKale hereingeschaut hatte. Ich wollte sie unbedingt noch einmal sehen. Aber was würde ich sagen? Und Sam hätte mich ohnehin nicht zu ihr gelassen.« Wieder füllten sich ihre

Augen mit Tränen. »Ich habe mich nie von ihr verabschiedet.« Sie wischte sich die Augen, dann putzte sie sich mit einer Papierserviette die Nase. »Jeremy und ich haben eine Woche, nachdem die Scheidung durch war, geheiratet. Wir haben viele Reisen unternommen. Ich habe mir gesagt, ich sei glücklich. Aber natürlich ging die Ehe nicht gut. Wenn man eine Affäre mit jemandem hat, erscheint dagegen alles andere grau und langweilig. Das Geheimnis der Affäre selbst schürt die Leidenschaft und die Aufregung. Aber sobald die Beziehung offen gelebt wird, ist sie einfach nur Teil der Realität, wie alles andere auch. Keine zwei Jahre später betrog mich Jeremy. Ich war nicht wirklich überrascht. Wie es so schön heißt: ›Wenn sie es *mit* dir tun, dann tun sie es dir auch *an*.‹«

Pamela seufzte tief auf. »Jeremy war kein guter Mann. Das ist im Grunde ziemlich offensichtlich, oder? Ich meine, er war ein Ehebrecher, und er wollte, dass ich mein Kind verlasse. Was mehr musste ich wissen? Ich nehme an, ich habe damals einfach nicht weiter drüber nachgedacht.«

»Haben Sie sich je überlegt, zu McKale zurückzukehren?«, fragte ich.

»Ständig. Wochenlang ließ ich das Mittagessen ausfallen, um zu McKales Schule zu fahren und ihr in der Pause beim Spielen zuzusehen. Ich wollte zu ihr zurückkehren, aber das hätte ich nur gekonnt, indem ich Sam auf den Knien angefleht hätte. Und dann hätte ich, wenn es nach ihm gegangen wäre, für den Rest meines Lebens demütig Buße tun müssen. Vielleicht hatte ich das ja verdient, aber ich wusste, es war mir unmöglich. Und welche Lehren hätte das für meine Tochter bedeutet?

Schließlich zog ich nach Colorado, um ein neues Leben anzufangen. Aber vor sich selbst kann man nicht davonlaufen. In Colorado habe ich wieder geheiratet. Es hat nur neunundzwanzig Monate gehalten. James. Er hat mich auch verlassen. Er hat mir eine E-Mail geschickt, um mir zu sagen, er würde zu neuen Ufern aufbrechen.« Sie lachte zynisch auf. »Ich habe wirklich ein Händchen dafür, die richtigen Männer auszuwählen, stimmt's?«

Ich legte die Stirn in Falten.

»Danach stumpfte ich ab. Ich redete mir ein, dass es echte Liebe nicht gibt und alle Männer Schweine sind. Aber das war eine Lüge. Echte Liebe gibt es. Sie und McKale verband echte Liebe. Nur für mich gab es sie nicht.«

Pamela schwieg lange Zeit. Schließlich sagte sie: »Aber ein Gutes hatte meine letzte Ehe doch.« Sie griff in ihre Handtasche und zückte ihr Handy. Nach einem Tastendruck hielt sie mir das Telefon hin, damit ich es sehen konnte. Auf dem Display war ein Foto einer jungen Frau, vielleicht sechzehn oder siebzehn Jahre alt. Sie war hübsch, mit großen braunen Augen, langen braunen Haaren und Sommersprossen. Sie sah McKale, wie sie in dem Alter aussah, sehr ähnlich.

»McKale hat eine Schwester?«, fragte ich.

Pamela nickte. »Ihr Name ist Hadley.«

Ich nahm das Telefon und starrte das Bild an. »Sie sieht genauso aus wie sie.« Ich gab ihr das Telefon zurück. »Wie war es, als sie geboren wurde?«

»Es war so, wie es sein sollte. So, wie es bei McKale hätte sein sollen.«

»War Hadley bei der Beerdigung?«

»Nein. Sie wusste nicht einmal von McKale. Ich dachte, es würde zu verwirrend für sie sein. Aber nach der Beerdigung habe ich es ihr erzählt.«

»Wie hat sie reagiert?«

»Nicht so überrascht, wie ich dachte. Sie sagte, sie wüsste, dass ich noch ein anderes Kind bekommen hatte. Keine Ahnung, woher sie es wusste. Aber sie dachte, ich hätte es zur Adoption freigegeben oder im Stich gelassen. Sie war richtig empört, dass ich ihr nie von McKale erzählt hatte. Sie hat sich immer eine Schwester gewünscht.«

»Ich kann nicht glauben, dass McKale eine Schwester hat.« In diesem Augenblick schwirrten mir alle möglichen unterschiedlichen Gefühle durch den Kopf, aber Wut war keins davon. Mein Zorn auf sie war verraucht – ich war mir nur nicht sicher, was an seine Stelle getreten war. Mitleid? Verständnis? Vielleicht sogar Sympathie. Einen Augenblick später sagte ich: »Was wollen Sie von mir?«

Sie sah lange Zeit auf den Tisch. Als sie schließlich wieder aufsah, hatte sie Tränen in den Augen. »Gnade«, sagte sie leise.

»Gnade?« Ich runzelte die Stirn. »Es steht mir nicht zu, Gnade zu gewähren. Die, die Ihnen vergeben muss, ist nicht mehr da.«

»Ich dachte nur …« Sie atmete einmal aus. »Als ich Sie bei der Beerdigung sah … als ich Sie kennenlernte, da wusste ich, dass Sie und McKale eins gewesen waren. Ich dachte – ich hatte das Gefühl –, wenn Sie einen Weg finden könnten, mir zu vergeben, dann wäre es dasselbe, als wenn McKale mir vergeben würde. Und vielleicht könnte ich dann Frieden finden.« Sie sah mir in die Augen. »Und vielleicht könnten Sie es dann auch.«

»Wie kommen Sie auf die Idee, dass ich keinen Frieden habe?«, fragte ich.

»Weil man nicht hassen und Frieden haben kann.«

Ich dachte über ihre Worte nach. Als ich schließlich wieder sprach, schüttelte ich den Kopf. »Ich weiß nicht, Pamela.«

Sie senkte wieder den Blick, schloss die Augen, um ihren

Schmerz zu verbergen, auch wenn sich ein paar Tränen auf ihre Wangen stahlen. Es tat mir weh, all das, was sie durchgemacht hatte, noch zu verschlimmern.

Einen Augenblick später sagte ich: »Das ist einfach ein bisschen viel zu verkraften. Es war ein langer Tag. Ich muss darüber schlafen.«

Sie nickte verständnisvoll. »Wir können zurück zum Motel gehen.«

Ich sah sie einen Moment an, dann schob ich meinen Stuhl vom Tisch zurück und stand auf. »Kann ich Ihnen noch etwas zu essen bringen? Sie könnten es mit auf Ihr Zimmer nehmen.«

Sie schüttelte den Kopf, während sie sich erhob. »Nein, schon gut«, sagte sie leise.

Schweigend gingen wir zurück zum Motel. Ich brachte Pamela zu ihrer Tür. Sie steckte den Schlüssel ins Schloss, aber anstatt die Tür zu öffnen, wandte sie sich zu mir um. »Egal, wie Ihre Entscheidung ausfällt, danke fürs Zuhören. Sie haben keine Ahnung, wie sehr mir das hilft. Vor allem, zu wissen, dass meine Kleine jemanden gefunden hatte, der sie wirklich geliebt hat.« Sie öffnete ihre Tür und ging hinein.

»Pamela.«

Sie sah noch einmal zu mir zurück.

»Es tut mir leid, was Sie durchgemacht haben.«

Sie lächelte traurig. »Danke. Gute Nacht, Alan.«

»Gute Nacht«, sagte ich.

Sie schloss ihre Tür, und ich ging zurück zu meinem Zimmer. Ich war vollkommen erschöpft. Ich wollte nur noch schlafen, aber ich hatte meine Kleidung seit Tagen nicht mehr gewaschen, und in dem Motel gab es einen kleinen Waschsalon. Ich suchte meine Sachen zusammen, steckte sie in die Waschmaschine und ging zurück zu meinem Zimmer.

Ich sah fern, bis es Zeit war, die gewaschene Kleidung in den Trockner zu stecken. Dann ging ich zurück zu meinem Zimmer und dem Fernseher. Schließlich, um elf Uhr, ging ich noch einmal zu dem Waschsalon und sammelte meine ganzen Sachen ein.

Wieder in meinem Zimmer, warf ich alles auf die Kommode, bevor ich das Licht ausschaltete und ins Bett stieg. Erst dann, während ich in die Dunkelheit starrte, gestattete ich meinen Gedanken, noch einmal zu Pamela und dem Gespräch des Abends zurückzukehren. »Was soll ich tun, McKale?«, sagte ich laut. »Was meinst du, was ich tun soll?«

Mit diesen Worten auf meinen Lippen schlief ich ein.

Achtes Kapitel

Mein Vater pflegte zu sagen:
»Mitleid ist nur die Empathie des armen Mannes.«

ALAN CHRISTOFFERSENS TAGEBUCH

Ich gehöre nicht zu den Menschen, die psychologischen oder natürlichen Phänomenen eine tiefere Bedeutung zuschreiben. Stattdessen verdrehe ich ungläubig die Augen, wenn irgendjemand behauptet, eine höhere Macht hätte ihm einen Parkplatz genau vor dem Wal-Mart verschafft oder eine Kartoffel hätte Ähnlichkeit mit Jesus oder der Jungfrau Maria – als ob irgendjemand eine Ahnung hätte, wie die beiden aussehen.

Ebenso wenig habe ich je an einen übernatürlichen Gehalt von Träumen geglaubt. Meine Überzeugungen basieren eher auf den gängigen Vorstellungen der Psychologie – dass Träume nur unterdrückte Gedanken sind, die nachts hinausschlüpfen, wie Jugendliche, nachdem ihre Eltern eingeschlafen sind. Trotzdem berührte mich der Traum, den ich in dieser Nacht hatte, auf eine so mächtige und merkwürdige Art und Weise, dass ich nicht umhinkonnte, mich zu fragen, woher er kam. Ich überlasse es Ihnen, zu entscheiden, worauf er beruhte. Aber ich glaube fest daran, dass er mich für immer veränderte.

In meinem Traum war ich wieder auf dem Highway 90 unterwegs, verschwitzt und überhitzt, den Rucksack schwer auf meinen Schultern, die Beine erschöpft vom Marsch dieses Tages. Ich befand mich auf derselben Straße, auf der Pamela tags zuvor gestürzt war. Um genau zu sein, war es sogar exakt dieselbe Stelle und dieselbe Uhrzeit, zu der es passiert war. Ich sah sie vor mir auf dem Boden liegen, und mich selbst, wie ich mich über sie beugte, um ihr zu helfen. Zumindest glaubte ich, dass ich das tat. Als ich näher kam, konnte ich hören, wie sie vor Schmerz schrie. Das war der Augenblick, als ich sah, dass ich einen Hammer in der Hand hielt. Ich nagelte Pamela an ein Kreuz.

Ich schrie mich an, aufzuhören, aber keine der beiden Gestalten in meinem Traum konnte mich hören. Ich rannte an meine Seite und versuchte vergeblich, meinen Arm aufzuhalten. »Lass sie in Ruhe!«, rief ich. »Sie hat genug gelitten!«

In dem Augenblick wurde noch eine andere Stimme laut, noch gequälter als meine. »Hör auf! Bitte hör auf!«

Wir drei sahen auf. McKale stand vor uns auf der Straße. Sie war barfuß, und Tränen liefen ihr über die Wangen. »Hör auf«, sagte sie leise. »Hör auf, meiner Mutter wehzutun.«

Ich sah wieder hinunter, und Pamela sah mir in die Augen. »Bitte«, sagte sie. »Gnade.«

Ich wachte auf, das Bettzeug von Schweiß durchnässt. Unwillkürlich blickte ich auf die roten Ziffern auf der Moteluhr. Es war fast vier Uhr morgens. Ich brauchte eine Stunde, um wieder einzuschlafen.

Als ich aufwachte, duschte ich besonders lange. Ich saß auf dem Boden des Duschbads und ließ das warme Wasser über mich strömen, um mich zu beruhigen. Ich rasierte mich in der Wanne, dann kam ich heraus und packte meine Sachen. Um kurz nach sieben klopfte ich an Pamelas Tür. Es dauerte ein paar Minuten, bis sie öffnete.

»Entschuldigung«, sagte sie. »Ich musste mich noch fertig machen.«

Irgendwie sah sie in meinen Augen anders aus. Ob die Veränderung echt war oder nur meine Einbildung, es bestand auf jeden Fall ein Unterschied. Als ich ein Teenager war, sagte mein Vater zu mir, wenn wir jemanden hassen, dann räumen wir diesem Menschen mehr Macht ein, als er tatsächlich besitzt. Nach diesem Maßstab war Pamela in meinem Leben ein Riese gewesen. Aber jetzt nicht. Nicht mehr. Der Vorhang war zurückgezogen worden. Sie sah klein und verletzlich aus.

»Möchten Sie frühstücken gehen?«, fragte ich.

»Sehr gern.«

Im Wall Drug Diner gab es Pfannkuchen, Spiegeleier, Würstchen und Kartoffelpuffer zum Frühstück. Ich wartete auf das Essen und trug es an den Tisch, als es fertig war.

»Bitte sehr«, sagte ich, während ich das Tablett abstellte. »Frühstück ist fertig.«

»Das ist viel zu viel, aber trotzdem danke«, sagte sie. »Wie haben Sie geschlafen?«

Ich nahm ihr gegenüber Platz. »Ich habe schon besser geschlafen. Und Sie?«

»Ich habe viel besser geschlafen als in der Nacht davor.«

»Das glaube ich gern«, sagte ich. »Wenn man bedenkt, dass Sie ohne Decke auf der Erde geschlafen haben.«

»Das war keine gute Nacht.«

Ich goss etwas Sirup über meine Pfannkuchen. »Leben Sie noch immer in Colorado?«

Sie nickte. »Colorado Springs.«

»Wie weit ist das von Custer?«

»Etwa sieben Stunden.«

Ich zerteilte den Pfannkuchen mit der Gabel und nahm

einen Bissen. »Was ich eigentlich wissen will, ist, wie haben Sie mich gefunden?«

»Das hat etwas Detektivarbeit erfordert. Ich habe Ihre Spur in Cody, Wyoming, aufgenommen. Die Angestellte im Marriott Hotel war sehr hilfsbereit.«

»Woher wussten Sie überhaupt, dass ich zu Fuß unterwegs war? Oder wo?«

»Oh«, sagte sie. »Ich habe versprochen, es nicht zu sagen.«

»Sie werden es mir nicht sagen?«

»Ich hab's versprochen«, sagte sie. »Wollen Sie, dass ich ein Versprechen breche?«

»War es mein Vater?«

Sie sah mich nur an.

»Na schön«, sagte ich. »Halten Sie Ihr Versprechen.« Ich nahm noch einen Bissen. Pamela aß weiter, kaute langsam und bedächtig.

Einen Augenblick später sagte ich: »Ich habe viel über unser Gespräch gestern Abend nachgedacht.«

Sie sah mich an.

»Die Sache ist die, ich habe Sie gehasst, seit ich mich erinnern kann. Ich nehme an, ich hatte einfach das Gefühl, ich wäre moralisch verpflichtet, Sie zu hassen – als eine Art, McKale gegenüber loyal zu sein. Sie wissen schon, meines Freundes Feind ist mein Feind.«

»Verstehe«, sagte Pamela.

»Aber die Wahrheit – oder zumindest die Wahrheit zu kennen – kann in einer Sekunde alles ändern.« Ich sah Pamela in die Augen. »Und die Wahrheit ist, ich weiß nicht, wie ich an Ihrer Stelle gehandelt hätte. Aber ich kann nicht glauben, dass McKale ohne diese Erfahrungen die Person gewesen wäre, die sie war.« Meine Augen wurden feucht. »Und ich habe die Person, die sie war, wirklich geliebt. Einer der Augenblicke, der uns am engsten zusammengeschweißt hat, war, als sie so verletzlich und aufgelöst war, weil Sie sie verlassen hatten.

Damals in Hill City haben Sie mich gefragt, ob McKale mir so gehört hätte, wie sie es tat, wenn Sie nicht so gewesen wären, wie Sie waren. Die Antwort ist Nein. Und dafür bin ich Ihnen zu Dank verpflichtet.«

Pamelas Augen füllten sich mit Tränen.

»Sie haben genug gelitten. Mehr, als Sie verdient haben.« Ich sah ihr in die Augen. »Ich vergebe Ihnen.«

Im ersten Augenblick starrte sie mich nur fassungslos an, dann begann sie zu zittern, und Tränen kullerten ihr über die Wangen. Dann hielt sie sich die Hände vors Gesicht und weinte haltlos. Ich stand auf und ging zu ihr hinüber und legte den Arm um sie. »Es ist Zeit, nach vorn zu blicken. Für uns beide.«

Als sie wieder sprechen konnte, fragte sie: »Meinen Sie, meine Kleine wird mir je vergeben?«

»Ich glaube, das hat sie bereits getan.«

»Sie haben keine Ahnung, wie viel mir das bedeutet. Ich verstehe nun, warum meine Tochter Sie geliebt hat. Sie sind ein guter Mann.«

Ich nahm ihre Hand. Sie legte ihre andere Hand auf meine. »Aus tiefstem Herzen«, sagte sie, »danke.«

»Gern geschehen«, erwiderte ich. »Es ist mir ein Vergnügen.« Und das war es wirklich. Mein Herz war von Freude erfüllt.

Einen Augenblick später nahm sie eine Serviette vom Tisch und wischte sich die Augen.

»Und jetzt?«, fragte ich.

»Ich muss zurück nach Custer und meinen Wagen holen.

Ich habe ihn auf dem Hotelparkplatz stehen lassen. Hoffentlich haben sie ihn nicht abgeschleppt.«

»Wie kommen Sie dorthin?«, fragte ich.

»Die Frau, die dieses Motel führt, fährt heute Nachmittag nach Rapid City. Sie sagt, sie nimmt mich mit. Ich bin sicher, von dort kann ich eine Mitfahrgelegenheit nach Custer bekommen.«

»Und dann?«

»Dann mache ich damit weiter, meine Tochter großzuziehen.«

Ich lächelte. »Das klingt nach einem guten Plan.«

»Und Sie?«, fragte Pamela. »Werden Sie weitergehen?«

»Ich werde weitergehen.«

Sie lachte, und es war schön zu hören. »Sie sind verrückt, wissen Sie?«

Mein Lächeln wurde breiter. »Genau das hätte Ihre Tochter auch gesagt.«

Die nächste halbe Stunde verbrachten wir mit angenehmem Geplauder, fanden Ähnlichkeiten zwischen Hadley und McKale heraus. Als wir aufgegessen hatten, fragte ich Pamela: »Um wie viel Uhr brechen Sie nach Rapid City auf?«

»Die Frau will nach ihrer Schicht losfahren, so gegen fünf. Sie hat gesagt, ich könnte bis dahin auf meinem Zimmer bleiben. Und Sie?«

»Ich habe heute zwanzig Meilen vor mir. Ich werde ein paar Lebensmittel einkaufen und mich danach auf den Weg machen.«

»Dann will ich Sie nicht länger aufhalten«, sagte sie. »Bitte schauen Sie noch einmal bei mir vorbei, bevor Sie gehen.«

»Das werde ich tun«, sagte ich.

Pamela beugte sich vor und schlang die Arme um mich.

Dann wandte sie sich ab und verließ das Restaurant. Ich sah ihr nach, bevor ich zu dem Geschäft nebenan ging – einer Art Gemischtwarenladen, wo ich die wichtigsten und ein paar unwichtige Dinge kaufte, wie zum Beispiel einen Beutel Donuts, der meine Reise natürlich niemals überleben würde, und zwei Beutel Andorn-Bonbons, eine schwer zu findende Leckerei, für die ich als Kind auf Knott's Berry-Farm in Kalifornien eine Vorliebe entwickelt hatte. In einem schwachen Augenblick kaufte ich mir auch noch einen WO ZUM TEUFEL IST WALL DRUG-Autoaufkleber.

Ich ging zurück in mein Zimmer, packte meine restlichen Sachen und klebte den Aufkleber auf meinen Rucksack. Zweimal überprüfte ich das Zimmer, um sicher zu sein, dass ich nichts vergessen hatte. Ich hatte das Gefühl, als hätte ich irgendetwas dort zurückgelassen. Vermutlich stimmte das auch. Ich klopfte an Pamelas Tür. Sie öffnete rasch.

»Bereit zum Aufbruch?«, fragte sie.

»Und ob«, sagte ich.

»Wenigstens haben Sie die richtigen Schuhe dafür.«

Ich lächelte. Dann beugte ich mich vor und umarmte sie. »Auf Wiedersehen, Pamela. Viel Glück.«

»Ihnen auch viel Glück«, sagte sie. Sie reichte mir ein Blatt Papier. »Hier haben Sie meine Telefonnummer und meine Adresse. Falls Sie je nach Colorado kommen, besuchen Sie uns bitte.«

Ich steckte das Blatt Papier ein. »Das mache ich. Ich würde Hadley sehr gern einmal kennenlernen.«

»Sie würde sich bestimmt freuen, Sie kennenzulernen. Vielleicht könnten Sie auf dem Rückweg von Key West bei uns vorbeischauen.«

»Sehr gern«, sagte ich. »Falls nichts dazwischenkommt.«

Ich fuhr mir mit einer Hand durchs Haar und seufzte. »Ich sollte jetzt besser gehen.«

Pamela beugte sich vor, und wir umarmten uns noch einmal.

»Auf Wiedersehen«, sagte sie. »Passen Sie auf sich auf.«

Ich schulterte meinen Rucksack und setzte meinen Akubra-Hut auf, dann wandte ich mich mit einem verstohlenen Lächeln um und ging los. Als ich das Ende des Parkplatzes erreichte, rief Pamela mir nach.

»Alan.«

Ich wandte mich um.

»Gott schütze Sie.«

Ich lächelte. »Machen Sie's gut, Pamela.« Mit einem letzten Gruß wandte ich mich ab und ging zurück zur Interstate. Ich würde meine Stalkerin vermissen.

Neuntes Kapitel

Während wir unsere individuellen Lebenswege gehen, fangen wir uns Verbitterungen und Verletzungen ein, die sich an unsere Seelen haften wie Kletten an die Socken eines Wanderers. Diese blinden Passagiere erscheinen zunächst vielleicht bedeutungslos, aber im Laufe der Zeit, wenn wir nicht hin und wieder innehalten und sie abschütteln, werden sie zu einer Last für unsere Seelen.

Alan Christoffersens Tagebuch

Bevor ich Wall verließ, unterhielt ich mich mit der Kassiererin vom Wall-Drug-Souvenirladen über die Route nach Osten. Sie überzeugte mich, den Badlands Loop zu nehmen, was meinen Weg um etwa zehn Meilen verlängerte.

Mein Rucksack war wieder schwerer. Ich hatte nämlich gehört, dass es eine Weile dauern würde, bis ich wieder eine anständige Einkaufsmöglichkeit finden würde, daher hatte ich in Wall alle Vorräte aufgestockt, die ich brauchte.

Wenige Minuten, nachdem ich Pamela verlassen hatte, war ich wieder auf der 90 unterwegs. Die morgendliche Luft war kühl, und das Gehen fiel mir leicht – was bestimmt auch daran lag, wie gut ich mich fühlte. Trotz der Schwere meines Rucksacks fühlte ich mich irgendwie leichter. Pamela zu vergeben hatte eine Wunde geheilt, die ich bis dahin gar nicht zur Kenntnis genommen hatte.

Zwei Meilen hinter Wall bog ich von der 90 auf den Highway 240 ab, den Badlands Loop. Ich brauchte den halben Tag, einen Marsch von zehn Meilen, um den Nationalpark zu erreichen.

Die Straße führte über eine Mautstation. Das Eintrittsgeld für »nicht motorisierte« Besucher betrug sieben Dollar, und der Ranger an dem Kassenhäuschen ermahnte mich, dass Zelten nur in den dafür ausgewiesenen Bereichen gestattet war. Nur eine halbe Meile hinter dem Eingang blieb ich stehen, um mir die erste der bemerkenswerten Formationen anzusehen.

Der einheimische Lakota-Stamm nannte das Gebiet *Makhóšiča*, was »schlechtes Land« bedeutet. Die frühen französischen Trapper beschrieben es etwas anschaulicher und nannten es *les mauvaises terres à traverser* – das schlecht zu durchquerende Land.

Die Badlands tragen ihren Namen nicht zu Unrecht. Die Gegend ist ein Sumpfland mit Abhängen und Spalten, glitschigem Lehm und tiefem Sand, was alles den frühen Reisenden den Weg durch das Gebiet erschwerte.

Die modernen Straßen bieten eine leicht zugängliche und malerische Strecke durch den Park, aber bei Einbruch der Dunkelheit war ich noch immer weit entfernt von irgendeinem Campingplatz. Trotz der Warnung des Rangers blieb mir keine andere Wahl, als mir einen Platz zum Zelten zu suchen, der nicht als solcher ausgewiesen war. Nahe einer Stelle namens Panorama Point rutschte ich eine kleine Schlucht hinunter, wo ich von der Straße aus nicht zu sehen sein würde.

Ich aß eine Dose kalte Bush's Baked Beans, einen Apfel und den letzten Rest meiner Wall-Drug-Donuts, die inzwischen nur noch aus Krümeln bestanden.

Am nächsten Morgen brach ich früh auf. Um acht Uhr erreichte ich den Fossil Trail, wo ich eine Pause einlegte, um mir einige der prähistorischen Funde anzusehen, darunter Schildkrötenpanzer und Säbelzahntigerknochen. In der Cedar Pass Lodge aß ich zu Mittag und kaufte mir etwas Wasser, ließ das Besucherzentrum jedoch links liegen, da ich befürchtete, es andernfalls vor Einbruch der Dunkelheit nicht aus dem Park zu schaffen.

Kurz vor dem Ende des Loops kam ich zu einer Handelsstation mit einer riesigen Holzskulptur eines Waldmurmeltiers am Eingang. Ich kaufte mir etwas zum Abendessen, dann setzte ich mich neben dem riesigen Waldnagetier an den Straßenrand und aß ein Büffel-Hotdog und einen Bohnen-Käse-Burrito, die ich mir in dem Laden in der Mikrowelle hatte aufwärmen lassen.

Dann ging ich weiter in Richtung 90, auf der Suche nach einem Ort, wo ich die Nacht verbringen könnte. An der Zufahrtsstraße vor dem Freeway stand ein verlassenes Gebäude mit einem noch intakten Schild:

THE CACTUS FLAT CAFÉ

Die Fenster waren alle herausgeschlagen, und die Eingangstür stand offen, hing schief in den verrosteten Angeln. Ich warf einen Blick hinein. Der Raum war voller Müll, und ich räumte mir weiter hinten einen Platz zum Schlafen frei und verbrachte eine ereignislose Nacht zwischen Müll und Nagetieren.

Am nächsten Morgen ging ich eine Meile weit zurück zu der Handelsstation, um zu frühstücken – ein Wurstbrötchen, eine Quarktasche und eine Banane –, bevor ich wieder zu der Zufahrtsstraße zurückkehrte.

Der Höhepunkt des Tages war ein Schild, das mich informierte, dass die Filme *Thunderhead* – ein Film von 1945 mit

Roddy McDowall – und *Starship Troopers* – ein Film von 1997 mit niemandem – in dieser Gegend gedreht wurden. Wall-Drug-Werbetafeln standen jetzt mit der Rückseite zu mir auf der anderen Seite des Highways. Sie wurden seltener, je weiter ich mich von Wall entfernte.

Jeder Erfolg führt zu Nachahmern, und während die Wall-Drug-Schilder weniger wurden, stellten andere Geschäfte ihre eigenen auf, auch wenn die meisten davon hausbacken und schlecht durchdacht waren. In der Außenwerbung gibt es eine Regel: Eine gute Plakatwand sollte nie mehr als sieben Wörter enthalten, am besten waren fünf oder noch weniger. Ich sah ein Schild mit sage und schreibe dreiundsiebzig Wörtern (ich war so verblüfft davon, dass ich tatsächlich stehen blieb, um sie zu zählen). Ungläubig schüttelte ich den Kopf. *Wer würde das mit fünfundsiebzig Meilen in der Stunde lesen?*

Nach knapp neunzehn Meilen beendete ich den Tag in der winzigen Stadt Kadoka: 736 Einwohner. Dort nahm ich mir ein Zimmer im America's Best Value Inn und aß auf Empfehlung des Hotelangestellten im Club 27 zu Abend. Ich wählte das Filet mignon mit Backkartoffel. Es schmeckte nicht annähernd so gut wie das Filet mignon, das ich in Hill City gegessen hatte, aber ich beklagte mich nicht.

Nach den letzten zwei Tagen Einsamkeit war ich in der Stimmung, mit jemandem zu reden. Eigentlich egal, mit wem. Bedauerlicherweise war meine Bedienung es nicht, daher hörte ich einfach den Gesprächen anderer Essensgäste zu.

Am nächsten Morgen aß ich im Nibble Nook Café ein Schinken-Käse-Omelett zum Frühstück, bevor ich mich wieder auf den Weg machte. Die Zufahrtsstraße endete in Kadoka, daher ging ich etwa fünf Meilen weit wieder an der 90 entlang, bis ich auf eine andere Nebenstraße stieß.

Um kurz nach Mittag schoss ein alter, schwer beladener Pick-up-Truck so nah an mir vorbei, dass der Fahrtwind mich fast umpustete. Der Truck verschwand hinter einer leichten Anhöhe. Etwa zwanzig Minuten später holte ich den Truck ein. Er stand am Straßenrand, und seine Warnlichter blinkten. Die Straße war übersät mit allen möglichen Gegenständen. Ich nahm an, dass die Fracht des Trucks von der übergroßen Matratze gehalten worden war, die ebenfalls davongeflogen war.

Der Fahrer knurrte und fluchte, während er seine Sachen einsammelte, die in einem Radius von fünfzig Metern auf der Straße verstreut lagen wie ein großer, chaotischer Flohmarkt.

Der Mann war ein bisschen kleiner und deutlich breiter als ich, und vermutlich fünfzig Pfund schwerer. Er trug einen buschigen Bart und ein Chicago-Bears-Trikot. Irgendwie erinnerte er mich an diese Typen, die man bei Footballspielen sieht, ohne Hemd, mit Gesichtsbemalung und einer Rainbow-Afroperücke. Er sah mich kurz an, nachdem er ein Kissen auf den Truck geworfen hatte.

»Brauchen Sie Hilfe?«, fragte ich.

Er schnitt eine Grimasse. »Na klar. Warum nicht?«

Ich stellte meinen Rucksack ab und half ihm, seine Sachen einzusammeln, hauptsächlich Dinge von geringem Wert, darunter ein Dutzend verblichener T-Shirts, ein paar Porno-Videokassetten und einige Plastikteller – von denen die meisten jetzt zerbrochen waren. Der Mann knurrte und fluchte nur.

»Sieht aus, als ob Sie umziehen«, sagte ich.

»Sie haben's erfasst«, erwiderte er. »Ich hab's endlich kapiert und die alte Hexe sitzen lassen.« Er wandte sich um und warf ein Abtropfgestell auf die Ladefläche des

Trucks. »Wissen Sie, wie man Erleichterung buchstabiert. S-C-H-E-I-D-U-N-G. Wissen Sie, was ich meine?«

»Nein«, sagte ich.

Er beugte sich vor. »Dann sind Sie nicht verheiratet, was?«

»Nein«, erwiderte ich.

»Dann sind Sie schlauer als ich. Das Leben ist kurz. Man muss Gelegenheiten beim Schopf packen. Wissen Sie, was ich meine? Wenn man sich nicht selbst um sich kümmert, wer wird es dann tun?«

»Sagen Sie's mir.«

»Niemand. Niemand kümmert sich um einen, außer man selbst. Man muss selbst auf seinen Rücken sehen.«

Ich machte mir nicht die Mühe, ihn darauf hinzuweisen, dass das im wahrsten Sinne des Wortes unmöglich war. »Wohin sind Sie unterwegs?«, fragte ich.

»Zurück dorthin, wo das Leben gut war. Wissen Sie, was ich meine, damals auf der Highschool? Tussis und Bier, damals wussten wir zu leben. Das Leben war eine einzige große Party. Dorthin bin ich unterwegs.«

»Über dem Regenbogen …« sagte ich, während ich ein paar Kassetten mit schmuddeligen Hüllen aufhob.

»Was?«

»Ach nichts. Wissen Sie denn, ob das, was Sie suchen, noch immer dort ist?«

Er hielt inne und sah mich an, als sei er verärgert von meiner Dummheit. »Warum sollte es das denn nicht sein?«

Ich gab ihm keine Antwort. Wir sammelten seine restlichen Sachen ein, dann half ich ihm, die Matratze auf den Haufen zu werfen, und wir zogen ein Nylonseil kreuz und quer über die Matratze und befestigten es an dem Truck. Als der letzte Knoten festgezurrt war, hob ich meinen Rucksack auf. »Na dann, viel Glück.«

»Danke für Ihre Hilfe«, sagte er. »Kann ich Sie mitnehmen?«

»Nein, danke. Ich gehe zu Fuß.«

»Wie Sie wollen.« Er knallte die Tür zu, jagte den Motor hoch, der ein paarmal fehlzündete, und schoss dann davon, sodass mir etwas Kies entgegenspritzte. Ich schüttelte den Kopf. Ich glaube, von allen Leuten, die mir auf meinem Weg bisher begegnet waren, war er der bemitleidenswerteste.

Ein paar Stunden später kam ich zu einem Gebäude mit einem Schild, auf dem stand:

VERSTEINERTE GÄRTEN
»Anerkannter familienfreundlicher Ort«
Bringen Sie Ihre Kamera mit!

Ich hatte weder eine Familie noch eine Kamera, aber meine Neugier auf dieses Gebäude mitten im Nirgendwo war geweckt, also ging ich hinein. Eine Glocke bimmelte, als ich eintrat, und ein hagerer Mann in mittleren Jahren, der ein bisschen so aussah wie Christopher Walken, kam mir an der Tür entgegen. »Möchten Sie eine Eintrittskarte kaufen?«

»Na klar«, sagte ich.

»Wie viele?«

»Nur für mich.«

»Eine Eintrittskarte«, sagte er. »Das macht dann sieben Dollar.«

Ich bezahlte ihn. Er reichte mir eine Eintrittskarte. Dann (und ich denke mir das nicht aus) sagte er: »Augenblick.« Er ging zehn Schritte nach hinten zum Eingang des Museums, streckte die Hand aus und sagte: »Ihre Eintrittskarte, bitte.«

Ich gab ihm die Eintrittskarte wieder.

»Hier entlang«, wies er mir den Weg.

Ich betrat einen langen, dunklen Raum, in dem Gesteinsproben hinter Glas und Hühnerdraht ausgestellt waren. Der Raum war von ultraviolettem Licht erhellt, in dem die Steine fluoreszierten. Ich hielt mich ein paar Minuten dort auf, dann verließ ich den Raum durch eine Tür, die in den Garten führte.

Der Garten war übersät mit versteinerten Hölzern, Fossilien, Quarzen und Dinosaurierknochen. Es gab einen »versteinerten Holzstoß« und eine alte Hütte, etwa so groß wie ein SUV, mit einem Schild daneben, auf dem stand: »Elf Personen haben den Winter 1949 in dieser Hütte überlebt.« Im ersten Moment stellte ich mir Pioniere vor, unter Büffelhautdecken zusammengekauert, die in einem Schneesturm gestrandet waren. Dann begriff ich, dass auf dem Schild 1949 stand – dasselbe Jahr, in dem Russland die Atombombe bekam. Dieser Ort war wirklich abgeschieden.

Um den Garten zu verlassen, musste ich wieder durch das Gebäude gehen. Dort waren Fossilien, eine Sammlung von Geoden und einige bearbeitete Steinplatten ausgestellt, die irgendwie bei der Schaffung des Mount-Rushmore-Monuments verwendet oder weggeworfen worden waren. Der Ausgang führte in einen Souvenirladen, in dem es ungefähr dieselben Mount-Rushmore-Andenken gab, die ich schon in Custer gesehen hatte, dazu etliche polierte Steine, die in verschiedene Accessoires eingesetzt waren: Manschettenknöpfe, Krawattennadeln, Schlüsselanhänger und Ohrringe. Ich fragte den Mann, der jetzt als Souvenirverkäufer bereitstand, wie das Geschäft liefe.

»Dieser Ort ist seit siebenundfünfzig Jahren im Besitz der Familie«, sagte er.

Eigentlich hatte er meine Frage nicht beantwortet, aber

ich nahm an, dass das alles war, was er dazu sagen wollte. Ich benutzte die Toilette, verabschiedete mich und machte mich wieder auf den Weg.

An diesem Nachmittag, sechs Meilen hinter der Stadt Belvidere, kam ich an einer Plakattafel vorbei, auf der zu lesen stand: »1880 Town. *Der mit dem Wolf tanzt*-Filmrequisiten nächste Meile.«

Ich lächelte, als ich das Schild las. Ich musste an den Abend denken, an dem ich den Film mit Nicole gesehen hatte. Das war auch die erste Nacht gewesen, in der ich sie weinen hörte. Ich fragte mich, wie es ihr wohl ging.

Keine Meile später ging ich unter dem Freeway hindurch in Richtung Norden, nach 1880 Town. Auf einem großen, gemalten Holzschild am Eingang stand:

1880 Town
DAKOTA-GEBIET
HÖHE: 2391 FUSS
BEVÖLKERUNG: 170 GEISTER
9 KATZEN
3 HUNDE
3905 ~~8203662~~ KANINCHEN

Der Eingang in die Stadt war durch eine Scheune mit vierzehn Seitenwänden (als weltweit Einzige dieser Art gepriesen). Der vordere Zaun war flankiert von zwei Eisenbahnwaggons, einer echten Dampflokomotive und einem Speisewagen aus rostfreiem Stahl, der passenderweise in einen Diner umgewandelt worden war.

Ich betrat die Scheune, wo ich einer mürrischen Frau mit blauen Haaren zwölf Dollar bezahlte.

In dem Gebäude türmten sich bis an die Dachsparren

Western-Antiquitäten und Filmrequisiten aus *Der mit dem Wolf tanzt* – darunter das Grassodenhaus und das Zelt vom Filmset, die Timmons-Güterwaggons und unzählige Fotos von Kevin Costner und Mary McDonnell, der Frau, die »Steht mit einer Faust« spielte, die weibliche Hauptrolle und Costners Objekt der Begierde. Ich holte mein Handy aus meinem Rucksack und rief Nicole an. Sie nahm beim zweiten Klingeln ab.

»Hallo?«

»Nicole, hier ist Alan.«

Ihre Stimme klang aufgeregt. »Alan! Ist alles in Ordnung?«

»Es geht mir gut.«

»Es tut so gut, deine Stimme zu hören. Wo in aller Welt steckst du?«

»South Dakota.«

»South Dakota? Bist du an Wall Drug vorbeigekommen?«

»Du kennst Wall Drug?«

»Jeder kennt Wall Drug.«

»Ich hab dort einen Zwischenstopp eingelegt.«

»Wie war es?«

»Eine richtig große Drogerie.«

»Da muss ich auch einmal hin«, sagte sie.

»Na ja, der Grund, weshalb ich anrufe – erinnerst du dich noch an diese Szene in *Der mit dem Wolf tanzt*, wo Costner den Büffel jagt?«

Eine lange Pause trat ein. »Ja, ich glaube schon.«

»Ich stehe genau neben diesem Büffel.«

»Er lebt noch?«

»Nein, er hat nie gelebt. Es ist ein Animatronic-Büffel.«

»Ein was?«

»Ein Roboter-Büffel«, sagte ich.

Sie lachte. »Bist du sicher, dass bei dir alles okay ist?«

»Es geht mir bestens. Wirklich. Wie läuft's bei dir? Wie geht es Kailamai?«

»Sie ist genau so, wie du gesagt hast. Eine bemerkenswerte junge Frau. Sie hat sich schon auf dem College eingeschrieben.«

»Wie läuft's mit meinem Dad?«

»Er ist der reinste Lebensretter. Wir bringen alles in Ordnung. Ich bekomme individuelle Rentenkonten, Investmentfonds und noch eine ganze Menge Dinge, über die ich gar nichts weiß. Aber wen interessiert schon mein langweiliges Leben? Erzähl mir von deinem Abenteuer.«

»Da gibt's nicht viel zu erzählen. Ich bin noch immer unterwegs.«

»Ich denke jeden Tag an dich, weißt du.«

Ich schwieg einen Moment. »Wir zwei hatten schon ein paar gute Zeiten, oder?«

»Oh ja, in der Tat. Wenn du das Herumwandern je satthast, hier ist immer ein Platz für dich.«

»Nur fürs Protokoll, ich hatte das Wandern schon satt, bevor wir uns kennengelernt haben. Aber danke für die Einladung. Ich behalte sie im Hinterkopf.«

»Ich habe viel über die Zeit nachgedacht, die wir zusammen verbracht haben. Ich ...« Sie hielt einen Moment inne. »Ich vermisse dich.«

»Ich dich auch.«

»Versprich mir, dass wir uns wiedersehen.«

»Versprochen.«

»Okay«, sagte sie. »Das genügt mir fürs Erste.«

»Kann ich mit Kailamai reden?«

»Sie ist mit ein paar Freunden unterwegs. Bestimmt ist sie wahnsinnig enttäuscht, dass sie dich verpasst hat. Sie hat eine ganze Reihe neuer Witze, die sie für dich aufhebt.

Hier ist einer, den sie mir heute Morgen erzählt hat: Ein Golfschläger geht in eine Bar und bittet um ein Bier, aber der Barmann weigert sich, ihn zu bedienen. ›Warum nicht?‹, fragt der Golfschläger. ›Weil du später zuschlagen wirst‹, sagt der Barmann.«

»Der ist wirklich unterirdisch«, sagte ich.

»Ich weiß«, lachte Nicole. »Aber es ist so witzig, dass sie sie erzählt.«

»Klingt, als ob bei euch beiden alles gut läuft.«

»Oh ja«, sagte sie.

»Das freut mich zu hören.«

»Gut. Denn du bist dafür verantwortlich.«

»Schön, zu hören, dass ich etwas richtig gemacht habe.« Ich seufzte. »Na ja, ich mache jetzt besser Schluss.«

»Okay.« Sie klang enttäuscht. »Ruf bald wieder an.«

»Mache ich. Pass auf dich auf.«

»Bis bald.«

Es tat gut, ihre Stimme zu hören. Trotzdem, unser Gespräch rief mir in Erinnerung, wie einsam ich war. Ich verstaute mein Handy wieder in meinem Rucksack und ging dann durch die Hintertür der Scheune in den Park.

1880 Town war eine ehrgeizige Neuschöpfung einer alten Westernstadt, die sich über mehr als fünfzig Morgen erstreckte. Es gab ein Postamt, eine Zahnarztpraxis, eine Bank, eine Apotheke, ein Gefängnis, ein Schulhaus mit einem einzigen Klassenzimmer, einen Pferdestall voller echter Pferdewagen und mindestens zwei Dutzend andere Gebäude, alles noch etwas größer und übertriebener als Nevada City in Montana. Das seltsamste Ausstellungsstück war ein lebendiges, Brezeln liebendes Kamel namens Otis, das auf einem Weidepferch hinter der Kirche der Stadt stand.

Ich hatte nicht vor, an diesem Abend noch weiter zu laufen, daher hing ich ungefähr eine Stunde in der Stadt herum, lange genug, um durch jedes Gebäude zu schlendern. Als ich alles gesehen hatte, was mich interessierte, ging ich zurück zu dem Diner, um etwas zu essen. Es waren nicht viele andere Gäste da, nur zwei Familien, und ich setzte mich ans andere Ende des Eisenbahnwaggons und stellte meinen Rucksack auf der roten Kunstlederbank mir gegenüber ab. Ich studierte die Speisekarte, dann lehnte ich mich zurück und wartete, bis die Bedienung ein paar Minuten später zu mir kam. Sie war jung, mit kurzen roten Haaren und einem Namensschild, auf dem MOLLY stand.

»Hi«, sagte sie. »Entschuldigen Sie, dass Sie warten mussten. Kann ich Ihnen etwas zu trinken bringen?«

»Ich hätte gern etwas Wasser. Viel Wasser, am besten eine Karaffe.«

»Eine was?«

»Einen Krug«, sagte ich. »Einen ganzen Krug.«

»Okay. Wissen Sie schon, was Sie essen möchten?«

»Wie ist denn der Hackbraten?«

»Gut. Ich hatte ihn selbst zum Mittagessen.«

»Dann nehme ich den Hackbraten und den Chefsalat mit Thousand-Island-Dressing.«

Sie notierte sich meine Bestellung. »Sollen Sie haben. Ich bin gleich wieder da und bringe Ihnen das Wasser und etwas Brot.« Sie ging zurück in die Küche.

Vor meinem Fenster war eine Shell-Tankstelle. Neben der Tankstelle saß eine Familie auf einem Stück Gras neben ihrem Minivan. Der Vater studierte eine Straßenkarte, die auf der Motorhaube des Wagens ausgebreitet war, während die Mutter Sandwiches für ihre drei Kinder herrichtete. Ihr Anblick weckte Erinnerungen an die Familienausflüge, die wir unternommen hatten, bevor meine Mutter starb.

Mein Vater fiel, genau wie ich, leicht auf Touristenfallen herein und hätte vermutlich an genau denselben Orten angehalten wie ich – den Versteinerten Gärten, Wall Drug, 1880 Town, er hätte nichts ausgelassen. Obwohl ich immer gedacht hatte, völlig anders zu sein als mein Vater, stellte ich allmählich fest, dass ich doch viel von ihm hatte.

Molly kam einen Augenblick später mit einem Krug Wasser, einem großen, mit Eis gefüllten Glas und einem kleinen Plastikkorb mit einem Mini-Brotlaib und zwei in Folie gewickelten Butterstückchen wieder. »Bitte sehr«, sagte sie freundlich. »Ihr Essen kommt sofort.«

Ich sah wieder durchs Fenster zu der Familie. Der Mann hatte sich noch immer über die Karte gebeugt. Die Frau stand jetzt neben ihm, eine Hand auf seinem Rücken.

Irgendetwas an diesem kleinen Tableau faszinierte und irritierte mich zugleich. Die Szene war so einfach und echt, vielleicht hoffnungsvoll, und doch gab sie mir das Gefühl, unvollständig zu sein. Warum war mir dabei so unbehaglich zu Mute? Während ich darüber nachgrübelte, wurde mir bewusst, dass mir das, was ich dort beobachtete, nicht nur einmal, sondern zweimal genommen worden war. Das erste Mal, als meine Mutter starb. Das zweite Mal, als McKale starb. Ich vermisste meine Vergangenheit und meine Zukunft zugleich.

Würde ich je das haben, was diese Familie hatte? Würde ich je wieder heiraten? Kinder haben? Ich konnte es mir beim besten Willen nicht vorstellen. Und doch …

Meine Gedanken wurden von Molly unterbrochen, die mit meinem Essen wiederkam. Ich fragte sie, ob sie in der Nähe irgendetwas wüsste, wo ich übernachten könnte.

»Etwa eine viertel Meile die Straße hoch gibt es einen KOA-Campingplatz«, sagte sie. Sie deutete aus dem Fenster.

»Viele meiner Gäste wohnen dort. Da kann man auch Hütten mieten.«

»Sind die Hütten hübsch?«

»Das weiß ich nicht. Aber ich habe noch keine Klagen gehört.«

»Würden die Leute sich denn beklagen, wenn es ihnen nicht gefallen würde?«

Sie verdrehte die Augen. »Manche Leute beklagen sich, weil ihnen das Eis in der Cola zu kalt ist.«

Ich grinste. »Da haben Sie recht.«

Ich aß auf, holte mir ein Stück Apfelkuchen zum Mitnehmen und machte mich auf den Weg zu dem Campingplatz. Dort gab es mehrere freie Plätze, und der Mann, der den KOA führte, erklärte mir, dass es in den Hütten keine Bettwäsche gab.

»Es gibt eine Matratze, aber keine Bettwäsche«, sagte er. »Und Sie haben ein Waschbecken und eine Toilette, aber wenn Sie duschen wollen, müssen Sie in dieses Gebäude hier kommen.«

»Perfekt«, sagte ich. Vielleicht nicht perfekt, aber für fünfundvierzig Dollar die Nacht, mit Klimaanlage, Verandaschaukel und Fernseher, hätte ich es deutlich schlimmer treffen können. Ich rollte meinen Schlafsack auf dem Bett aus und schaltete die David-Letterman-Show ein, dann legte ich mich hin und schlief prompt ein.

Zehntes Kapitel

Meine Haare werden allmählich lang. Ich muss einen Friseur finden, bevor mich irgendjemand mit einem Rockstar verwechselt.

Alan Christoffersens Tagebuch

Am nächsten Tag tat ich nichts als gehen. Es war, als würde sich dieselbe Landschaft ständig wiederholen, wie der Hintergrund bei einer *Familie-Feuerstein*-Episode. Den ganzen Tag kam ich an einem einzigen Haus vorbei, bis ich am Abend die Stadt Murdo erreichte. Ich aß in der Prairie Pizza zu Abend und übernachtete im American Inn.

Am nächsten Morgen wachte ich mit Kopfschmerzen auf, auch wenn sie ziemlich bald wieder vergingen. Ich packte meine Sachen, bevor ich ein herzhaftes Frühstück aus Würstchen mit Brötchen und Béchamelsauce zu mir nahm, in dem Diner bei der World Famous Pioneer Auto Show.

Während ich aß, fiel mir auf, dass sich die Zeit auf der Uhr des Restaurants um eine Stunde von meiner Armbanduhr unterschied. Ich fragte meine Kellnerin nach der Uhrzeit, und sie erklärte mir, dass die Zeitzone in ihrer Stadt von der Mountain zur Central Time wechselt. Ich hatte offiziell meine zweite Zeitzone durchschritten, seit ich Seattle verlassen hatte. Ich stellte meine Uhr um und ging wieder hinaus zur 90.

Etwas Seltsames fiel mir an jenem Tag auf: Ich kam an vielen überfahrenen Tieren vorbei. Warum es hier mehr tote

Tiere gab als auf all meinen bisherigen Streckenabschnitten, weiß ich nicht, aber so war es. Ich sah Kaninchen, Rehe, Dachse, Stinktiere, Waschbären und noch ein paar andere Säugetiere, die nicht mehr zu erkennen waren. McKale flippte beim Anblick überfahrener Tiere jedes Mal aus. Sie ging damit um, indem sie es einfach leugnete und erklärte, die toten Tiere seien nicht wirklich tot, sondern nur wirklich müde.

Natürlich zog ich sie damit auf. »Sieh mal«, sagte ich dann zum Beispiel. »Da schläft ein Waschbär.«

Sie nickte. »Das ist aber ein müder Waschbär.«

»Allerdings. Er schläft so tief, dass ihm der Kopf abgefallen ist.«

Hin und wieder kam ich an einer Katze oder einem Hund vorbei, was mich jedes Mal traurig stimmte, da ich wusste, dass irgendwo irgendjemand vermutlich nach dem Tier suchte. Ich musste an die Geschichte *Der kleine Prinz* denken. Der einzige Unterschied zwischen den Katzen und Hunden und den anderen überfahrenen Tieren war der, dass die wilden Geschöpfe nicht gezähmt worden waren. Ich nahm an, wenn ich hier draußen sterben sollte, wäre es nicht anders. Niemand würde mich kennen. Fremde würden es für tragisch oder entsetzlich halten; sie würden vielleicht schreien oder den Notruf wählen, aber sie würden nicht weinen. Sie hätten keinen Grund dazu.

Ein paar Leute würden mich vermissen, aber die konnte ich an einer Hand abzählen: mein Vater, Nicole, Kailamai und Falene, meine Assistentin, die zu mir gehalten hatte, als meine Firma unterging. So wenige. War das ein gescheitertes Leben?

An jenem Tag legte ich dreiundzwanzig Meilen zurück, und ich zählte sechsunddreißig überfahrene Tiere. In der Nacht zeltete ich am Straßenrand neben einem Teich.

Der nächste Tag verlief ungefähr genauso. Ich ging zwanzig ereignislose Meilen weit bis zur Stadt Kennebec. Ich aß im Hot Rod's Steakhouse zu Abend und versuchte, in einem Hotel namens Gerry's Motel abzusteigen, fand aber niemanden, der mir dabei behilflich war. Auf dem Empfangstresen des Motels stand ein großer Eiscremebecher, an dem eine handgeschriebene Notiz in einer weiblichen Schrift klebte:

Trinkgeld für Barb
Sie hat es wirklich verdient
Sie steht früh auf

Ich wartete fast zehn Minuten in der Lobby, aber weder die Frühaufsteherin Barb noch irgendjemand sonst ließ sich blicken, daher ging ich wieder und übernachtete in einem Hotel einen Block weiter.

Der nächste Tag verlief ebenso eintönig. Nein, mehr noch, wenn man bedenkt, dass der Höhepunkt des Tages darin bestand, dass der Seitenstreifen der Straße von brauner Erde in roten Kies überging. Am Ende des Tages nahm ich die Ausfahrt 260 nach Oacoma, eine richtige Stadt mit einem Autohandel und, was noch wichtiger war, Al's Oasis.

Al's Oasis war eine Art billige Wall-Drug-Kopie, eine Einkaufspassage mit einer Westernfassade und einem Lebensmittelladen, einem Restaurant und einem Gasthof. Ich aß in Al's Restaurant ein Roastbeef und nahm mir für neunundsiebzig Dollar in dem Gasthof ein Zimmer mit Blick auf den Missouri River.

Am nächsten Morgen überquerte ich den Fluss, vorbei an der South Dakota Hall of Fame, von der ich in der Touristenbroschüre in meinem Hotelzimmer gelesen hatte. Zu den dort aufgenommenen Persönlichkeiten aus South Dakota gehörten die prominenten TV-Nachrichtenmoderatoren Mary Hart und Tom Brokaw, außerdem Bob Barker (*Der Preis ist heiß*), Al Neuharth (Gründer von *USA Today*) und Crazy Horse, wenn auch nicht in dieser Reihenfolge.

Ich ging vierundzwanzig Meilen weit und übernachtete in der Stadt Kimball, wo ich im Frosty King ein Körbchen mit gebackenen Shrimps aß und für vierundfünfzig Dollar im Dakota Winds Motel abstieg.

Am nächsten Morgen, auf dem Weg zurück zum Freeway, kam ich an einem Schild für ein Traktormuseum vorbei. Ich war sehr in Versuchung, aber ich widerstand der magnetischen Anziehung des Ortes und ging stattdessen weiter zum Freeway.

An jenem Abend schlief ich hinter einem Kiefernhain, der am Straßenrand gepflanzt war und der aussah wie ein Verkaufsplatz für Weihnachtsbäume am Rande eines Maisfelds. Vermutlich hätte ich mich noch in die nächste Stadt schleppen können, bloß hatte ich einfach keine Lust dazu. Ich wünschte, ich hätte sie gehabt.

Elftes Kapitel

Helden und Engel erscheinen im Allgemeinen
in Verkleidung.

ALAN CHRISTOFFERSENS TAGEBUCH

Als ich am nächsten Morgen aufwachte, drehte sich alles. Ich fühlte mich, als wäre ich eben von der Teetassenbahn im Disneyland gestiegen. Ich lag in meinem Schlafsack und hielt mir fast zwanzig Minuten den Kopf, in der Hoffnung, das Gefühl von Schwindel und Übelkeit würde sich legen. Als es mir etwas besser ging, rollte ich meinen Schlafsack zusammen und ging los, nachdem ich das Frühstück zwangsläufig ausfallen lassen musste.

Ich ging drei Meilen weit bis zur Stadt Plankinton. Inzwischen fühlte ich mich fast wieder normal, daher ging ich zum Frühstücken in einen kleinen Eckladen namens Coffee Cup Fuel Stop. Eine Meile später kam ich an einem Schild für den Maispalast vorbei.

ÄHRENSACHE …
Besuchen Sie den Maispalast, Mitchell, South Dakota

Mitchell war die größte Stadt, in die ich seit Rapid City kommen würde. Ich nahm an, dass ich Mitchell bis zum Spätnachmittag erreichen und ein anständiges Hotel finden könnte, um mich zu erholen.

In den nächsten Stunden fiel mir das Gehen immer schwerer, und drei Meilen vor der Stadt wurde das Schwindelgefühl noch schlimmer als an diesem Morgen. Alles begann sich so wild zu drehen, dass ich wie ein Betrunkener taumelte. Dann musste ich mich übergeben. Ich stolperte ein paar Meter weiter, bevor ich mich noch zweimal übergab. Ich ließ mich auf die Knie fallen und hielt mir vor Schmerzen den Kopf.

Ich nahm meinen Rucksack ab und rollte mich auf die Seite. Weitergehen war keine Option mehr. Ich wusste nicht, was ich tun sollte. Ich hoffte, ein Highwaypolizist oder irgendein vorbeifahrender Autofahrer würde anhalten, um nach mir zu sehen, aber das tat niemand. Autos schossen vorbei, aber entweder sahen sie mich nicht, oder sie wollten vielleicht nichts mit mir zu tun haben. Wie kann man auf einen Menschen, der am Straßenrand liegt, nicht reagieren?

Ich lag mehrere Stunden da und übergab mich noch sechsmal, bis ich schließlich nur noch trocken würgte. Der Geschmack der Magensäure war scharf und bitter in meinem Mund. Als es dunkel wurde, überlegte ich unschlüssig. Ich war mir nicht sicher, ob ich mich noch ein Stück weiter vom Seitenstreifen wegrollen sollte, um nicht überfahren zu werden, oder besser dort bleiben sollte, wo ich war, in der Hoffnung, irgendein Barmherziger Samariter würde anhalten, um mir zu helfen – eine Aussicht, die mir mit jedem vorbeifahrenden Auto unwahrscheinlicher erschien.

Inzwischen wurde ich allmählich panisch, und ich fragte mich, wie ich die Nacht verbringen würde, als ich hinter mir einen Wagen heranfahren hörte. Ich hörte, wie eine Tür aufging, gefolgt von schweren Schritten. Meine Gedanken, die sich ohnehin schon drehten, kehrten zurück zu der Nacht, als ich vor Spokane überfallen wurde und um ein Haar mein

Leben verloren hätte. Nur dass ich diesmal noch verletzlicher war.

Als ich aufsah, stand ein älterer, grauhaariger Mann in adretter, aber altmodischer Kleidung vor mir.

»Geht es Ihnen gut?«, fragte er mit einem starken Akzent, der für mich russisch klang.

»Mir ist sehr schwindelig.«

Er kauerte sich neben mich. »Haben Sie getrunken?«

Ich bemerkte seinen Davidstern-Anhänger. »Nein. Plötzlich hat sich einfach alles gedreht.«

»Haben Sie Verwandte oder Freunde, die ich anrufen könnte?«

»Nein, ich bin aus Seattle«, sagte ich. »Könnten Sie mich zu einem Krankenhaus oder einer Klinik bringen?«

»Ja. In Mitchell gibt es ein Krankenhaus. Ich fahre Sie hin.«

»Dafür wäre ich Ihnen sehr dankbar.«

»Ist das Ihr Rucksack?«, fragte er.

»Ja, Sir.«

»Ich lege ihn in meinen Wagen.«

Der Mann legte meinen Rucksack auf die Rückbank, dann kam er zurück und half mir in seinen Wagen, einen Chrysler älterer Bauart. Ich bewegte mich langsam, hielt mir noch immer den Kopf. Er öffnete die Beifahrertür und setzte mich sanft hinein.

»Stoßen Sie sich den Kopf nicht an«, sagte er. Als ich saß, schloss er die Tür und ging um den Wagen auf die Fahrerseite und stieg ein.

»Ich werde versuchen, mich nicht in Ihrem Wagen zu übergeben«, sagte ich.

Er lachte leise. »Dafür wäre ich Ihnen sehr dankbar.«

»Versprechen kann ich es nicht«, fügte ich hinzu.

Er ließ den Wagen an. »Kennen Sie sich in Mitchell aus?«

»Nein, Sir.«

»Dort gibt es das Avera Queen of Peace Hospital in der Foster Street. Das können wir in einer Viertelstunde erreichen.«

Ich saß vornübergebeugt da, die Hände über die Augen gelegt. »Danke.« Eine Minute später fragte ich: »Wie heißen Sie?«

»Leszek.«

»Lasik?«

Er lachte. »Leszek. Das ist polnisch. Wie heißen Sie?«

»Alan.«

»Alan«, sagte er. »Freut mich, Sie kennenzulernen, Alan.«

Die Fahrt kam mir quälend länger vor als eine Viertelstunde, da sich meine ganze Welt immer noch drehte. Zum Glück stellte der Mann keine weiteren Fragen. Er sagte gar nichts mehr, bis er vor dem Eingang der Notaufnahme vorfuhr. »Wir sind da«, sagte er. »Ich helfe Ihnen noch hinein.« Er stellte den Motor ab und stieg aus, dann öffnete er meine Tür. Er hielt meinen Arm, während ich neben ihm herging. Als wir in dem Gebäude waren, sagte ich: »Ich habe meinen Rucksack vergessen.«

»In meinem Wagen ist er gut aufgehoben«, sagte er.

Ich konnte nicht glauben, dass ich schon wieder in einem Krankenhaus war. Von dem Geruch des Warteraums wurde mir noch schlechter, und als wir uns der Anmeldung näherten, beugte ich mich nach vorne und übergab mich auf den Teppich. Um mich herum hörte ich körperlose Stimmen, blechern wie ein Autoradio. Eine Frau fragte: »Was ist passiert?«

»Ich weiß nicht«, sagte Leszek. »Ich habe ihn am Straßenrand gefunden. Ihm ist sehr schwindelig.«

»Setzen Sie ihn hin«, sagte eine andere weibliche Stimme.

Eine Schwester half mir in einen Rollstuhl.

»Wir brauchen ein paar Informationen für die Aufnahme«, sagte die Frau zu Leszek. »Sie müssen dieses Formular für mich ausfüllen.«

»Da kann ich Ihnen nicht weiterhelfen. Ich kenne den Mann gar nicht. Ich habe nur angehalten, um zu helfen. Sein Name ist Alan.«

»Sie sind Alan?«, fragte sie.

»Ja. Meine Brieftasche ist in meinem Rucksack.«

»Wir brauchen Ihre Versicherungsdaten.«

»Ich habe keine Versicherung«, sagte ich.

Ich konnte ihre Miene nicht sehen, aber eine Pause trat ein.

»Sie können ihn nicht abweisen«, sagte Leszek.

»Ich habe nicht gesagt, dass ich kein Geld habe«, sagte ich. »Ich bin kein Penner. Ich habe nur keine Versicherung. In meiner Brieftasche ist eine Kreditkarte.«

»Ich hole Ihren Rucksack«, sagte Leszek.

Ich wurde in einen Untersuchungsraum gerollt. Das grelle Licht in dem Raum tat meinen Augen weh.

Eine Krankenschwester mit roten Haaren und Sommersprossen kam fast gleichzeitig mit mir in den Raum. »Ich muss nur Ihre Vitalfunktionen prüfen«, sagte sie. Sie steckte mir einen kleinen Plastikclip an einen Finger und ließ ihn dort, während sie mir ein elektronisches Thermometer an die Stirn hielt und das Messergebnis in einen Computer eintippte. Dann legte sie mir eine Blutdruckmanschette an und drückte auf einen Knopf. Die Manschette füllte sich mit Luft, spannte sich um meinen Bizeps. Die Schwester las die Anzeige ab, tippte die Ergebnisse ein und nahm mir die Manschette ab.

»Wie lautet das Urteil?«, fragte ich.

»Ihr Blutdruck ist 117 zu 78, ein guter Wert. Ihre Temperatur ist normal. Ich muss Ihnen etwas Blut abnehmen.«

Sie ging zum Waschbecken und kam mit einer Nadel und einem Plastikfläschchen wieder, das sie neben mir auf den Tisch stellte. »Ist Ihnen ein bestimmter Arm lieber, in den ich stechen soll?«

»Nein.«

»Strecken Sie den Arm für mich aus.« Sie glitt mit einem Finger über meinen inneren Ellenbogen, bis sie eine Vene fand. »Jetzt pikst es gleich ein bisschen …« Sie klopfte ein paarmal auf den Arm, dann schob sie die Nadel unter meine Haut. »Okay. Die Ärztin wird gleich da sein. Schlüpfen Sie in diesen Kittel. Brauchen Sie Hilfe?«

»Ich kann ihn selbst anziehen.«

Sie reichte mir einen blauen Kittel, der zu einem Rechteck zusammengefaltet war, und verließ den Raum. Ich zog mich aus, schlüpfte in den Kittel und legte mich wieder aufs Bett.

Ich wartete etwa zehn Minuten, bis die Ärztin kam, eine junge Frau, die aussah, als könnte sie nicht viel älter als zwanzig sein.

»Hi, Alan, ich bin Dr. Barnes.« Sie warf einen Blick auf das Blatt Papier, das sie in der Hand hielt. »Ihr Blutdruck, Sauerstoff, Atmung und Puls sind alle normal. Wie lange ist Ihnen schon so schwindelig?«

»Es hat heute Morgen angefangen.«

»Waren Sie zu dem Zeitpunkt körperlich aktiv?«

»Ich bin gegangen.«

»Sind Sie viel zu Fuß unterwegs?«

»Ja. Ich gehe etwa zwanzig Meilen am Tag.«

»Das ist sehr aktiv. Hatten Sie getrunken?«

»Sie meinen Alkohol?«

»Nein, ich meine Flüssigkeit. Hatten Sie denn Alkohol getrunken?«

»Keinen Alkohol. Ich habe Wasser getrunken. Ich achte darauf, dass ich genug trinke.«

»Trotzdem, es kann sein, dass Sie dehydriert waren, wenn Sie so viel in der Sonne gelaufen sind. Nehmen Sie irgendwelche Medikamente?«

»Nein.«

Sie legte die Stirn in Falten. »Okay, ich möchte noch ein paar Tests bei Ihnen machen. Und ich würde Sie gern an einen Tropf anschließen. Ich komme später noch einmal wieder, um nach Ihnen zu sehen.«

Eine Minute später trat die rothaarige Schwester wieder zu mir, führte noch ein paar Tests durch und verschwand dann. Ich schloss einfach die Augen und streckte mich wieder auf dem Bett aus, während ich auf die Geräusche der Notaufnahme lauschte, die mich umgaben. *Zu viel Zeit in Notaufnahmen*, dachte ich. Eine Dreiviertelstunde später war die Ärztin wieder da.

»Sie, Mr. Christoffersen, sind ein mysteriöser Mann. Auf dem Papier sehen Sie gut aus. Aber so war es bei meinem letzten Online-Date auch. Wie fühlen Sie sich?«

»Noch immer schwindelig.«

»Ich denke, wir sollten Sie besser eine Weile beobachten. Ich werde Ihnen Meclizine verschreiben. Das ist ein Medikament gegen die Bewegungskrankheit, mit dem sich die Schwindelsymptome gut bekämpfen lassen – Benommenheit, Übelkeit. Und Sie werden sehr müde davon werden. Ist es ein Problem für Sie, noch eine Weile hierzubleiben?«

»Ich habe keine Versicherung, daher will ich nicht länger bleiben als unbedingt nötig.«

»Verstehe«, sagte sie. »Wir werden Ihnen Meclizine geben und sehen, wie Sie darauf reagieren, und dann werde ich Sie nach Hause entlassen, damit Sie sich ausruhen können.«

Ich wünschte, ich hätte ein Zuhause, dachte ich.

Zwölftes Kapitel

> Leszek hat mich mit zu sich nach Hause genommen, um sich um mich zu kümmern. Hätte ich dasselbe für ihn getan? Ich schäme mich, darauf eine Antwort zu geben.
>
> ALAN CHRISTOFFERSENS TAGEBUCH

Die Ärztin kam ein paar Stunden später wieder. Nach der Uhr an der Wand war es 1.04 Uhr. Das Meclizine hatte mich umgehauen, und obwohl ich die meiste Zeit geschlafen hatte, war ich noch immer sehr müde.

»Ich denke, Sie können jetzt gehen. Aber Sie sollten nicht Auto fahren.«

»Ich kann mir ein Taxi zu einem Hotel nehmen«, sagte ich. »Wissen Sie, wo mein Rucksack ist?«

»Ihr Freund hat ihn bei sich im Warteraum«, sagte die Schwester.

»Mein Freund?«

»Der Mann, der Sie hierher gebracht hat.«

»Er ist noch immer hier?«

»Ich glaube, er wartet auf Sie.«

Ich zog mich wieder an, und die Schwester rollte mich in die Eingangshalle. Leszek saß auf einem Stuhl in der Ecke, las nichts, tat überhaupt nichts, saß nur da, die Hände im Schoß gefaltet. Die Schwester schob mich zu ihm hin.

»Ah, Sie sind fertig.« Leszek erhob sich.

»Ich wusste nicht, dass Sie auf mich warten.«

»Ja, die Schwester sagte, Sie würden noch heute entlassen werden. Ich dachte, Sie bräuchten vielleicht eine Mitfahrgelegenheit.«

Ich sah ihn verblüfft an. Und zweifelnd. Vielleicht kam mein Zynismus von all den Jahren in der Werbung, oder vielleicht von Leuten wie meinem betrügerischen Ex-Partner Kyle Craig, aber ich versuchte unwillkürlich zu ergründen, was für Motive der Mann haben könnte.

»Wenn Sie mit Ihrem Wagen bis zur Tür vorfahren könnten«, sagte die Schwester, »dann schiebe ich den Rollstuhl hinaus.«

»Ich hole meinen Wagen«, sagte Leszek und schlurfte aus dem Warteraum.

Meine Augenlider fühlten sich schwer an. Ich wollte nur noch schlafen und war fast eingenickt, als die Schwester begann, den Rollstuhl hinaus zur Bordsteinkante zu schieben. Leszek öffnete die Beifahrertür, und ich stand auf und stieg ein. Er schloss die Tür und ging auf die andere Seite.

»Wohin fahren wir?«, fragte ich.

»Ich nehme Sie mit zu mir nach Hause. Aber zuerst halten wir bei der Apotheke wegen eines Rezepts. Die Ärztin hat Ihnen Meclizine verschrieben, aber wir können stattdessen Bonine kaufen, das ist dasselbe, aber es wird Sie weniger kosten.«

»Woher wissen Sie das?«

»Die Ärztin hat es hier aufgeschrieben.«

Wir fuhren zu einem Walgreens, nur ein paar Blocks vom Krankenhaus entfernt. Ich blieb im Wagen sitzen, während Leszek hineinging. Ich nickte wieder ein und wachte erst auf, als er wiederkam. Er hielt eine kleine weiße Tüte in der Hand. »Ihr Rezept«, sagte er. »Damit dürfte es Ihnen bald besser gehen. Sie müssen sich einfach ausruhen.«

Er fuhr mit mir nach Hause. Auf dem Weg zu seinem Haus deutete er auf eine von Laternen erhellte Straße. »Das dort unten ist der Maispalast. Dafür ist diese Stadt berühmt.«

»Das ist ein Gebäude?«

»Ja, ein Gebäude. Eine Arena. Darin finden Basketballspiele, Konzerte und Rodeos statt. Es ist bekannt für das große Maisfestival. Jedes Jahr werden dort neue Wandbilder aus Mais aufgebaut.«

»Vielleicht werde ich dort vorbeischauen, ehe ich gehe«, sagte ich.

»Nein, es lohnt den Umweg nicht.« Ein paar Minuten später sagte er: »Wir sind da.«

Ich hatte den Kopf gesenkt, die Hände an die Schläfen gelegt, und sah jetzt langsam auf. Leszeks Haus war ein bescheidener Backsteinbau mit einem tadellos gepflegten Garten mit gestutzten Hecken und konisch geformten Kiefern. Im Gegensatz dazu sah die restliche Nachbarschaft verkommen aus. Das Haus nebenan wirkte auf mich wie ein Drogenschuppen.

Er lenkte den Wagen in die Auffahrt. »Es ist nicht der Maispalast, aber für mich ist es ein Zuhause.« Er lachte darüber.

»Sie leben allein?«

»Ja, ich lebe allein.« Er lächelte. »Keine Ehefrau, die sich fragt, ob ich so spätabends mit einer Freundin unterwegs war.«

Er hielt meinen Arm, während wir die Betonstufen zu seiner Veranda hochgingen. Eine grüne Mesusa-Kapsel aus Metall war rechts neben dem Türrahmen befestigt. Ich wusste, was eine Mesusa war, da einer der Kunden meines Vaters ein Jude war und mein Vater mir einmal eine gezeigt hatte, als er mich zu ihm mitnahm.

Leszek sperrte seine Tür auf, und wir traten in sein Wohnzimmer. Es roch nach irgendeinem Gewürz, das ich nicht einordnen konnte, und von dem Geruch wurde mir noch ein bisschen schlechter. Das Zimmer war schlicht eingerichtet, aber ordentlich und warm, mit einem roten Veloursteppich und einem weiß gemauerten Kaminsims. Darüber hing ein Gemälde, das nach einem dieser Malen-nach-Zahlen-Bilder aussah, die seit vierzig Jahren aus der Mode sind. Am auffälligsten war ein großes Klavier, das fast den ganzen Raum einnahm. Das teure Instrument sah in dem bescheidenen Zuhause etwas fehl am Platz aus.

»Machen Sie sich's bequem«, sagte Leszek. »Setzen Sie sich auf die Couch. Ich hole Ihnen ein Glas Wasser für Ihr Medikament. Die Schwester hat gesagt, Sie sollen vor dem Schlafengehen noch eine Dosis nehmen.« Er verließ das Zimmer.

Ich setzte mich langsam. Die Couch war mit einem altmodischen, rot-golden gemusterten Stoff bezogen und hing in der Mitte ein wenig durch. Leszek kam mit einem Glas Wasser und zwei Tabletten wieder. »Das wird Ihnen beim Einschlafen helfen.«

Ich nahm nicht an, dass ich dabei Hilfe benötigen würde.

Ich nahm die Tabletten, steckte sie mir in den Mund und spülte sie mit einem Schluck Wasser hinunter. Das Wasser war warm, und ich würgte ein wenig.

»Sie sollten jetzt schlafen. Sie können das Schlafzimmer neben meinem haben. Mein Enkel nutzt es, wenn er zu Besuch kommt, daher ist es ein bisschen unordentlich. Er ist ein unordentlicher Junge. Kommen Sie mit.«

Ich stand auf und folgte ihm einen kleinen Flur hinunter. »Hier ist sein Zimmer.« Er drückte auf einen Lichtschalter. »Er ist ein unordentlicher Junge.«

Tatsächlich war das Zimmer durchaus aufgeräumt. Es war klein und quadratisch, mit dunklen, holzgetäfelten Wänden, die mit Postern von Radfahrern behängt waren. Auf dem Bett lag eine rot-blaue Patchwork-Quiltdecke.

»Das ist schön«, sagte ich. »Das ist perfekt. Ich weiß Ihre Freundlichkeit sehr zu schätzen.«

»Wir müssen sicherstellen, dass Sie viel Wasser trinken.«

»Im Krankenhaus haben sie mich an einen Tropf angeschlossen.«

»Gut. Dieses Medikament wird Sie sehr schläfrig machen. Es wird Ihnen besser gehen, wenn Sie geschlafen haben. Ich würde Ihnen ja gern etwas zu essen anbieten, aber ich glaube, das würde Ihnen im Moment nicht sehr guttun.«

»Nein. Ich glaube nicht, dass ich es bei mir behalten könnte.«

»Wenn Sie aufwachen, können Sie wahrscheinlich etwas essen. Wenn Sie irgendetwas brauchen, rufen Sie mich einfach. Ich hole Ihren Rucksack ins Haus.«

»Danke.«

Nachdem er mich allein gelassen hatte, besah ich mir das Zimmer etwas genauer. An der Wand hingen drei Poster. Eines zeigte eine Reihe von Radfahrern in blauen Trikots unter der Überschrift »Lance Armstrong, Tour de France / 2005«, das zweite war ein Foto von Radfahrern in verschiedenen bunten Trikots auf einer Straße, die sich durch die Schweizer Alpen schlängelte. Das dritte Poster zeigte eine schöne junge Frau, die durch die Speichen eines Fahrrads blickte.

Auf der Kommode befand sich eine eindrucksvolle Sammlung von Radfahr-Trophäen, eine davon fast einen Meter hoch. Neben dem Bett standen ein großer Spiegel in einem goldenen Rahmen und ein Nachttisch mit einer Porzellanlampe mit einem leuchtend blauen Schirm.

Ich schloss die Tür, dann schaltete ich das Licht aus und ging hinüber zum Bett. Ich zog die Schuhe aus und legte mich auf das frische, weiße Laken. Danach kann ich mich an nichts mehr erinnern.

Dreizehntes Kapitel

> Es gab noch nie einen Menschen, von dessen Leben wir nichts hätten lernen können, sei es nun als Warnung oder Vorbild. Und es liegt ganz an uns, zu entscheiden, ob unser Leben ermutigen oder abschrecken soll.
>
> Alan Christoffersens Tagebuch

Als ich aufwachte, wusste ich nicht, wo ich war. Ich hatte verrückte, klare Träume gehabt, zweifellos beflügelt von dem Medikament, das ich genommen hatte, aber meine Wirklichkeit war ja auch ziemlich verrückt – ich war in einer Stadt, von der ich noch nie gehört hatte und die für einen Maispalast berühmt war, und ich schlief im Gästezimmer eines älteren polnischen Juden, den ich nicht kannte. All das war vermutlich genauso unwahrscheinlich wie alles, was ich geträumt hatte.

Ich sah mich in dem Zimmer um. Die Jalousien wurden von der anderen Seite schwach erhellt, als würde die Sonne eben aufgehen. Angesichts der Uhrzeit, zu der ich zu Bett gegangen war, hatte ich nicht viel geschlafen. Ich setzte mich langsam auf. Mir war noch immer etwas schwindelig, aber längst nicht mehr so schlimm. Immerhin konnte ich mich wieder auf den Weg machen, wenn ich musste.

Ich war hungrig. Ich hatte das Gefühl, seit Tagen nichts mehr gegessen zu haben – was fast stimmte, da ich alles von mir gegeben hatte, was ich am Tag zuvor gegessen hatte. Erleichtert registrierte ich meinen Rucksack, der in der Ecke des Zimmers stand. Ich stand auf und betrachtete mich im Spiegel. Mein Haar klebte an einer Seite, und mein Kiefer war dunkel von Stoppeln. Ich öffnete die Tür und trat in die Diele.

Leszek war im Wohnzimmer und las in einem Buch. Er legte es beiseite, als er mich sah. »Oh, Mr. Rip Van Winkle erwacht.«

»Wie viel Uhr ist es?«, fragte ich.

»Es ist fast sieben.«

»Ich habe nur fünf Stunden geschlafen?«

Er lachte. »Nein, es ist sieben Uhr abends. Sie haben den ganzen Tag geschlafen.«

Ich rieb mir die Augen. »Wirklich?«

»Wirklich. Wie fühlen Sie sich?«

»Besser als gestern.«

»Ist Ihnen noch schwindelig?«

»Kaum noch.« Ich rieb mir mit einer Hand die Augen. »Siebzehn Stunden. Kein Wunder, dass ich so hungrig bin.«

»Ich habe Abendessen gekocht. Mit dem Essen habe ich noch gewartet, in der Hoffnung, dass Sie mir Gesellschaft leisten.«

»Sehr gern.«

»Dann kommen Sie ins Esszimmer. Ich muss die Suppe nur noch aufwärmen. Ich glaube, eine Suppe würde Ihnen jetzt guttun. Und etwas Brot.«

Ich folgte ihm ins Esszimmer, das durch einen kleinen Tresen von der Küche getrennt war. »Bitte setzen Sie sich«, sagte er, während er an den Herd trat. »Ich muss nur noch die Suppe aufwärmen.«

Der Tisch war bereits mit zwei Schalen, Suppenlöffeln, einer Butterdose und zwei Teetassen gedeckt. Während ich Platz nahm, ertönte ein einziger lauter Zwitscherruf von einer Kuckucksuhr über dem Herd, und dann setzte eine Melodie ein, während eine kleine Figurengruppe in engen Kreisen Walzer tanzte, gefolgt von sieben klaren Kuckucksrufen. Die Kakofonie hörte ebenso unvermittelt auf, wie sie begonnen hatte.

»Es ist sieben«, sagte Leszek.

»Ihr Enkel hat viele Trophäen.«

»Er fährt gern Fahrrad«, sagte Leszek.

»Es sieht aus, als ob er gut darin ist.«

»Mit seinem Fahrrad fährt er Rennen auf der ganzen Welt. Wozu soll das gut sein? Er sollte sich eine Ehefrau suchen, nicht noch mehr Trophäen dafür, dass er mit einem Fahrrad fährt.« Er rührte die Suppe um. »Kennen Sie Rapid City?«

»Ich bin von dort hierher gelaufen.«

»Das ist ein langer Weg von hier, fast dreihundert Meilen. Er ist mit seinem Fahrrad an einem Tag dorthin gefahren. Um vier Uhr morgens losgefahren und am Abend angekommen.«

Ich habe zwei Wochen dafür gebraucht, dachte ich. »Er ist schnell.«

Leszek brachte die Suppe und das Brot an den Tisch. »Er ist verrückt, fährt überallhin mit seinem Fahrrad. Man bekommt keine gute Frau, wenn man mit dem Fahrrad fährt.«

Er füllte meine Schale mit drei Kellen Suppe, dann schob er mir den Brotteller hin. »Dieses Brot ist gut. Es ist heute frisch von der Bäckerei.«

»Danke.«

Das luftige Brot war in dicke Scheiben geschnitten. Ich nahm ein Stück und bestrich es großzügig mit Butter, dann tunkte ich es in meine Suppe und begann zu essen.

»Es schmeckt köstlich«, sagte ich.

Er stand auf und ging zum Herd, dann kam er mit einer

Teekanne wieder. »Das ist Campbell's Bohnen-Speck-Suppe.«

»Campbell's?« Ich nahm noch einen Bissen Brot.

»Ich habe keine Frau. Haben Sie etwa irgendetwas Ausgefallenes erwartet, das ich selbst gekocht habe?«

»Ich mag Campbell's Bohnen-Speck-Suppe. Meine Mutter hat sie für mich gekocht, als ich klein war.« Ich nahm noch einen Löffel. »Ich nehme an, man kocht sie nicht wirklich. Man wärmt sie nur auf.«

Leszek nahm die Teekanne und schenkte meine Tasse randvoll.

»Was ist das?«, fragte ich.

Er setzte sich wieder. »Ingwertee. Ingwertee ist gut gegen Schwindel. Wie fühlen Sie sich? Immer noch schwindelig?«

»Nicht mehr so sehr«, sagte ich.

»Das freut mich zu hören.« Er schlug sich auf die Schenkel. »Ach, es ist schön, einen Gast im Haus zu haben.«

»Ich weiß gar nicht, wie ich Ihnen danken soll«, sagte ich.

Er winkte ab. »Ich brauche keinen Dank. Es ist schön, Gesellschaft zu haben.« Er lächelte. »Sie sagen, Sie sind von Rapid City zu Fuß hierher gelaufen?«

»Ich bin durch Rapid City gekommen. Aber losgegangen bin ich in Seattle.«

Verblüfft zog er seine buschigen Augenbrauen hoch. »Sie haben gesagt, dass Sie aus Seattle sind. Aber ich dachte nicht, dass Sie dort losgegangen sind. Das ist ein weiter Weg. Warum geht ein Mann zu Fuß von Seattle nach Mitchell, South Dakota?«

Ich bestrich noch ein Stück Brot mit Butter. »Um den Maispalast zu sehen natürlich.«

Er sah mich an, als versuchte er zu ergründen, ob ich die Wahrheit sagte. Schließlich sagte er: »Nein.«

»Sie haben recht. Das war ein Witz. Ich bin hier in South Dakota nur auf der Durchreise. Ich gehe nach Key West, Florida.« Ich nahm noch einen Bissen.

Er sah mir beim Essen zu, dann sagte er: »Key West, Florida. Ja, ich kenne Key West, Florida. Das heißt, Sie sind wie mein Enkel, Sie haben keine Frau, die Sie zu Hause hält.«

Ich blickte ihn an. »Nein.«

Er nickte. »Und warum geht ein cleverer Mann zu Fuß von Seattle nach Key West?«

»Wie kommen Sie auf die Idee, dass ich clever bin?«

»Sie verwenden Wörter, die clever sind. Die Wörter eines Mannes sagen mehr über ihn aus als seine Kleidung. Weil Englisch nicht meine Muttersprache ist, achte ich mehr auf Wörter, die clever sind.«

»Ich war in der Werbung«, sagte ich.

»Zum Beispiel, um diese Fernsehspots zu machen?«

»Ja. Aber ich habe mehr Zeitschriftenwerbung und Produktdesign gemacht.«

»Haben Sie irgendwelche Werbespots gemacht, die ich kennen würde?«

»Vermutlich nicht. Meine Kunden waren hauptsächlich auf Washington beschränkt.«

»Die Hauptstadt, Washington D.C.?«

»Nein, der Bundesstaat Washington.«

Er nickte. »Natürlich. Natürlich. Seattle.« Er nahm einen Bissen Brot. »Waren Sie gut in der Werbung?«

»Manche Leute waren der Ansicht. Sie haben mir Preise verliehen.«

»Ist es das, was Sie gut macht? Die Preise?«

»Nein. Das sind nur Symptome der Krankheit. Nicht die Krankheit selbst.«

Leszek lachte. »Sehen Sie, Sie sind clever. Aber Sie haben

meine Frage noch nicht beantwortet. Warum geht ein Werbemann, einer mit vielen Preisen, zu Fuß von Seattle nach Key West? Zu viel Zeit? Oder haben Sie vielleicht, wie man in Polen sagt, Ihren Kopf über die anderen Mohnblumen in der Werbung hinausgereckt, sodass man ihn Ihnen abgeschlagen hat?«

»Nein«, sagte ich. »Ich habe meine Frau verloren.«

Sein Lächeln schwand. »Oh. Das tut mir sehr leid. Sie haben sich scheiden lassen?«

Ich schüttelte den Kopf. »Nein. Sie ist gestorben.«

Er blickte bestürzt. »Es tut mir wirklich sehr leid, das zu hören. War sie krank?«

»Sie hat sich bei einem Reitunfall die Wirbelsäule gebrochen. Einen Monat später ist sie an einer Infektion gestorben.«

»Das ist sehr schlimm. Jetzt verstehe ich, warum Sie Ihren Beruf deshalb an den Nagel gehängt haben.«

»Hauptsächlich. Die Werbeagentur, für die ich gearbeitet habe, war meine eigene. Während ich mich um meine Frau gekümmert habe, hat mir mein Partner meine ganzen Kunden gestohlen und mich in die Pleite gezwungen.«

»Das ist schlimm«, sagte Leszek. »Armer Mann.«

Ich war mir nicht sicher, wen er damit meinte. »Ich?«

»Ihr Partner. Er ist ein armer Mann. Am meisten Mitleid habe ich mit ihm.« Er stand auf. »Ich gebe Ihnen noch etwas Suppe.« Er beugte sich über den Tisch und füllte mir nach. »So, bitte sehr. Essen Sie reichlich.«

»Danke.« Ich wartete, bis er wieder Platz genommen hatte, dann sagte ich: »Am meisten Mitleid haben Sie mit ihm?«

»Ja. Er hat sich eine Welt ohne Vertrauen geschaffen. Jetzt muss er seine Tage damit verbringen, Angst davor zu haben, dass ihm jemand seine Firma stehlen wird. Die Dinge, die wir anderen antun, werden zu unserer Welt. Für den Dieb ist jeder auf der Welt ein Dieb. Für den Betrüger hat jeder nur im Sinn, ihn zu betrügen.«

»Das ist eine interessante Sichtweise«, sagte ich.

»Und was ist mit Ihnen?«, sagte Leszek. »Sind Sie selbst frei von diesem Mann?«

»Was meinen Sie damit?«

»Haben Sie Ihrem Partner vergeben?«

»Das wird nicht passieren.«

Er sah mich traurig an. »Dann muss ich auch mit Ihnen großes Mitleid haben.«

»Mitleid, weil ich einem Dieb nicht vergeben werde? Um genau zu sein, ist er schlimmer als ein Dieb, er ist ein Verräter. Dante hat gesagt, der Teufel hätte die unterste Ebene der Hölle Männern wie ihm vorbehalten.« Ich lehnte mich zurück. »Nein, ich glaube nicht, dass ich ihm vergeben werde.«

Er blickte zutiefst bestürzt drein. »Aber wie können Sie Ihr Leben leben, wenn Sie es einem Verräter und Dieb gegeben haben?«

»Manche Leute haben es nicht verdient, dass man ihnen vergibt.«

»Doch«, sagte Leszek. »Man muss allen vergeben.«

Ich starrte den alten Mann gebannt an. »Das kann nicht Ihr Ernst sein. Wollen Sie mir sagen, die Holocaust-Überlebenden sollten Hitler vergeben?«

Der Mann musterte mich auf eine seltsame Art und Weise. Er faltete die Hände vor sich und sagte dann leise: »So ist es.«

»Sie glauben, sogar Hitler hat es verdient, dass man ihm vergibt?«

Leszek sah mich an, ohne mit der Wimper zu zucken. »Das ist nicht die Frage.«

»Was meinen Sie damit?«

»Hitler zu vergeben, oder seinen *wspólnicy* …« Er hob einen Finger. »… den Leuten, die ihm geholfen haben, das hat nichts mit Hitler zu tun. Hitler ist ein toter Mann. Glauben Sie etwa, Vergebung wird ihm helfen?«

Ich gab keine Antwort. Natürlich würde es das nicht.

»Mein Freund«, fuhr Leszek fort, »wir ketten uns an das, was wir nicht vergeben. Lassen Sie mich daher Ihre Frage wiederholen. Sollte ein Holocaust-Überlebender sich für immer an Hitler und seine Verbrechen ketten? Oder sollte er vergeben und frei sein?«

»Das ist leichter gesagt als getan«, sagte ich.

»Ja, *alles* ist leichter gesagt als getan.«

Ich sah auf den Tisch.

»Aber Sie haben meine Frage nicht beantwortet. Sollten wir vergeben und frei sein?«

Seine Frage machte mich wütend. »Hören Sie, ich bin Ihnen sehr dankbar für alles, was Sie für mich getan haben. Sie sind ein besserer Mann als ich. Aber wenn Sie wissen, wie es ist, wenn einem alles genommen wird, dann können Sie mir von Vergebung und Weiterleben predigen.«

Er nickte langsam. »Es tut mir leid, dass ich Sie aus der Fassung gebracht habe. Nein, mir ist nicht alles genommen worden.« Er sah mich mit zutiefst ernster Miene an. »… aber nur, weil ich nicht bereit war, meine Menschlichkeit aufzugeben.« Er legte einen Arm auf den Tisch und krempelte langsam den linken Ärmel hoch. Im ersten Moment sah ich nicht, was er mir zeigen wollte. Seine Haut war sommersprossig und runzelig, aber dann sah ich die Zahl, die mit blauer Tinte auf seinem Unterarm eintätowiert war. Ich sah ihm in die Augen.

»Ich war vierzehn Jahre alt, als deutsche Soldaten meine Familie abholten und wir in einen Zug nach Sobibor verfrachtet wurden.« Er machte eine kurze Pause. »Sie haben vielleicht von Sobibor gehört?«

Ich schüttelte den Kopf, noch immer etwas verdutzt.

»Nein«, sagte er, »wohl kaum. Lange Zeit wusste niemand von den Sobibor-Lagern. Selbst manche Holocaust-Überlebende haben sie geleugnet. Aber wir, die dort waren, kennen die Wahrheit. Eine viertel Million Menschen sind dort umgekommen. Nur wenige von uns haben überlebt. Ich war einer von ihnen.«

»Wo ist Sobibor?«, fragte ich.

»Sobibor liegt in Ostpolen. Es war das zweite Lager, das von der SS errichtet wurde. Ein Vernichtungslager. Sie ließen nur einige von uns am Leben, um ihnen beim Töten zu helfen.

Die SS war sehr geschickt bei der Führung des Lagers. Sie beschwichtigten die Leute, indem sie ihnen sagten, sie würden in ein Arbeitslager geschickt werden. Das taten sie, damit wir keinen Widerstand leisteten. Sie unternahmen viel, damit die Menschen diesen Trick glaubten. Sie hatten Häftlinge in blauen Uniformen, die am Bahnhof warteten, um die Passagiere zu begrüßen. Als wir aus den Zügen stiegen, wurden wir von lächelnden Gepäckträgern in Empfang genommen.

Mein Vater fiel darauf herein. Er gab einem der Gepäckträger sogar ein Trinkgeld und bat ihn, unser Gepäck auf unser Zimmer zu bringen.

Diese Ankunft mit dem Zug …« Er rieb sich mit einer schweren Hand übers Gesicht. »So etwas vergisst man nie. Das Geräusch des bremsenden Zuges. Der Geruch. In der Luft lag ein grauenhafter Geruch – immer dieser Geruch.

Die deutschen und die ukrainischen Wachleute trennten uns in zwei Gruppen – Männer auf die eine Seite, Frauen und Kinder auf die andere, mit etwas Abstand dazwischen. Sie sagten, die Jungen, die vierzehn Jahre und jünger waren, sollten bei ihren Müttern bleiben. Ich war knapp vierzehn, daher konnte ich mich nicht entscheiden, ob ich mit ihr oder meinem Vater gehen sollte. Meine Mutter traf die Entscheidung für mich. Ich weiß nicht, ob sie es tat, weil sie meinen jüngeren Bruder und meine Schwester bei sich hatte und nicht wollte, dass mein Vater allein war, oder ob sie irgendwie ahnte, was passieren würde, aber sie sagte mir, ich solle mit meinem Vater gehen.

Der Kommandant, der uns am Bahnhof empfing, hielt eine Ansprache. Wir waren alle so erschöpft, hungrig und durstig, dass wir nicht klar denken konnten. Wir waren bereit, alles zu glauben. Der Kommandant sagte uns, Sobibor sei ein Arbeitslager. Es würde nicht leicht für uns sein, und wir würden hart arbeiten müssen, aber da harte Arbeit gut für die Seele sei, sollten wir ihnen dankbar sein.

Sie sagten, Sobibor sei ein sicherer Ort, und solange wir tun würden, was man uns sagte, würde es uns gut ergehen. Aber wenn wir nicht gehorchten, würden wir bestraft werden.

Auf dem Weg ins Lager war ein Gerücht im Zug umgegangen, Sobibor sei ein Vernichtungslager. Daher hielten wir diese Neuigkeit, so schlimm es um uns auch stand, doch für sehr gut.«

Tränen sammelten sich in Leszeks Augenwinkeln, kullerten aber nicht hinunter, als würde er sich weigern, es zuzulassen.

»Der Offizier, der zu den neu angekommenen Häftlingen sprach, war ein SS-Offizier namens Hermann Michel. Wir nannten ihn den ›Prediger‹, da er ein cleverer Prediger von Lügen war. Das ist eine Lektion, die ich wirklich gelernt habe – niemals Leuten mit sanften Stimmen und Waffen zu vertrauen.

Nachdem er uns im Lager begrüßt hatte, sagte er, in einem der anderen Lager sei der Typhus ausgebrochen, und da ihm unsere Gesundheit sehr wichtig sei, müssten wir, bevor wir in unsere Baracken dürften, duschen und unsere Kleider waschen lassen. Er sagte uns, das sei der einzige Grund, weshalb die Männer und Frauen getrennt werden mussten, aber wir würden bald wieder zusammen sein und könnten als Familien zusammenleben. Ich weiß noch, wie meine Mutter meinen Vater anlächelte. Sie glaubte, es würde alles gut werden.

Michel sagte: ›Falten Sie Ihre Kleider zusammen und vergessen Sie nicht, wo sie liegen. Ich werde nicht bei Ihnen sein, um Ihnen zu helfen, sie zu finden.‹

Dann gingen die Soldaten durch die Reihen und fragten, ob irgendjemand irgendein Handwerk beherrschte. Sie waren insbesondere interessiert an Schreinern, Schuhmachern und Schneidern. Mein Vater war Schuhmacher, und ich hatte bei ihm gearbeitet, seit ich elf war. Er sagte den Soldaten, wir hätten ein Handwerk gelernt. Sie holten uns aus der Reihe. Dann gingen kleine Jungen die Reihen auf und ab und gaben den Leuten Schnüre, um ihre Schuhe zusammenzubinden.

Die Alten und Kranken wurden als Erste weggebracht. Man verfrachtete sie auf Karren und sagte ihnen, sie würden in ein Krankenhaus kommen und versorgt werden, aber sie wurden sofort zu einer Grube auf der anderen Seite des Lagers gebracht, wo sie erschossen wurden.

Alle anderen wurden in Gruppen an hübschen kleinen Häusern mit Gärten und Blumen in Töpfen vorbeigeführt. Es sah sehr nett aus, aber das gehörte alles zu dem Trick. Sie wurden einen Weg entlanggeführt, den die Nazis ›Himmelstraße‹ nannten.

Nachdem die alten Leute fort waren, waren als Nächstes die Frauen und Kinder an der Reihe. Ich winkte meiner Mutter und meinem kleinen Bruder und meiner Schwester zum Abschied zu. Meine Mutter warf meinem Vater und mir eine Kusshand zu.«

Seine Augen füllten sich wieder mit Tränen. »Damals wusste ich es noch nicht, aber bereits eine Stunde später waren meine Mutter, mein Bruder und meine Schwester tot. Die Nazis waren sehr effizient.«

Er sah mich an, und seine Miene war auf einmal düster. »Einmal habe ich die Schreie gehört. Ich war seit drei Monaten in Sobibor und wurde angewiesen, in der Nähe des Zauns von Lager II Unkraut zu jäten, als sie die Motoren anließen. Selbst durch die Betonwände drangen die Schreie nach draußen. Bei dem Geräusch gefror mir das Blut in den Adern. So ein Geräusch vergisst man nie. Dann wurden die Schreie allmählich schwächer, bis nichts mehr zu hören war als Stille. Wenn ich Albträume habe, ist es das, was ich höre. Die Stille.

Sobibor hatte nur einen einzigen Zweck. Möglichst viele Menschen so schnell zu töten, wie es die Deutschen nur konnten. Als ich dort ankam, hatten sie drei Gaskammern, mit großen Lastwagenmotoren. Sie konnten sechshundert Menschen auf einmal töten. Aber das war den Deutschen nicht schnell genug. Daher wurden drei neue Gaskammern errichtet, damit sie zwölfhundert Menschen auf einmal töten konnten. Stellen Sie sich das einmal vor – zwölfhundert Menschen auf einmal. Darunter waren russische Kriegsgefangene, Homosexuelle und Zigeuner, aber hauptsächlich Juden.«

Er verfiel in Schweigen, und ich sah ihn nur an. Mein

Herz hämmerte wie wild, und mir war flau im Magen. Einen Augenblick später rieb er sich die Augen und fing meinen Blick auf.

»In Sobibor gab es drei Lager. Lager I und II waren die Orte, an denen das Essen für die Offiziere und Wachleute zubereitet wurde. Die Häftlinge, die dort waren, kochten oder putzten Autos, wuschen oder nähten Kleidung, oder sie machten Schuhe, Goldschmuck oder was immer die Wachleute haben wollten.

Lager III war weit weg von uns. Es war ein Geheimnis. Einer der Köche wollte wissen, was in Lager III vorging, daher versteckte er eine Notiz in einem Kloß. Auf dem Boden eines Topfs kam der Zettel zurück. Darauf stand: *Tod.*

Diejenigen, die in Lager III am Leben blieben, hatten nur eine einzige Aufgabe: zu töten und die Leichen zu beseitigen. Anfangs vergruben die Deutschen die Leichen mithilfe von Traktoren in riesigen Gruben, aber es waren zu viele, daher begannen sie, sie zu verbrennen. Man konnte nachts die Feuer sehen. Lodernde Flammen, die ganze Zeit. Wie die Hölle.

Einmal stattete Himmler persönlich dem Lager einen Besuch ab. Um seine große Ankunft zu feiern, wurden hunderte junger Mädchen zu seinen Ehren ermordet.

Niemand war in Sicherheit. Selbst diejenigen, die den Wachleuten halfen, wurden alle paar Wochen durch andere ersetzt. Es war schrecklich, gesagt zu bekommen, man solle Essen in Lager III bringen, denn oft kamen die Überbringer nicht mehr zurück.«

Seine Stimme verlor sich. Er hatte sich wieder in sich selbst zurückgezogen. Mein Selbstmitleid war hinweggefegt von der Macht seiner Geschichte. Ein paar Augenblicke später fragte ich: »Wie haben Sie überlebt?«

»Hmm«, nickte er. »Manche Leute glauben, dass sich die Juden wie Schafe zur Schlachtbank führen ließen – und dass niemand Widerstand leistete. Aber so war es nicht. Viele haben versucht zu fliehen. Und viele, viele andere haben deshalb ihr Leben verloren. Denn die Deutschen hatten eine Regel. Wenn jemand flüchtete, dann wurden ein Dutzend Menschen im Lager erschossen.

Es war entsetzlich, wie der Tod ständig über einem schwebte, aber in einer Hinsicht war es auch befreiend. Sobald wir sicher wussten, dass es nur eine Frage der Zeit war, bis sie uns töten würden, hatten wir nichts mehr zu verlieren. Wir wussten, dass wir alle sterben würden, daher bedeutete ein Risiko gar nichts.

Während wir unsere Flucht planten, kam ein russischer Soldat namens Petscherski nach Sobibor. Wir nannten ihn Sascha. Er arbeitete einen genauen Fluchtplan aus. Einige der Männer hatten Äxte vom Bäumefällen, andere machten sich Messer, und zur festgesetzten Stunde töteten wir der Reihe nach die Wachleute und nahmen uns ihre Waffen. Das ging gut, bis einer der Wachleute gefunden wurde. Dann war die Hölle los. Die Wachleute in den Türmen begannen mit ihren Maschinengewehren auf uns herunterzuschießen. Unsere Männer feuerten zurück. Jeder kämpfte für sich allein.

Gleich hinter dem Zaun waren Wälder. Wir wussten, wenn wir es bis zum Wald schafften, dann würden sie uns nur schwer finden können. Wir waren siebenhundert im Lager, und vielleicht dreihundert von uns gelang die Flucht. Aber die freien Flächen bis zum Wald waren mit Landminen übersät, und viele schafften es nicht bis zu den Bäumen. Eine Landmine explodierte neben mir, und ein Mann flog an mir vorbei in die Luft.

Die Deutschen forderten über Funk Verstärkung an, und

Soldaten kamen mit Hunden, um uns zu jagen. Letztendlich gelang weniger als einhundert von uns die Flucht in die Freiheit. Und selbst von diesen wurden viele später von polnischen Verrätern in der Stadt ausgeliefert oder getötet.«

»Das heißt, die Aktion ist gescheitert«, sagte ich.

»Nein. Sie war es wert, selbst wenn nur einer von uns entkommen wäre, denn wir wären alle sowieso gestorben – jeder Einzelne von uns. Ich hatte Glück. Ein braver Bauer fand mich. Er nahm mich bei sich auf und versteckte mich, bis der Krieg vorbei war. Ihm verdanke ich mein Leben.«

Auf einmal verstand ich. »Deswegen haben Sie angehalten, um mir zu helfen.«

»Ja. Ich habe Gott versprochen, mich niemals von jemandem abzuwenden, der Hilfe braucht.«

»Was haben Sie gemacht, nachdem der Krieg zu Ende war?«

»Ich hatte viel Hass in mir. Ich wurde gebeten, bei den Kriegsverbrecherprozessen auszusagen. Dort konnte ich einigen der Wachleute in die Augen sehen und auf sie zeigen und dafür sorgen, dass sie verurteilt wurden. Das bereue ich nicht. Gnade sollte nicht vor Gerechtigkeit kommen.

Aber meine Seele wurde düster. Ich vertraute niemandem mehr. Ich hasste jeden. Selbst die Polen. Bis ich Ania kennenlernte.« Seine Miene wurde sanfter, als er ihren Namen aussprach. »Meine liebe Ania. Sie hatte auch gelitten. Nicht in Sobibor, aber sie hatte selbst den Tod gesehen. Ihr Vater und ihre Mutter wurden vor ihren Augen getötet. Aber sie war nicht so wie ich. Sie war so schön. Nicht nur ihr Gesicht, das, wie ich Ihnen versichern kann, wunderschön war, sondern ihre Augen. Irgendwie konnte sie noch immer lächeln und lachen.«

Bei diesen Worten lächelte er zum ersten Mal, seit er mit

seiner Erzählung begonnen hatte. »Ach, meine liebe Ania. Ich konnte mich nicht von ihr fernhalten. Aber sie wollte mich nicht. Schließlich fragte ich sie: ›Warum, Ania? Warum willst du mich nicht?‹

Sie sagte: ›Weil du so bist wie diese Leute.‹ Ich wurde sehr wütend. Ich sagte: ›Ich bin nicht so wie sie.‹ Sie sagte: ›Ihr Hass auf uns – dein Hass auf sie, das ist dasselbe. Du trägst so viel Hass in deinem Herzen, da hättest du genauso gut in Sobibor sterben können.‹

Sie hatte recht. Ich war genau wie diese Leute. Sie zeigte mir, dass das Einzige, was man mir nicht nehmen konnte, meine freie Entscheidung war. Daher traf ich die Entscheidung, frei von ihnen zu sein. Frei von meiner Vergangenheit, meiner schrecklichen, schrecklichen Vergangenheit.« Er nickte. »Und dann hat sie mich geheiratet. Ich wurde ein freier Mann, mehr noch als damals, als ich aus dem Lager floh. In vieler Hinsicht war es dasselbe.«

»Was ist aus Ania geworden?«

»Meine Ania ist vor neun Jahren gestorben. Nach ihrem Tod kam ich nach Amerika, um bei meinem Sohn zu sein. Er lebt jetzt in Kalifornien.«

Ich senkte lange Zeit den Blick, und dann sagte ich: »Es tut mir leid. Meine Probleme sind klein im Vergleich dazu.«

Er streckte eine Hand aus und legte sie auf meine. »Nein. Ihre Probleme sind nicht klein. Sie sind auch schrecklich. Umso mehr Grund für Sie, sie loszulassen.« Nachdenklich sah er mir in die Augen und sagte etwas, das mich für immer veränderte. »Was würde Ihre Liebste wollen, dass Sie tun?«

Meine Augen füllten sich mit Tränen. Als ich wieder sprechen konnte, sagte ich: »Sie hätte mir gesagt, ich solle frei sein.«

Er nickte. »Ja, genau wie meine Ania. Genau wie meine

Ania.« Er drückte meine Hand. »Ehren Sie ihre Wünsche, und Sie werden sie ehren.«

Ich dachte über seine Worte nach. »Aber wie soll ich das anstellen? Wie soll ich vergeben?«

»Ich hatte niemanden, an den ich mich wenden konnte. Niemanden, zu dem ich ›Ich vergebe dir‹ sagen konnte. Aber Sie können zu ihm gehen, zu Ihrem Partner. Sie können ihm sagen, dass Sie ihm vergeben. Aber zuerst müssen Sie es zu Gott sagen. Und dann können Sie es vielleicht zu ihm sagen.«

»Ich glaube, er denkt nicht, dass er etwas Unrechtes getan hat.«

»Er weiß, dass er etwas Unrechtes getan hat. Ganz bestimmt. Aber darum geht es im Grunde gar nicht. Es geht um Ihre Freiheit. Er muss seine eigene finden.« Der Augenblick verlor sich in Schweigen. Schließlich sagte Leszek: »Ich habe Sie zu sehr belastet, wo Sie so krank sind.«

Ich schüttelte den Kopf. »Nein, ganz und gar nicht. Ich werde über das nachdenken, was Sie mir gesagt haben.«

Er nickte. »Möchten Sie noch etwas Suppe?«

»Nein, danke. Ich bin satt.«

Auf einmal hellte sich seine Miene auf. »Möchten Sie mich dann vielleicht mit etwas Klaviermusik hören?«

Ich lächelte. »Sehr gern.«

Er lächelte breit. »Ich würde mich sehr freuen, für Sie Klavier zu spielen.«

Wir standen beide auf und gingen ins Wohnzimmer. Ich lehnte mich auf dem Sofa zurück, während Leszek sich an sein Instrument setzte. Für einen Moment sah er auf das Klavier, dann hob er die Hände, verharrte mit den Fingern kurz über den Tasten und begann zu spielen.

Ich weiß nicht, was er spielte, aber ich konnte spüren und

hören, wie Leszeks Seele durch seine Musik hinausströmte. Er war kein grauer, schwacher alter Mann mehr, sondern lebendig und stark.

Selbst das Zimmer war verändert, verherrlicht durch die Macht und Strahlkraft der Musik, und ich fühlte mich fast, als würde ich zwischen samtenen Wandteppichen und Blattgoldverzierungen in einem der schönsten Konzertsäle Europas sitzen. Ich schloss die Augen, verloren in der Leidenschaft des Augenblicks – irgendwo zwischen Schmerz und Hoffnung, Verzweiflung und Triumph, Vergangenheit und Zukunft, nirgendwo und überall zugleich.

Dann brach die Musik ebenso unvermittelt ab, wie sie begonnen hatte, ließ den Raum leise zurück, und die Stille klang machtvoll nach.

Tränen liefen mir übers Gesicht. Und über Leszeks. Er war wieder ein alter Mann, dem Tode geweiht. Ohne mich anzusehen, sagte er: »Es ist schon spät. Ich denke, ich werde jetzt zu Bett gehen.« Er erhob sich von seinem Klavierstuhl.

»Danke«, sagte ich.

Er wandte sich zu mir um. »Gern geschehen, mein Freund. Es war mir ein Vergnügen.«

Und dann schlurfte der alte Mann zu seinem Zimmer.

Vierzehntes Kapitel

Vergeben heißt, den Käfig des Wahnsinns eines anderen aufzusperren, um uns selbst zu befreien.

ALAN CHRISTOFFERSENS TAGEBUCH

Ich lag stundenlang im Bett und fand keinen Schlaf – nicht nur, weil ich den ganzen Tag verschlafen hatte, sondern weil mein Kopf zu voll war. Ich dachte vor allem an das Grauen, das Leszek in seinem Leben gesehen hatte. Mir wurde bewusst, dass die Gräueltaten des Holocaust für mich in mancher Hinsicht zu Kino geworden waren: eine mentale Bibliothek von Dokumentationen, Spielfilmen und Büchern, die ich als Jugendlicher kennengelernt hatte, in dem Irrglauben, ich wüsste irgendetwas über das Grauen. Aber ich hatte noch nie jemanden getroffen, der es selbst erlebt hatte. Es war wie der Unterschied, ob man einen Reisebericht liest oder mit einem Einheimischen spricht.

Das war etwas, das mir unbegreiflich war: Wie konnte ein Mensch so unmenschlich zu anderen sein? Ich setzte mich selbst in die Gleichung ein. Wäre ich ein deutscher Soldat gewesen, hätte ich Befehlen gehorcht? Statistisch betrachtet, hätte ich es vermutlich getan. Was, wenn ich in Leszeks Lage gewesen wäre? Hätte ich einen Fluchtversuch unternommen, oder hätte ich meinen Tod akzeptiert? Und war das, in mancher Hinsicht, nicht genau die Frage, vor der ich im Augenblick stand?

In diesen dunklen, stillen Stunden fand ich die Wahrheit

von Leszeks Worten. Was er sagte, stimmte – ob absichtlich oder nicht, ich hatte Kyle Macht über meine Zukunft übertragen. Ich hatte ihm einen ständigen Anteil an meinem Leben eingeräumt – wie eine oft wiederholte Serie im Fernsehsender meines Geistes. Als Werbemann verstand ich das. Wir bezahlten den Medien Geld, um Platz in den Köpfen ihrer Zuschauer zu mieten. Genau das hatte ich Kyle gegeben, eine Fernsehserie in meinem Kopf, ein tagtägliches Drama, das ich ansah und das Schmerz erzeugte, Hass und Rechtfertigung und … dann sah ich es. War es möglich, dass ich an meinem Hass und meiner Unversöhnlichkeit festhielt, weil ich es wollte? Dass Hass eine ebenso starke Befriedigung erzeugte wie Sex oder Gewalt? Dass ich irgendein elementares Bedürfnis verspürte, ihn gnadenlos im Boxring meines Geistes zusammenzuschlagen? Wieder und Wieder? Und wie lange würde diese Serie noch weiterlaufen, bevor ich sie absetzte? Bis ans Ende meiner Tage?

Das war durchaus möglich. Ich hatte Leute getroffen, die an ihrem Groll wie an ihrem kostbarsten Besitz festhielten, die sich an ihre Verbitterung und ihren Hass klammerten, selbst nachdem das Objekt ihres Hasses tot und begraben war.

Diese Vorstellung schien absurd. Wenn mein Leben, wie mein Vater immer sagte, die Gesamtsumme meiner Gedanken war, was würden dann solch hasserfüllte Gedanken aus meinem Leben machen? Und war ich bereit, jemand anderem so viel Macht über mich und mein Leben zu geben? Nein. Ich wollte meine Gedanken selbst besitzen. Ich wollte meinen Geist zurückverlangen. Ich wollte meine Zeit wiederhaben. Ich wollte vergeben.

Ich weiß nicht, um wie viel Uhr ich schließlich einschlief, aber am nächsten Morgen wachte ich gegen zehn auf. Draußen war es hell, daher wusste ich diesmal, dass es Morgen war. Mir war nicht schwindelig. Tatsächlich fühlte ich mich, abgesehen davon, dass ich nicht mehr im Zeitplan war, normal. Ich blieb ein paar Minuten im Bett liegen und ließ mir die Gedanken der vergangenen Nacht noch einmal durch den Kopf gehen.

Vor langer Zeit einmal hatte ich gelernt, dass diese Gedanken, die man mitten in der Nacht hat, dem Tageslicht nicht immer standhalten. In meinem Leben in der Werbung hatte es Zeiten gegeben, da war ich mit einer Idee für eine Kampagne aus dem Bett gesprungen, die ich für so brillant hielt, dass ich sie unbedingt aufschreiben musste. Eigens zu diesem Zweck hatte ich immer einen Notizblock neben meinem Bett liegen. Dann sprang ich auf, kritzelte meinen Geniestreich hin und legte mich wieder schlafen, nur, um am nächsten Morgen aufzuwachen, die Worte zu lesen und mich zu fragen: *Was habe ich mir dabei eigentlich gedacht?*

Aber diesmal war es nicht so. Alles, was Leszek gesagt hatte, stimmte. Ich besaß keinen Einfluss auf Kyles Leben, und ich hatte nicht das Bedürfnis, ihm im Gegenzug Einfluss auf meins zu gewähren. Ich nahm mein Handy aus meinem Rucksack, und dann, während ich darüber nachdachte, was ich zu tun im Begriff war, zögerte ich. Was würde ich sagen? Wie viel würde ich sagen? In gewisser Weise spielte das keine Rolle. Es ging um den Akt an sich. Je weniger ich sagte, desto besser. Ich würde anrufen und sagen: Ich vergebe dir. Nur diese drei Worte. Ich dachte an Pamela. Sie war so weit gereist, um diese Worte zu hören. Sie hatte ihr Leben riskiert, um sie zu hören. Aber Kyle suchte, soweit ich sagen konnte, nicht das, was Pamela gesucht hatte. Wieder rief ich mir Leszeks Worte ins Gedächtnis. Es spielte keine Rolle. Was ich tat, hatte im Grunde nichts mit Kyle zu tun. Wie er auf meine Vergebung reagieren würde, war seine Sache. Selbst wenn er auf meinen Anruf mit Feindseligkeit reagierte, konnte mir das vollkommen egal sein.

Dann fiel mir wieder ein, dass Leszek gesagt hatte, ich sollte mich zuerst an Gott wenden. Zu meinem Erstaunen fiel es mir schwerer, Gott anzurufen als Kyle. Was würde ich zu Gott sagen? Natürlich, wenn Gott Gott war, dann war, was immer ich sagte, überflüssig, da er bereits wusste, was ich sagen würde. Ich konnte meine Rede nicht so planen wie eine Präsentation, wo jedes Wort wohl überlegt und mit Pausen zur Betonung ausgesprochen wird. Mit Gott zu sprechen war keine Show.

Ich war einmal bei einem Wohltätigkeitsdinner für einen Kongresskandidaten des Bundesstaats Washington. Ein Minister war aufgestanden, um ein Gebet zu sprechen, aber stattdessen hatte er ein Gedicht vorgelesen. Ich weiß noch, dass ich dachte, es sei eine nette Präsentation, aber nicht aufrichtiger als mein letzter Werbe-Jingle. Vielleicht lag es daran, dass meinem Vater jede Art von Verstellung fremd war, aber er hatte mich immer dazu erzogen, zu sagen, was ich meinte, und zum Punkt zu kommen. Für mich war es logisch, dass ich zu Gott auf dieselbe Weise sprechen sollte. Sag es so einfach wie möglich. Ich sah zur Decke hoch, und dann sagte ich laut: »Gott, ich vergebe Kyle.«

Nichts. Ich fühlte nichts. Ich fühlte mich schlimmer als nichts, ich fühlte mich wie ein Lügner. Ich wollte Kyle noch immer zu Brei schlagen – auf ihn einprügeln und ihn am Straßenrand liegen lassen, wie es die Gang in Spokane mit mir getan hatte.

Das war der Augenblick, als ich die Wahrheit über das

Beten herausfand. Wie Mark Twain einmal schrieb: »Man kann keine Lüge beten.«

Ich betete weiter. »Gott, ich will Kyle Craig zu Brei schlagen. Was er getan hat, war verachtenswert. Es war grausam und gemein, und er ist ein schlechter, böser Mensch.« Seltsamerweise fühlte ich mich bei diesen Worten im Reinen mit mir. Jetzt kam ich weiter. »Ich will, dass er leidet, genau wie ich gelitten habe.« Ich ließ die Worte nachhallen. Starke Gefühle begannen auf mich einzuströmen. »Ich weiß nicht, warum er so ist. Aber ich will nicht so sein wie er. Ich will nicht, dass er ein Teil meines Lebens ist. Ich will frei von ihm sein. Ich will frei von dieser Last sein. Ich will keinen Hass. Ich will *das* nicht.«

Ich brach ab und saß schweigend da. Dann verspürte ich etwas Erstaunliches. Ein warmes Gefühl von Frieden durchflutete mich. »Ich *will* ihm vergeben.«

Das war die Antwort. Wunsch. Es ist nicht die Fähigkeit, zu gehen, die Gott gefällt, es ist der *Wunsch,* zu gehen. Der Wunsch, das Richtige zu tun. Das wahrhaftigste Maß eines Menschen ist das, was er zu tun wünscht. Das Maß dieses Wunsches zeigt sich in den Taten, die folgen. »Ich will Kyle Craig vergeben«, sagte ich laut. Und diesmal meinte ich es auch so.

Ich griff zum Telefon und versuchte Kyle anzurufen. Unter seiner Nummer war kein Anschluss. Nach dem, was Falene mir damals in Spokane erzählt hatte, hätte ich mich darüber nicht wundern sollen.

Ich legte das Telefon beiseite und überlegte, wie spät es an der Westküste war. Ich hatte die Zeitzone zur Central Time überschritten, was hieß, dass es dort erst kurz nach acht war. Ich wählte Falenes Nummer. Sie nahm nicht ab. Ich hatte ganz vergessen, dass sie nie bei Nummern abnahm, die sie nicht kannte. Ich legte auf und versuchte es noch einmal, während ich überlegte, welche Nachricht ich hinterlassen sollte. Zu meiner Verblüffung ging sie jetzt doch dran.

»Hallo?«

»Falene, hier ist Alan.«

Eine kurze Pause trat ein. »Alan, wo bist du?«

»Ich bin in South Dakota. Wie geht es dir?«

Sie schwieg einen Augenblick. »Gut«, sagte sie nicht sehr überzeugend.

»Und wie geht es dir wirklich?«

»Es ging mir schon besser«, sagte sie leise.

»Was ist los?«

»Weißt du noch, wie ich dir von meinem kleinen Bruder erzählt habe?«

»Ist er nicht kürzlich aus der Reha gekommen?«

Sie schniefte. »Ja. Aber er nimmt wieder Drogen. Ich habe ihn seit elf Tagen nicht mehr gesehen.«

»Das tut mir so leid.«

»Ich mache mir wirklich Sorgen«, sagte sie.

»Das tut mir so leid«, sagte ich noch einmal. Ich wusste nicht, was ich sonst sagen sollte.

Einen Augenblick später seufzte sie. »Aber das ist nicht der Grund, weshalb du anrufst. Was kann ich für dich tun?«

»Ich versuche Kyle Craig zu erreichen.«

»Kyle Craig?«

Ich wusste, dass sie das verblüffen würde. »Ja. Ich habe versucht, ihn anzurufen, aber unter seiner Nummer ist kein Anschluss mehr.«

»Das liegt wohl daran, dass es eine lange Liste von Leuten gibt, die ihn am liebsten lynchen würden. Warum willst du denn ausgerechnet mit *dem* reden?«

»Teil meines Heilungsprozesses, nehme ich an. Kannst du mir helfen, seine Nummer herauszufinden?«

»Das könnte eine Weile dauern.«

»Das macht nichts. Du kannst mich hier erreichen.«

»Okay«, sagte sie. »Ich rufe dich zurück.«

»Danke, Falene. Und was kann ich jetzt für dich tun?«

Sie seufzte. »Ich fürchte, leider gar nichts. Aber trotzdem danke.« Wir schwiegen beide einen Moment. Dann sagte sie: »Es ist so schön, deine Stimme zu hören.«

»Deine auch«, sagte ich.

»Ich rufe dich an, sobald ich Kyles Nummer rausfinde.«

»Danke«, sagte ich.

»Wir sprechen uns bald.«

Wir legten auf. Dann streckte ich mich auf meinem Bett aus und starrte an die Decke.

Ich vermisste Falene. Nach allem, was sie für mich getan hatte, wünschte ich, ich könnte sie irgendwie trösten. Sie war eine echte Freundin, und ich bezweifelte, dass ich ohne sie noch am Leben wäre.

Fünfzehntes Kapitel

Ich habe einen Pfarrer einmal sagen hören: »Der Grund, weshalb wir uns manchmal auf Anhieb mit einem völlig Fremden verstehen, ist, dass die Freundschaft nicht in diesem Leben entstanden ist, sondern die Wiederaufnahme einer Freundschaft aus einem anderen ist.« Ich weiß nicht, ob das stimmt, aber manchmal kommt es mir so vor.

Alan Christoffersens Tagebuch

Ich blieb noch ein paar Minuten im Bett liegen, dann stand ich ohne Probleme auf. Mir war nicht mehr schwindelig. *Zeit zu gehen*, dachte ich. Ich schlüpfte in eine Jogginghose und ging hinaus in die Küche. Leszek saß bei einer Tasse Kaffee am Tisch, eine Zeitung vor sich ausgebreitet. Er sah auf, als ich hereinkam.

»Guten Morgen«, sagte er.

»Guten Morgen.«

»Ich löse gerade ein Kreuzworträtsel«, sagte er. »Ich kann diese Rätsel nicht sehr gut. Wissen Sie ein Wort mit sieben Buchstaben für ›verehren‹?«

Ich ging hinüber und warf einen Blick auf die Zeitung.

»Der zweite Buchstabe ist ein *n*«, sagte er.

Ich schüttelte den Kopf. »Keine Ahnung. Ich war in so etwas auch nie sehr gut.«

»Vielleicht, wenn es auf Polnisch wäre«, sagte er lächelnd. »Aber im Englischen gibt es zu viele Wörter, die ich nicht kenne.«

»Anbeten«, sagte ich.

Er sah auf das Wort. »Ja. Anbeten. Das ist sehr gut.« Er trug das Wort mit Bleistift ein. »Wie fühlen Sie sich heute, Alan?«

»Gut. Ich fühle mich gut.«

»Gut ist gut.« Er erhob sich. »Ich werde Ihnen ein Frühstück machen.«

»Immer mit der Ruhe«, sagte ich. »Lösen Sie zuerst Ihr Rätsel.«

»Bis dahin sind Sie verhungert«, sagte er. »Mit diesem Rätsel werde ich nie fertig.« Er ging hinüber in die Küche. »Ich schaffe diese Rätsel nie.« Er schaltete den Elektroherd unter einer Bratpfanne ein. »Ich war heute Morgen auf dem Markt und habe köstlichen Sirup für unsere Pfannkuchen gekauft. Ich mag die amerikanischen Pfannkuchen. Sagen Sie Pfannkuchen oder Eierkuchen?«

»Beides«, sagte ich. »Im Allgemeinen Pfannkuchen. Aber was uns Eierkuchen heißt, wie es auch hieße, würde lieblich schmecken.«

»Ah ja, Shakespeare.« Leszek gab etwas Teig in die Pfanne. »Sie sind clever.« Er schob den Pfannenwender unter den Pfannkuchen und wendete ihn.

»Ich habe viel über das nachgedacht, was Sie mir gestern Abend erzählt haben. Haben Sie Ihre Geschichte aufgeschrieben?«

»Ich schreibe sie jetzt auf«, sagte er. »Für meine Kinder und Enkelkinder. Aber ich nehme nicht an, dass mein Sohn sie lesen wird.«

»Warum nicht?«

»Ich glaube, er will vielleicht nicht über solche Dinge nachdenken.«

»Eines Tages wird er es lesen wollen«, sagte ich.

»Ja. Vielleicht, wenn ich tot bin. Leute sind immer interessanter, wenn sie tot sind. Vor allem Eltern, meine ich.«

Ich dachte an meinen eigenen Vater. Welche Fragen würde ich ihm stellen wollen, wenn es einmal nicht mehr möglich war?

»Eines der Lieblingsbücher meines Vaters wurde von einem Überlebenden eines Konzentrationslagers geschrieben«, sagte ich. »Vielleicht haben Sie davon gehört: *… trotzdem Ja zum Leben sagen* von …«

»Viktor E. Frankl«, warf Leszek ein.

»Ja. Dann haben Sie es gelesen?«

Er lächelte. »Ja. Ich habe es gelesen. Ich kenne den Autor.«

»Sie haben Viktor E. Frankl kennengelernt?«

Sein Lächeln vertiefte sich. »Viktor war ein Freund von mir. Wir haben uns Briefe geschrieben.«

»Das ist ja cool«, sagte ich. »Sehr cool.«

Wenig später brachte Leszek die Pfannkuchen an den Tisch. Er gab mir die beiden oberen und behielt den unteren für sich.

»Ich habe Aunt-Jemima-Sirup«, sagte er.

»Danke.« Ich goss mir etwas Sirup über die Pfannkuchen und verteilte ihn mit der Gabel. Dann nahm ich einen Bissen. »Sie machen gute Pfannkuchen.«

»Ha!«, sagte er. »So gut wie meine Suppe?«

Ich lachte. Nachdem wir beide ein paar Happen gegessen hatten, sagte ich: »Ich möchte Ihnen für das danken, was Sie mir gestern Abend gesagt haben.«

»Ich habe gestern Abend zu viel geredet. Hat es denn geholfen?«

»Ja. Heute Morgen habe ich versucht, Kyle Craig anzurufen.«

Er zog die buschigen Augenbrauen zusammen. »Wen?«

»Kyle. Meinen ehemaligen Geschäftspartner. Der mich bestohlen hat.«

»Ach ja. Sie haben ihn angerufen?«

»Ich habe es versucht. Unter seiner Nummer ist kein Anschluss. Aber ich werde ihn schon finden.«

»Gut. Gut.« Er nickte anerkennend.

»Ich glaube, es war schwieriger, Gott zu sagen, dass ich Kyle vergeben habe.«

»Vielleicht haben Sie Gott noch nicht vergeben.«

»Vielleicht«, sagte ich. Ich wusste, dass in seinen Worten Wahrheit lag.

»Das verstehe ich«, sagte Leszek. »Als Ania starb, da war ich sehr, sehr wütend auf Gott. Ich habe ihn sogar angeschrien. Das ist für mich sehr ungewöhnlich, denn ich habe Gott nicht angeschrien, als ich erfuhr, dass die Soldaten meine Mutter und meine Geschwister getötet hatten, oder später, als sie meinen Vater umbrachten. Aber ich habe ihn angeschrien, als meine Frau starb. Ich glaube, das war, weil ich für ihren Tod niemanden außer Gott verantwortlich machen konnte.« Er sah mich traurig an. »Ich glaube, Gott versteht solche Dinge.«

»Meinen Sie?«

Leszek nickte. »Ich werde Ihnen eine Geschichte erzählen. Als mein Sohn noch sehr jung war, fand er einmal ein kleines Messer. Ich nahm es ihm weg, damit er sich nicht wehtat. Er wurde sehr wütend auf mich und schrie mich an. Aber ich war deswegen nicht wütend auf ihn.« Seine Miene hellte sich auf. »Ich will nicht sagen, dass meine Ania wie ein Messer war.« Er beugte sich vor und grinste, als würde er mir gleich ein Geheimnis verraten. »Auch wenn ihre Zunge manchmal sehr scharf war.«

Ich lachte.

»Ich sage nur, dass ich älter und weiser bin als mein kleiner Junge und verstehe, weshalb er so empört war, daher habe ich es nicht allzu ernst genommen. Gott ist auch älter und weiser. Ich glaube, er versteht es auch.«

Das erschien mir logisch. »Ich hoffe, Sie haben recht«, sagte ich.

Er grinste wieder. »Natürlich habe ich recht. Sonst bekomme ich viel Ärger!«

Ich lachte wieder. Während ich diesen grinsenden alten Mann ansah, war mein Herz voller Dankbarkeit. Der Gedanke, ihn zu verlassen, erfüllte mich mit Traurigkeit. Wir aßen eine Zeit lang schweigend, bevor ich schließlich wieder das Wort ergriff: »Ich werde heute aufbrechen.«

Er nickte. »Ja, das dachte ich mir schon.«

»Ich würde davor gern duschen, wenn Sie nichts dagegen haben.«

»Ja, natürlich.« Er blickte traurig. »Brauchen Sie noch irgendetwas, bevor Sie gehen?«

»Nein. Sie haben mehr als genug getan.«

»Ich kann Sie zurück zum Freeway fahren.«

Obwohl ich Mitfahrgelegenheiten normalerweise ablehnte, konnte ich es ihm nicht abschlagen. »Danke. Sehr gern.« Ich trug meinen Teller zur Spüle und drehte das Wasser auf, um ihn abzuwaschen.

»Nein, nein, lassen Sie ihn einfach stehen. Bitte. Ich mache den Abwasch später. Gehen Sie duschen.«

»Sicher?«

Er tat meine Worte mit einer Handbewegung ab. »Ja. Gehen Sie schon.«

Auf seine Entlassung hin ging ich in mein Zimmer, suchte mir ein paar Anziehsachen und einen Rasierer und ging ins Bad. Zuerst rasierte ich mich, dann drehte ich das Wasser auf und stellte mich unter die Dusche. In einer Plastikschale lagen ein paar kleine Seifenstückchen. Leszek war ein Mann, der wenig hatte und noch weniger vergeudete. Ich duschte nicht sehr lange, da mir bewusst war, dass ich sein heißes Wasser verbrauchte. Ich wusch mir zweimal die Haare, noch immer verblüfft davon, wie lang sie waren. Ich konnte sie mir fast zu einem Pferdeschwanz binden.

Als ich aus der Dusche kam, konnte ich Leszek wieder Klavier spielen hören. Ich trocknete mich ab und zog mich an, dann ging ich in mein Zimmer und packte meine restlichen Sachen. Ich machte das Bett, bevor ich meinen Rucksack ins Wohnzimmer trug, wo Leszek auf mich wartete. Er schaute sehr traurig aus.

»Sie sind bereit zum Aufbruch«, sagte er.

»Leider ja«, erwiderte ich.

»Okay, okay. Gehen wir.«

Wir gingen zur Tür hinaus und zu seinem Wagen. Ich warf meinen Rucksack auf die Rückbank, dann stieg ich ein, und Leszek ließ den Wagen an. Während wir sein Wohnviertel verließen, wies er mich noch einmal auf den Maispalast hin, dessen Fassade mit Wandbildern aus Maiskolben geschmückt war. Als wir unter dem Freeway hindurchfuhren, deutete ich auf eine kleine Abzweigung nahe der Freeway-Auffahrt.

»Wie wär's dort drüben?«, sagte ich.

Leszek lenkte den Wagen an den Straßenrand und stellte den Motor ab.

Ich fühlte mich überraschend wehmütig.

»Nun, mein guter Freund«, sagte Leszek. »Jetzt heißt es Abschied nehmen.« Er streckte seine kräftige Hand aus, und ich ergriff sie.

»Nur ›danke‹ zu sagen erscheint mir so unangemessen. Ich

bin Ihnen zu so viel Dank verpflichtet für alles, was Sie für mich getan haben.«

»Es war mir ein Vergnügen«, sagte er. »Lebt Ihr Vater noch?«

»Ja.«

»Dann muss er stolz auf einen solchen Sohn sein. Ich hoffe, wir sehen uns einmal wieder.«

»Ich auch«, sagte ich. »Ich habe Ihre Telefonnummer gar nicht bekommen.«

»Dann werde ich sie Ihnen geben.«

Ich zückte mein Tagebuch und einen Stift. Er sagte mir seine Nummer, und ich schrieb sie auf. »Ich rufe Sie an, wenn ich in Key West bin.«

»Ja. Rufen Sie mich an. Ich werde Sie mit Toast feiern.«

»Mit Toast?«, sagte ich. »Ist das ein jüdischer Brauch?«

»Ja. Ich werde einen Toast auf Sie trinken.«

Ich lachte. Dann gab ich ihm noch einmal die Hand und stieg aus dem Wagen. »Passen Sie auf sich auf, mein Freund«, sagte ich. »Alles Gute.«

»Was könnte mir in Mitchell, South Dakota, denn schon Schlimmes zustoßen?«, erwiderte er.

Ich lachte wieder. Er winkte, dann ließ er seinen Wagen an, blinkte und fädelte sich langsam wieder in den Verkehr ein. Ich sah zu, wie sein Wagen zwischen den anderen Autos verschwand. *Nicht alles, was Gold ist, glänzt*, dachte ich.

Sechzehntes Kapitel

Ich habe die Damen von der Red Hat Society gefunden. Oder vielmehr, sie haben mich gefunden.

Alan Christoffersens Tagebuch

In den nächsten drei Tagen ging ich von Mitchell nach Sioux Falls. Mein Weg verlief ohne Zwischenfälle und zwischen lauter Mais. Überall war Mais. Einmal kam ich an etwas vorbei, das nach einer Erdölraffinerie aussah, was mich irritierte, da sie zwischen den ganzen Maisfeldern völlig fehl am Platz aussah. Während ich die Anlage betrachtete, fiel mir wieder ein, dass aus Mais Ethanol hergestellt wurde.

Am ersten Tag hinter Mitchell sah ich ein Hinweisschild zum Haus von Laura Ingalls Wilder. Als McKale klein war, war sie ein Riesenfan der Little-House-Bücher, daher bog ich vom Freeway ab, um das Haus zu besichtigen. Dann, kurz nach der Abzweigung, sah ich ein Schild, auf dem stand, dass das Haus über fünfzig Meilen abseits von meinem Weg lag. Ich machte kehrt und ging zurück zur 90.

Ich wanderte weiter. Auch hier sah ich wieder viele überfahrene Tiere. Einmal zählte ich sechs »schlafende« Waschbären auf einer einzigen Meile.

Am dritten Tag hinter Mitchell, nachdem ich vierundzwanzig Tage an der Interstate 90 entlanggegangen war, verließ ich sie an der 29 in Richtung Sioux Falls nach Süden. Ich konnte die Stadt in der Ferne sehen, und obwohl ich müde war, entschied ich, dass ein gutes Hotel mit Zimmerservice und einem heißen Bad die zusätzliche Mühe wert sein würde. Nach fast sechsundzwanzig Meilen erreichte ich das Sheraton.

Ich beschloss, einen Ruhetag einzulegen. Zum Frühstück bestellte ich mir beim Zimmerservice Eier Benedikt, dann zog ich meine Badehose an. Ich borgte mir den Frotteemantel, der in meinem Wandschrank hing, und ging hinunter zum Whirlpool.

In der Hotellobby wimmelte es von hunderten älteren Damen mit roten Hüten und violetten Kleidern, einige auch noch mit Federboas oder roten oder violetten flauschigen Socken.

Ich ging durch die Lobby zum Schwimmbad. Der Whirlpool befand sich auf der anderen Seite des Bads. Zwei Frauen waren bereits im Pool und unterhielten sich laut über dem Plätschern des Wassers. Auch sie trugen rote Hüte. Sie brachen ihre Unterhaltung ab und sahen mich an, als ich meinen Bademantel über die Lehne eines Poolstuhls legte und ins Wasser stieg. Ich schloss die Augen und ließ mich bis zum Hals in den Pool gleiten.

Als ich die Augen aufschlug, sahen mich die Frauen noch immer an.

»Hi«, sagte ich.

»Wie geht's?«, sagte die Frau, die mir am nächsten war.

»Gut. Und selbst?«

»Wir amüsieren uns köstlich«, sagte die andere Frau, die ein bisschen größer war und unnatürlich rote Haare hatte.

»Warum tragen Sie rote Hüte?«, fragte ich.

»Wir gehören zur Red Hat Society.«

»Das sagt mir nichts.«

»Wir sind nur ein Haufen Frauen, die unterwegs sind, um ein bisschen Spaß zu haben«, sagte die erste Dame. »Haben Sie noch nie von uns gehört?«

»Tut mir leid, nein. Ich bin nicht aus Sioux Falls.«

»Oh, uns gibt es nicht nur in Sioux Falls«, sagte die große Dame empört. »Die Rothüte finden Sie auf der ganzen Welt. Wir haben über vierzigtausend Ortsgruppen weltweit. Über uns wurde im *Time*-Magazin und im Fernsehen berichtet. Wir waren sogar in den *Simpsons*.«

»In den *Simpsons*?«, fragte ich. »Tut mir leid, ich nehme an, ich lebe schon seit einer Weile in einer Höhle. Ehrlich gesagt bin ich auf einer Mission.«

»Das muss ja eine anstrengende Mission sein«, bemerkte die zweite Frau.

»Ich gehe zu Fuß durch Amerika.«

»Ach du liebe Güte«, sagte die erste Dame. »Das ist wirklich ein langer Weg.«

»Allerdings«, warf die zweite ein. »Auf welcher Seite des Landes haben Sie denn angefangen?«

»Ich bin in Seattle losgegangen.«

»Und wie lange ist das her?«

»Fast acht Monate. Aber ich wurde fünf Monate in Spokane aufgehalten. Kurz vor der Stadt wurde ich niedergestochen.«

»Niedergestochen?«, fragte die zweite Frau.

Ich richtete mich im Wasser auf, um meine Narben von dem Überfall zu zeigen.

Die erste Frau fuhr sich mit einer Hand an den Mund. »O mein Gott. Das ist ja schrecklich.«

Die zweite Frau warf einen Blick auf meinen Ringfinger. »Und wie haben Sie Ihre Frau überzeugt, Sie gehen zu lassen? Oder begleitet sie Sie?«

»Sie haben sie verloren«, sagte die erste Frau. »Wie ist sie gestorben?«

Ich sah sie fragend an. »Woher wussten Sie das?«

»Ja«, wandte sich die zweite Frau zu ihr um. »Woher wusstest du das?«

»Er trägt den Ehering einer Frau um den Hals«, sagte sie. Sie wandte sich an mich. »Wenn Sie geschieden wären, würden Sie ihn nicht tragen. Wenn Sie noch zusammen wären, würde sie ihn tragen, und wenn er einer anderen Frau gehören würde, würde Ihre Frau Sie ihn nicht tragen lassen.«

»Bist du nicht ein echter Sherlock?«, sagte die zweite Frau. »Hat sie recht?«

Ich nickte. »Sie ist im letzten Oktober gestorben. Zwei Tage nach ihrer Beerdigung bin ich losgegangen.«

Beide Frauen sahen mich nur an. Dann sagte die zweite Frau: »Das ist das Traurigste, was ich je gehört habe.«

»Erzählen Sie mir von dem Red Hat Club«, sagte ich.

»… Society«, berichtigte mich die andere Frau.

Die erste Frau begann: »Es fing an, als Sue Ellen, unsere Königinmutter …«

»Sie haben eine Königin?«, fragte ich.

»So nennt sich Sue Ellen selbst«, erwiderte sie. »Die Gesellschaft nahm ihren Anfang, als sie einer Freundin zu ihrem fünfundfünfzigsten Geburtstag einen roten Hut schenkte. Es gibt ein Gedicht über einen roten Hut. Ich werde es nicht ganz aufsagen, aber es geht ungefähr so.« Sie richtete sich ein wenig auf.

Wenn ich eine alte Frau bin, werde ich Lila tragen,
mit einem roten Hut, der nicht dazu passt
und mir nicht steht,
und ich werde meine Rente ausgeben

für Schnaps und Sommerhandschuhe und Satinsandalen, und sagen, für Butter haben wir kein Geld.

»Und ich werde lernen, auszuspucken«, ergänzte die zweite Frau.

Die erste Frau nickte. »Das steht auch darin. Es bedeutet, dass wir uns unser Leben lang an die Regeln gehalten und uns anständig benommen haben, und jetzt werden wir die Schuhe von uns schleudern und Spaß haben.«

»Und wir *haben* Spaß«, warf die zweite Frau ein.

»Meine Frau wäre eine Red-Hat-Frau gewesen«, sagte ich.

Die erste Dame schüttelte den Kopf. »Sie ist nicht alt genug.«

»Sie wäre eine Pink-Hat-Lady gewesen«, erklärte die zweite. »Das sind unsere jüngeren Mitglieder.«

»Das wäre sie gewesen«, sagte ich.

Ich ließ mich noch einmal ins Wasser gleiten, dann richtete ich mich wieder auf. »Ich glaube, ich habe genug geköchelt.« Ich stand auf. »Hat mich gefreut, Sie kennenzulernen.«

»Ganz meinerseits«, sagte die erste.

»Viel Glück auf Ihrem Weg«, sagte die zweite.

»Danke.«

Ich stieg aus dem Whirlpool. Ich trocknete mich mit einem Hotelhandtuch ab, schlüpfte wieder in meinen Bademantel und ging zum Aufzug. Die Lobby war nicht mehr ganz so überfüllt, aber es war noch immer eine stattliche Anzahl roter Hüte zu sehen.

Als ich zum Aufzug ging, sah ich darin zwei der Rothüte stehen. Eine von ihnen, eine sehr hochgewachsene Brünette mit einem roten Federhut, sagte: »Halt die Tür auf, Doris. Hier kommt ein Mann zum Anbeißen.«

Ich lächelte, als ich in den Aufzug trat. »Red Hat Society.«

Die Federhut-Dame lächelte. »Red *Hot* Society. Und wo waren Sie gestern Abend bei unserem Red Ball, als ich einen Tanzpartner gesucht habe?«

»Ich habe meinen Beinen eine Pause gegönnt«, sagte ich. »Ich bin in letzter Zeit viel gelaufen.«

»So sehen Sie auch aus«, sagte sie. »Wie wär's, wenn Sie diesen Bademantel abwerfen und uns einen kleinen Blick gönnen?«

»Janet!«, sagte Doris.

»Ach, sei nicht so prüde«, erwiderte Janet. »Vermutlich ist er ein Männer-Model. Da ist er so etwas gewohnt.«

»Ich bin kein Model.«

»Aber Sie könnten eines sein«, warf Doris ein.

»Sollten eines sein«, berichtigte Janet.

»Tut mir leid«, sagte ich.

In dem Augenblick ertönte die Glocke für meine Etage.

»Ach kommen Sie«, sagte Janet. »Nur einen klitzekleinen Blick.«

Ich trat aus dem Aufzug. »Schönen Tag noch, die Damen.«

Als sich die Aufzugtür schloss, hörte ich Janet sagen: »Besorg dir seine Zimmernummer, Doris. Der Mann ist heiß.«

Am nächsten Morgen ging ich hinunter und frühstückte im Restaurant des Hotels. Es war noch immer voller roter Hüte, aber die Frauen machten einen gedämpften Eindruck, als hätten sie eine ausschweifende Nacht hinter sich.

Ich verließ das Hotel um acht Uhr und ging zurück zur 29 in Richtung Süden. Die Straße führte durch ein Industriegebiet, und mein Tempo wurde deutlich gebremst. Ich verbrachte viel Zeit damit, über Auf- und Abfahrten zu steigen und nach Straßen zu suchen, die parallel zum Freeway verliefen. Es war schwierig, aber manchmal gibt es eben keinen einfachen Weg.

Ich war acht Meilen weit gelaufen, bis zu einer Stadt mit dem fantastischen Namen Tea, bevor die Bebauung endete und der Verkehr allmählich dünner wurde. Ich freute mich zu sehen, dass die Landschaft wieder flach wurde. In jener Nacht schlief ich unter einer Überführung. Ich hatte einen anstrengenden Tag hinter mir, und ich war erschöpft. Ich weiß nicht, warum manche Tage härter sind als andere, aber ich hatte den ganzen Tag an McKale gedacht, und das Herz schmerzte mir in der Brust vor Einsamkeit. Ich war froh, als ich endlich einschlief.

Siebzehntes Kapitel

Man kann einen Menschen nicht nach der Stadt beurteilen, aus der er kommt, ebenso wenig, wie man ein Buch nach dem Laden beurteilen kann, der es verkauft hat. Und doch tun wir es.

Alan Christoffersens Tagebuch

In den nächsten vier Tagen legte ich die Strecke von Sioux Falls nach Sioux City zurück, auf der es kaum etwas Erwähnenswertes gab. Hinter Sioux City war mein nächstes größeres Ziel St. Joseph, das etwa 225 Meilen weit entfernt war. Bei meinem gegenwärtigen Tempo würde ich es in zehn Tagen schaffen.

Der Freeway, der aus Sioux City führte, war zu stark befahren und zu schmal, um gefahrlos an ihm entlangzugehen, daher folgte ich dem Floyd River, der mit seinem sandigen Ufer sehr schön war.

Grenzen zwischen Bundesstaaten kreuzten immer wieder meinen Weg aus der Stadt, und den Großteil des Tages war ich mir nicht sicher, ob ich in Iowa oder Nebraska war. Ich hätte das Rätsel mit einem Blick auf meine Karte lösen können, aber eigentlich spielte es keine Rolle. Ich wusste, dass ich auf dem richtigen Weg war, und unterm Strich war das alles, was zählte.

In den nächsten sieben Tagen folgte ich der I-29 nach Süden. Die Straße verlief hauptsächlich durch Iowa, auch wenn sie hin und wieder, wie zum Beispiel in Omaha, die Grenze nach Nebraska überquerte.

Dieser Teil des Landes erschien mir alt und gut, was sich vielleicht in dem widerspiegelt, wofür die Gegend berühmt ist. West-Iowa haben wir Donna Reed zu verdanken (Jimmy Stewarts pflegeleichte Frau in *Ist das Leben nicht schön?*), den großartigen Orchesterchef Glenn Miller und den Sänger Andy Williams, der mit »Moon River« berühmt wurde – einem Song, den ich nur deshalb kannte, weil wir ihn in der zweiten Klasse in Miss Rossis Unterricht auf unseren Kassettenrekordern aufnahmen.

Der Beitrag dieser Region zum amerikanischen Kulturtiegel beschränkte sich jedoch nicht nur auf Schauspieler und Musiker. Eine der Städte, durch die ich kam, war Onawa, wo der Eskimo Pie, ein Vanilleeis am Stiel mit Schokoladenüberzug, seinen Ursprung hat. Erfunden wurde dieses Eis von einem dänischen Einwanderer namens Christian Kent Nelson, einem Schullehrer und Besitzer eines Süßwarenladens. (*Eine herrlich passende Kombination*, dachte ich.) Die Idee für den Eskimo Pie kam Nelson im Jahr 1920, als ein Kind in seinem Laden sich nicht zwischen Eis oder Schokoriegel entscheiden konnte. Letztendlich ließ er das Eis patentieren und schloss einen Vertrag mit Russell C. Stover, dem großen Süßwarenhersteller, um die tiefgefrorene Leckerei unter dem Namen Eskimo Pie zu vermarkten. Auf dem Höhepunkt ihrer Beliebtheit wurden täglich über eine Million Eskimo Pies in Amerika verkauft. Das ist das Zeug, aus dem der amerikanische Traum ist.

Während ich hier unterwegs war, hatte ich das Gefühl, eine Seite von Amerika zu entdecken, die den Medien bislang entgangen war oder die sie zumindest ignorierten und als bedeutungslos abtaten. Wie ich im Verlauf der nächsten Wochen feststellen sollte, sind diese kleinen Städte Pulverfässer für einige der größten Leute und Ideen der Welt. Bewohner von Metropolen sehen auf Leute in kleineren Orten gern herab, trotz all der Nachteile einer Großstadt. Zum Beispiel erzählte mir einmal einer meiner Angestellter aus Brooklyn, wie sein Fahrlehrer während der Theoriestunden erwähnte, dass ihr Stadtbezirk die höchsten Kfz-Versicherungsprämien des Landes vorweisen könnte, weil es dort so viele Autodiebstähle gäbe – und selbst dieser Rekord war für einige der Fahrschüler Anlass zu Jubel. So dumm diese Einstellung auch ist, halte ich sie doch für sehr typisch. Die Leute klammern sich gern an alles Mögliche, um sich überlegen zu fühlen – egal, ob es ein Markenname, ein Footballteam oder auch nur ein Wohnort ist.

In diesen Tagen fiel mir das Gehen leicht. Ich kam an großen, aufgeräumten Feldern und üppigen Landschaften voller blühender Fliederbüsche vorbei, was immer ein angenehmer (und oft sogar idyllischer) Anblick ist.

Fünfzig Meilen hinter Omaha erreichte ich Sidney, Iowa, die selbst erklärte »Rodeo Town, USA«. Sidney ist eine nette kleine Stadt mit einem Friseursalon, einem Café und zwei Anwaltskanzleien, was mir übertrieben viel zu sein schien, bis ich an eine Geschichte denken musste, die mir mein Vater einmal erzählt hatte – von einer Stadt, in der es nur einen Anwalt gab, der fast am Verhungern war, bis ein zweiter Anwalt in die Stadt zog und beide reich wurden.

Im Zentrum von Sidney hielt ich bei einem kleinen Lebensmittelgeschäft, um meine Essens- und Wasservorräte aufzustocken. Ich war der einzige Kunde in dem Laden, und die einsame Angestellte, eine attraktive Frau in den Dreißigern, saß an der Kasse und las in einer Zeitschrift, als ich mit meinen Einkäufen auf sie zukam. Sie legte die Zeitschrift beiseite und lächelte mich an. Ihre kurzen blonden Haare umrahmten ein hübsches, zartes Gesicht mit aufsehenerregenden Details: mandelförmige Augen, hohe Wangenknochen und eine leicht nach oben gebogene Nase. Im Gegensatz zu ihren blonden Haaren hatte sie braune Augen und dunkle Augenbrauen.

»Ich mag Ihren Hut«, sagte sie, während sie meine Einkäufe eintippte.

»Damit sehen meine Haare kürzer aus«, erwiderte ich.

Sie lächelte. »Nein. Tun sie nicht.«

Ich erwiderte ihr Lächeln. »Na ja, wenigstens hält er die Sonne von meinem Gesicht ab, während ich unterwegs bin.«

»Wohin sind Sie denn unterwegs?«

Ich nahm mir ein Päckchen Kaugummi und eine Tube Lippenbalsam von einem Ständer neben der Kasse und legte beides zu meinen Einkäufen. »Key West, Florida.«

Sie zog die Augenbrauen hoch. »Wow. Da haben Sie bis Florida ja einen weiten Weg vor sich. Na ja, ehrlich gesagt haben Sie von hier aus überallhin einen weiten Weg vor sich. Wo sind Sie denn losgegangen?«

»Seattle.«

»Seattle.« Sie dachte darüber nach. »Dann haben Sie ungefähr die Hälfte geschafft, oder?«

»Annähernd.«

»Ich möchte wetten, die Hälfte«, sagte sie. »Was gibt es denn in Key West?«

Ich zuckte die Schultern. »Sand, nehme ich an.«

»Sand?«

»Vermutlich. Deswegen gehe ich dorthin. Um herauszufinden, was es dort gibt.«

Sie lächelte. »Ich mag Ihre Antwort.«

»Gibt es hier in der Stadt denn irgendwelche Hotels oder Pensionen?«

»Leider nein. Hier in der Gegend nicht. Das nächste wäre in Nebraska City, aber Sie gehen in die andere Richtung, oder? Vermutlich St. Joseph. Das sind etwa einhundert Meilen von hier.«

»Danke. Ich werde mir einfach einen Platz zum Zelten suchen. Gibt es hier in der Nähe einen Park?«

Sie legte den Kopf ein wenig auf die Seite. »Einen Park? Nein. Aber Sie können bei uns übernachten. Mein Zuhause ist ganz nett.«

»Sie haben einen Garten, in dem ich zelten kann?«

»Ja, aber ich habe nicht gemeint, dass Sie zelten müssen. Wir haben ein Gästezimmer.«

Ihr Angebot verblüffte mich zutiefst. Das wäre mir in Seattle nie passiert. »Ich will mich nicht aufdrängen.«

»Das ist kein Problem. Ehrlich gesagt würden wir uns über die Gesellschaft freuen. Das wäre das Aufregendste, was es hier im ganzen Jahr gegeben hat. Außerdem koche ich heute Abend Spagetti mit Muschelsauce à la Vorstandsvorsitzender.«

»Vorstandsvorsitzender?«

»Das ist eines von Emerils Rezepten. Ich bin irgendwie ein Fan von ihm. Ehrlich gesagt, ein Riesenfan. Ich koche sehr gern.«

»Dann sollte ich mir das besser nicht entgehen lassen.« Ich sah auf ihren Ringfinger. Sie trug einen großen Diamant-Smaragd-Ring, in Gelbgold gefasst. »Sind Sie sicher, dass es Ihrem Mann recht sein wird?«

»Matt wird nichts dagegen haben. Er ist wirklich locker. Er mag Leute.«

»Na schön. Ich bin überredet.«

Sie lächelte glücklich. »Wunderbar. Ich habe um sechs Feierabend.« Sie warf einen Blick auf ihre Armbanduhr. »Also in ungefähr vierzig Minuten. Wenn es Ihnen nichts ausmacht, noch ein bisschen hier herumzuhängen, können Sie mit mir nach Hause fahren.«

»Danke. Ich werde einfach draußen warten.«

»Das müssen Sie nicht«, sagte sie. »Es sei denn, Sie wollen. Es ist schließlich nicht so, dass mir hier die Türen eingerannt werden.« Sie streckte eine Hand aus. »Ich bin Analise.«

»Alan«, sagte ich.

»Freut mich, Sie kennenzulernen, Alan.«

»Sind Sie aus Sidney?«

»Nein. Mein Mann. Seinem Vater gehören östlich von hier ein paar tausend Morgen Land. Er baut Mais an.«

»Das tun hier offenbar viele.«

»Ja, das können Sie laut sagen.«

»Und woher sind Sie?«, fragte ich.

»Ich wurde etwa zehn Meilen von hier geboren, in Tabor. Sie sind vermutlich durchgekommen.«

»Das bin ich. Es war … malerisch.«

»Malerisch«, lächelte sie. »Das ist sehr taktvoll ausgedrückt.«

»Haben Sie Kinder?«

»Zwei. Christian und Casey. Christian ist sieben und Casey fünf.«

In dem Augenblick betrat eine Frau den Laden. Sie war mollig, ihr Gesicht war rot angelaufen, und sie trug einen blauen Jogginganzug aus Nicki. Beim Gehen keuchte sie ein wenig. »Hallo, Analise.«

»Hi, Terry.«

»Muss nur ein bisschen Kakaopulver kaufen«, sagte sie, während sie an der Kasse vorbeiging. »Ich habe ganz vergessen, dass ich für Aidens Pfadfindertreffen morgen Nachmittag Brownies machen soll.«

»Das ist in Gang drei.«

»Hab's schon. Kommt Christian zu dem Treffen?«

»Ja«, sagte Analise. Sie wandte sich wieder zu mir um. »Wo waren wir stehen geblieben?«

»In Sidney«, sagte ich. »Kennen Sie eigentlich jeden in dieser Stadt?«

Sie lächelte ironisch. »Ich kenne die *Angelegenheiten* von jedem in dieser Stadt. In einer so kleinen Stadt gibt es keine Geheimnisse.« Sie beugte sich vor und flüsterte: »Ich könnte Ihnen Dinge über Terry erzählen, da würden sich Ihnen die Nackenhaare aufstellen.«

Ich blickte den Gang hinunter zu der Frau. »Bitte nicht«, sagte ich.

Sie lachte. »Okay.«

Einen Augenblick später kam Terry an die Kasse. Sie hatte eine Packung Browniemischung und etwas Fertigglasur in der Hand. Und eine Tüte geröstete Kokos-Marshmallows.

»Du hast dich also für die leichte Variante entschieden«, sagte Analise, während sie die Preise eintippte.

»Ach, warum soll ich mir die Mühe machen? Ich muss auch noch das Abendessen kochen. Hast du irgendeine Ahnung, was ich Ben heute Abend machen könnte?«

»Fertiggerichte von Hamburger Helper erfüllen im Allgemeinen den Zweck.«

»Ja, na ja, der Arzt hat ihm gesagt, er soll nicht so viel rotes Fleisch essen. Er ist zu dick. Was ist denn dein Geheimnis, Püppchen? Du siehst immer zum Anbeißen aus.« Die Frau wandte sich an mich. »Sagen Sie mir, ist diese Frau hinreißend, oder ist sie hinreißend?«

Ich nickte. »Sie ist hinreißend.«

Analise verdrehte die Augen. »Bitte. Ihr macht mich ganz verlegen.«

Die Frau sah mich noch immer an. Sie streckte die Hand aus. »Terry Mason, wie die alte Fernsehserie.«

»Sie meinen, Perry Mason?«

»Genau. Wie geht es Ihnen?«

Ich gab ihr die Hand, während ich mich fragte, was an dieser Frau so skandalös sein könnte, dass sich meine Nackenhaare aufstellen würden. »Alan Christoffersen.«

»Sind Sie zu Besuch oder nur auf der Durchreise?«

»Nur auf der Durchreise«, sagte ich.

»Vielleicht sollten Sie eine Weile bleiben. Im Rest von Amerika ist vielleicht Hopfen und Malz verloren, aber Sidney ist ein Fels in der Brandung. Ein Juwel in Amerikas Krone.«

»Mr. Christoffersen durchquert das Land zu Fuß«, sagte Analise.

»Oh Gott. Vielleicht sollte ich Ben mit Ihnen losschicken. Er müsste von einem schimmernden Ozean zum anderen laufen, um sein Kampfgewicht zurückzubekommen.« Sie wandte sich wieder an Analise. »Was kochst du denn heute Abend, Süße?«

»Spagetti mit Muschelsauce.«

»Na, das ist ja was Raffiniertes, ganz italienisch.«

»Das ist eines von Emerils Rezepten.«

»Na ja, du weißt ja, dass ich Emeril hin und wieder sehr zu schätzen weiß, aber die Sachen von Paula Deen könnte ich jeden Tag essen. Diese Frau hat keine Angst vor Butter.«

Analise lachte. »Nein, wirklich nicht. Das macht dann sechs neunundvierzig.«

»Bitte sehr.« Sie reichte ihr einen Schein.

»Auf zehn. Das macht drei einundfünfzig zurück.«

»Behalt den Penny in dieser kleinen Schale, Süße.«

»Okay.«

»Caseys Durchfall besser geworden?«, fragte Terry.

Analise errötete. »Ja. Schon seit ein paar Tagen.«

»Hast du es mit Karottensuppe versucht? Karottensuppe und brauner Reis wirken Wunder bei den Knirpsen. Und Gelbwurz.«

»Es geht ihr gut. Ich habe ihr einfach etwas Imodium gegeben.«

»Das tut's auch. Sag Christian, er soll nicht vergessen, sein Taschentuch zu dem Meutentreffen mitzubringen, wir machen Taschentuchringe. Schönen Abend noch.« Sie wandte sich noch einmal zu mir um. »Ihnen auch, Mr. Christensen. Alles Gute für Ihren Weg.«

»Danke.« Ich lächelte knapp.

Sie ging hinaus. Analise seufzte. »Wie ich schon sagte, Mr. Christensen. Es gibt keine Geheimnisse in Sidney.«

»Offensichtlich.«

Um fünf nach sechs betrat eine andere Frau den Laden. Sie war jünger als Analise und trug eine enge Wrangler-Jeans und eine offene Bluse mit einem Schlauchtop darunter. »Entschuldige die Verspätung, Lise. Die Rushhour.«

»Die Rushhour in Sidney ist der Hammer«, sagte Analise. »Kein Problem. Ciao.«

»Schönen Abend noch«, sagte die junge Frau zu Analise, während sie mich argwöhnisch beäugte.

»Gehen wir«, sagte Analise. Sie nahm ihre Handtasche und eine Plastiktüte mit Einkäufen.

»Kann ich Ihnen damit behilflich sein?«, fragte ich.

»Danke.«

Sie reichte mir eine weitere Plastiktüte, die Spagetti, eine Stange Baguette und ein paar Dosen Tomatensauce enthielt, dann folgte ich ihr hinaus zu einem braunen Ford-Ranger-

Truck. »Das wäre mein Transportmittel«, sagte sie, während sie die Tür per Fernbedienung öffnete.

Ich warf meinen Rucksack auf die Ladefläche des Trucks und kletterte auf den Beifahrersitz.

Analise drehte den Schlüssel in der Zündung, und der *Moulin-Rouge*-Soundtrack ertönte. Sie streckte eine Hand aus und schaltete den CD-Player aus.

»Ich lebe nur eine Meile von hier.« Sie fuhr rückwärts aus der Parklücke und machte dann mitten auf der Main Street eine Kehrtwende.

Ich dachte an die Entschuldigung der jungen Frau für ihre Verspätung. »Rushhour?«, fragte ich.

Sie nickte. »Das ist der Code für ihren Freund. Er heißt Rush.«

Analises Zuhause war erstaunlich groß und schön, ein zweistöckiges viktorianisches Haus, hellgelb gestrichen, mit einer weißen Borte, dunkelroten Fensterläden und einer rundum verlaufenden Veranda im Erdgeschoss.

»Ihr Haus ist wunderschön«, sagte ich. »Meine Frau hätte es geliebt.«

»Sie sind verheiratet?«

»Ich war es. Sie ist gestorben.«

Analise sah mich mit aufrichtigem Mitleid an. »Das tut mir sehr leid.«

Sie lenkte den Truck neben das Haus, und wir stiegen beide aus. Ich nahm meinen Rucksack von der Ladefläche des Trucks, während Analise auf mich wartete. Als wir uns der Veranda näherten, kam ein kleines Mädchen herausgelaufen. »Mama!«

»Hi, Casey.« Analise kauerte sich hin und umarmte das Mädchen. »Wie war's in der Schule?«

»Langweilig«, sagte sie. »Und Kyle hat vor allen anderen in der Nase gebohrt.«

»Na, das klingt doch nicht langweilig.« Sie stand wieder auf und sah mich lächelnd an. »Das glamouröse Leben einer Mom.«

»Wer sind Sie?«, fragte mich Casey.

»Ich bin Alan.«

»Alan?«

»Mr. Christoffersen«, sagte Analise.

»Hi, Mr. Christoffersen. Essen Sie mit uns zu Abend?«

»Ich denke schon«, sagte ich.

Sie lächelte. »Gut.« Sie wandte sich um und lief ins Haus.

Analise und ich folgten ihr. Ich konnte das Mädchen rufen hören: »Christian, Mommy ist zu Hause. Und sie hat jemanden mitgebracht.«

Analise wandte sich zu mir um, strich sich eine Strähne aus dem Gesicht. »Entschuldigung, es ist immer eine Riesenneuigkeit, wenn jemand zu Besuch kommt. So weit entfernt von der Erde bekommen wir nicht oft Besuch.«

Wir traten ins Haus.

»Tut mir leid, hier herrscht das reinste Chaos. Ich habe in letzter Zeit Überstunden gemacht.«

»Es ist wirklich wunderschön«, sagte ich.

Sie lächelte. »Danke. Das Gästezimmer ist gleich hier drüben. Sie sind bestimmt müde. Wenn Sie sich ausruhen oder frischmachen wollen, ich brauche noch etwa vierzig Minuten oder so, bis das Essen fertig ist.«

»Wann kommt Ihr Mann nach Hause?«

»Das weiß man nie«, sagte sie. »Auf einer Farm gibt es immer etwas zu tun. Für die eigene Familie zu arbeiten macht es nicht besser. Ich habe aufgehört, auf ihn zu warten.«

»Ich würde Ihnen gern beim Kochen helfen. Ich bin kein

schlechter Koch. Ich meine, ich bin nicht Emeril, aber ich kann Wasser zum Kochen bringen.«

Sie nickte. »Sehr gut. Sie sind eingestellt. Die Küche ist gleich durch diese Tür.«

»Ich mache mich nur kurz frisch.«

Ich trug meinen Rucksack in das Zimmer, auf das Analise gezeigt hatte. Das Gästezimmer war schlicht und aufgeräumt, die Art Zimmer, die man in einem Bed & Breakfast erwarten würde. Es hatte ein Himmelbett mit einer dicken Matratze und vier weißen, geschnitzten Bettpfosten. An der Wand hingen Bilder von den Kindern. Das größte Bild war ein Porträt der ganzen Familie. Ich nahm an, dass das Foto ziemlich alt war, da Casey darauf noch ein Krabbelkind war. Matt, Analises Mann, war groß und kräftig gebaut. Ich fand, er wirkte eher wie ein Cowboy als wie ein Maisfarmer. Er sah gut aus. Um genau zu sein, sah die ganze Familie ziemlich gut aus.

Ich wusch mir Gesicht und Hände und gesellte mich dann zu Analise in die Küche. Sie hatte sich eine Schürze umgebunden und stand am Herd, wo sie irgendetwas in einer Pfanne briet. Daneben stand ein großer Topf unter einer hohen Flamme. Es roch schon jetzt herrlich nach Knoblauch.

»Das riecht ja köstlich«, sagte ich. »Was soll ich tun?«

»Könnten Sie mir helfen, den Knoblauch anzubraten?«

»Kein Problem.«

Sie trat einen Schritt vom Herd zurück. »Sehr gut. Dann hole ich inzwischen die Muscheln und die Paprika. Der Knoblauch soll nur kurz anbraten. Wenn Sie fertig sind, geben wir eine Prise Paprika und die Muscheln dazu und lassen alles noch zwei Minuten köcheln.« Sie trat an den Küchentresen, griff nach den vorbereiteten Muscheln und dem

Paprika und brachte sie mir. »Der Knoblauch müsste jetzt so weit sein.«

»Sieht so aus«, sagte ich.

Sie schüttete Muscheln und Gewürz in die Pfanne. Es zischte laut. »Okay, wissen Sie, wie man sautiert?«

»Einfach umrühren, oder?«

»Genau.« Sie ging und kam mit einem Becher Weißwein wieder, den sie ebenfalls in meine Pfanne goss. »Okay. Und jetzt lassen Sie das alles einfach köcheln, bis der Wein ein bisschen verdampft ist, und dann geben wir die Tomatensauce dazu. Ich setze schon mal die Nudeln auf.« Sie öffnete eine Packung Spagetti und warf die Nudeln ins kochende Wasser.

»Ich glaube, die Tomatensauce kann jetzt dazu«, sagte ich.

Sie sah hinüber. »Ich denke, da haben Sie recht. Kippen Sie einfach alles dazu.«

Ich nahm die Dose und gab die Sauce in die zischelnde Mischung. Der Duft war köstlich.

»Wie lange soll ich es köcheln lassen?«, fragte ich.

»Nach Emeril nur so lange, bis die Muscheln anfangen, sich zu öffnen.« Sie sah mich an. »Sie sind doch aus Seattle, da kochen Sie doch sicher ständig mit Muscheln.«

»Nein«, sagte ich. »Aber eine gute Fisch-Muschel-Suppe weiß ich sehr zu schätzen.«

Sie rührte die Nudeln kurz um, dann ging sie zur Tür und rief: »Casey, komm mal her.«

Einen Augenblick später kam das kleine Mädchen in die Küche. »Was denn, Mama?«

»Wo ist Christian?«

»In seinem Zimmer. Er spielt Videospiele.«

»Sagst du ihm bitte, er soll herunterkommen und dir helfen, den Tisch zu decken?«

»Okay.«

Ein paar Minuten später kam sie mit ihrem Bruder im Schlepptau wieder. Christian hatte lange blonde Haare und die Stirn in übertrieben tiefe Falten gelegt. »Ich habe Xbox gespielt.«

»Zeit zu essen.«

»Ich habe keinen Hunger.«

»Das habe ich dich nicht gefragt«, sagte sie. »Hilf Casey den Tisch decken.«

Er verdrehte die Augen und ging hinaus. Analise schüttelte den Kopf. »Man kann nicht mit ihnen leben, aber man kann sie auch nicht im Keller in Käfigen einsperren.«

Sie streifte ein Paar Ofenhandschuhe über, hockte sich vor den Herd und nahm eine Pfanne mit Knoblauchbrot heraus. Dann stellte sie die Pfanne auf den Tresen und stapelte das Brot auf einen Teller. Sie nahm ein Stück und hielt es mir vor den Mund. »Kosten Sie mal.«

Ich wollte eben schon einen Bissen nehmen, als sie das Brot noch einmal fortnahm. »Vorsicht, heiß«, sagte sie. »Sie müssen zuerst pusten.«

Ich pustete auf das Brot und nahm dann einen Bissen. »Es schmeckt köstlich.«

»Ich nehme dafür Knoblauchsalz und gebe dann etwas Parmesankäse dazu.« Sie nahm selbst einen Bissen, dann legte sie das Stück Brot auf den Tresen. »Die Nudeln müssten jetzt fertig sein.« Sie stach mit einer Holzgabel in den Topf, fischte eine Nudel heraus und ließ sie in ihren Mund baumeln. »Perfekt. Al dente.«

»Al dente?«

»*Für den Zahn.* Das heißt, dass sie bissfest sind. Wenn Sie jetzt das Brot zum Tisch tragen könnten, dann gieße ich die Nudeln ab.«

Ich trug den Teller mit Brot ins Esszimmer. Casey war

dabei, das Besteck neben die Teller zu legen, während ihr Bruder an der Wand auf dem Boden saß und ein tragbares Videospiel spielte.

»Christian hilft nicht mit«, sagte Casey.

»Aber natürlich hilft er mit«, sagte ich. »Oder nicht?«

Er sah nicht von seinem Spiel auf. »Nein.«

Ich stellte das Brot auf dem Tisch ab. »Komm schon, Christian«, sagte ich. »Hilf deiner Schwester.«

Er sah auf und funkelte mich an. »Wer sind Sie überhaupt?«

»Ich bin Alan.«

»Sie sind nicht mein Boss, Alan.« Er wandte sich wieder seinem Spiel zu.

Ehrlich gesagt, war es mein erster Instinkt, dem Jungen eine Ohrfeige zu geben, aber vermutlich käme das bei seinen Eltern nicht gut an. Unsicher, wie ich mit der Situation umgehen sollte, ging ich zurück in die Küche. Analise war dabei, die Nudeln in ein Plastiksieb in der Spüle zu gießen. Dampf stieg rings um sie auf.

»Kann ich helfen?«, fragte ich.

»Nein, ich hab's schon.« Sie goss die ganzen Nudeln ab, ließ aber etwas Wasser im Topf zurück. »Man hebt immer ein bisschen Wasser im Topf auf, nur für den Fall, dass die Nudeln zu trocken werden.«

»Verstanden«, sagte ich. »Emeril?«

Sie nickte. »Emeril.« Sie trug das Sieb an den Herd, wo sie die Nudeln mit der Muschelsauce vermischte. Dann wandte sie sich mit einem zufriedenen Lächeln zu mir um. »Fertig.«

Sie schüttete die Nudeln in eine große Keramikschüssel, und wir gingen beide zum Tisch.

Christian verzog das Gesicht, als er die Nudeln sah.

»Kann ich heute Abend Cap'n Crunch haben?«

»Nein.«

»Kann ich Lucky Charms haben?«

»Nein. Du kannst gar kein Müsli haben. Ich habe Spagetti gekocht.«

»Es sieht eklig aus. Wie Kotze.«

Analise errötete. »Du sollst nicht so reden.«

»Du kannst mich nicht zwingen, das zu essen.«

Ich konnte sehen, wie sehr Analise sich zusammennahm, um nicht die Beherrschung zu verlieren.

»Du wirst das essen.«

»Nein.«

»Dann kannst du hungrig auf dein Zimmer gehen. Geh schon.«

Er funkelte sie an, dann schob er seinen Stuhl vom Tisch zurück. »Gut. Ich wollte diesen Scheiß sowieso nicht essen.« Er warf mir einen hasserfüllten Blick zu, bevor er die Treppe hochstürmte.

»Er ist gemein«, sagte Casey.

Analise war verlegen. »Entschuldigung«, sagte sie zu mir.

»Ich könnte das nicht«, sagte ich.

»Was?«

»Ein Elternteil sein.«

»Na ja, offenbar kann ich es auch nicht«, sagte Analise.

»Du bist eine gute Mommy«, sagte Casey.

Analise lächelte ironisch. »Danke, Schatz. Möchtest du vielleicht das Tischgebet sprechen?«

»Okay.« Sie streckte eine Hand aus und ergriff die Hand ihrer Mutter. Analise streckte ihre Hand aus und ergriff meine. »Gott ist gut, Gott ist groß. Segne das Essen, das wir haben. Amen.«

»Amen«, sagte ich.

»Amen«, sagte Analise. »Danke.«

»Gern geschehen, Mama.«

Ich grinste. Casey war ein wirklich süßes Mädchen.

Analise verteilte das Essen. Es war köstlich, wenn auch vermutlich ein bisschen exotisch für einen Kindergaumen. Nach ein paar Minuten sagte Casey: »Mom, darf ich aufstehen?«

Analise sah auf Caseys Teller. »Du hast aber nicht viel gegessen.«

»Tut mir leid.«

»Schmeckt es dir nicht?«

Sie sagte nichts. Analise seufzte. »Na schön. Warum machst du dir nicht ein Erdnussbutter-Sandwich? Und bring Christian auch eines.«

»Okay.«

»Und dann macht euch bettfertig. Zähneputzen nicht vergessen.«

»Okay.«

Als Casey gegangen war, wandte sich Analise mit einem entnervten Gesichtsausdruck zu mir um. »Warum mache ich mir eigentlich die Mühe?«

»Kinder wissen eben nicht, was gut ist«, sagte ich. »Als ich klein war, hatte mein Nachbar einen Avocadobaum. Wir fanden, das seien die ekligsten Dinger der Welt. Wir haben uns damit immer gegenseitig beworfen. Und heutzutage bezahle ich zwei Dollar für eine.«

»Ich weiß. Die Kinder wären glücklicher, wenn ich ihnen jeden Abend einfach eine Schale Müsli hinstellen würde. Und mir würde es das Leben sehr erleichtern.«

»Ihr Mann hätte dagegen vielleicht etwas einzuwenden.«

Sie runzelte die Stirn. »Die Sache ist die, ich versuche nicht, es mir leicht zu machen. Ich komme von der Arbeit nach Hause und bin erschöpft, aber dann koche ich und mache den Abwasch. Es hört nie auf.«

»Wie man so schön sagt: ›Die Arbeit einer Mutter ist nie getan.‹«

»Erst, wenn man stirbt«, erwiderte Analise. »Und dann hat man alle Zeit der Welt, um über alles nachzudenken, was man falsch gemacht hat und wie man seine Kinder verkorkst hat.«

»Sie klingen wie eine Anwältin für Geburtenkontrolle.«

»Es gibt Zeiten, da denke ich, die Leute von *Pro Familia* könnten mir mit einer Kamera folgen und den Film verwenden, um junge Frauen davon abzuhalten, schwanger zu werden.«

Ich grinste. »Na ja, ich finde, Sie machen Ihre Sache sehr gut. Hilft Ihr Mann im Haushalt denn viel mit?«

Die Frage schien ihr nicht zu behagen. »Wenn er da ist«, sagte sie.

»Nur fürs Protokoll, Ihre Spagetti sind fantastisch. Emeril hätte es selbst nicht besser hinbekommen.«

Sie lächelte darüber. »Meinen Sie?«

»*Bam!*«, sagte ich.

Sie lachte. »Sie wissen wirklich, wer Emeril ist. Ich dachte, Sie hätten nur so getan, als ob.«

»Ich habe nicht immer in einer Höhle gelebt«, sagte ich. »Ich weiß sogar, wer Paula Deen ist.«

»Jetzt bin ich wirklich beeindruckt.« Sie sah auf meinen leergegessenen Teller. »Möchten Sie noch ein paar Nudeln?«

»Eigentlich schon, aber normalerweise versuche ich, nach dem dritten Nachschlag aufzuhören.«

»Okay.« Sie sah mich an. »Haben Sie etwas dagegen, wenn ich Sie nach Ihrer Frau frage?«

»Nein.«

»Ich verstehe es, wenn Sie nicht über sie reden wollen.«

»Es ist schon okay.«

»Wie haben Sie sie verloren?«

»Wir haben in einem Vorort mit einer Pferdekoppel gelebt. Eines Tages ist sie reiten gegangen, und ihr Pferd hat gescheut und sie abgeworfen. Sie hat sich die Wirbelsäule gebrochen.«

Ihre Miene verriet Bestürzung. »Das tut mir so leid. War sie sofort tot?«

»Nein. Sie bekam eine Infektion. Sie starb einen Monat später.«

»Das tut mir so leid«, sagte sie noch einmal. Sie senkte für einen Moment den Blick. »Ich habe mich gefragt, ob es besser ist, einen geliebten Menschen im Laufe der Zeit sterben zu sehen – oder ihn ganz plötzlich zu verlieren, ohne zu sagen, was man gern noch gesagt hätte.«

»Sie sterben zu sehen war nicht leicht. Aber wir haben uns alles gesagt, was wir sagen mussten. Ich nehme an, wenn ich es noch einmal durchmachen müsste, dann würde ich mich dafür entscheiden, diese zusätzliche Zeit mit ihr zu haben. Aber sie war diejenige, die Schmerzen litt, daher nehme ich an, das ist egoistisch von mir.«

»Ich finde nicht, dass es egoistisch ist. Ich finde, es ist wunderschön.« Sie sah auf ihren Teller. »Ich glaube, ich würde mich auch für die Zeit entscheiden.«

Die Unterhaltung brach ab, geschluckt von einer Wolke Traurigkeit. Einen Augenblick später sagte Analise: »Ich glaube, das hat die Stimmung irgendwie ruiniert. Tut mir leid, dass ich es zur Sprache gebracht habe.«

»Nein, es tut gut, manchmal darüber zu reden. Ich schleppe viele Gefühle mit mir herum, und ich habe nie die

Gelegenheit, ihnen freien Lauf zu lassen. Manchmal glaube ich, gleich zu explodieren.«

»Wie lange nach ihrem Tod haben Sie beschlossen, sich auf den Weg zu machen?«

»Zwei Tage nach ihrer Beerdigung. Während ich mich um sie kümmerte, verlor ich meine Firma, und unser Haus wurde unter Zwangsvollstreckung gestellt. Am Tag nach der Beerdigung teilte mir die Bank mit, dass sie mir mein Zuhause wegnehmen würde.«

»Das ist ja schrecklich.«

»Ja, das war es. Mich hat nichts mehr gehalten, daher habe ich einfach meine Sachen gepackt und bin losgegangen.«

»Ich weiß, ich habe Sie das vorhin schon gefragt, aber warum Key West?«

»Es war der am weitesten entfernte Punkt auf der Karte.«

Sie ließ meine Worte einen Augenblick auf sich wirken. Dann sagte sie leise: »Das verstehe ich besser, als Sie vielleicht glauben.« Sie zwang sich zu einem Lächeln. »Und bevor Sie losgegangen sind, was haben Sie da gemacht?«

»Ich hatte eine Werbeagentur.«

»Das ist die Firma, die Sie verloren haben?«

Ich nickte. »Ja.«

Auf einmal lächelte sie. »Haben Sie Ihre Haare schon so lang getragen, als Sie ein Geschäftsmann waren?«

»Nein, ob Sie's glauben oder nicht, ich sah früher richtig anständig aus. Kurze Haare, ordentlich rasiert, Armani-Anzüge und Button-down-Hemden von Brooks Brothers, schwer gestärkt. Man lässt sich irgendwie gehen, wenn man auf der Straße ist.«

»Aber es passt. Ich finde, es sieht irgendwie verwegen aus. Sie sehen aus wie einer dieser Typen auf den Titelblättern der Kitschromane, die wir in unserem Laden verkaufen.«

»Sie meinen, ich sehe aus wie Fabio?«

Sie legte den Kopf auf die Seite und grinste breit. »Ein bisschen vielleicht. Sie sind kein Italiener. Und Sie sind nicht so knackig.«

»Ich bin nicht so knackig wie Fabio?«

»Verstehen Sie mich nicht falsch, Sie sind gut in Form, aber einfach nicht so …«

»Ich weiß. Fabio-knackig.«

Sie lächelte ironisch. »Entschuldigung.«

»Dann bin ich eben nicht Fabio«, sagte ich. »Aber ich kann zwei Dinge, die er nicht kann.«

Sie beugte sich vor. »Sagen Sie's mir.«

»Erstens einmal kann ich Wörter benutzen, die aus mehr als einer Silbe bestehen. Und zweitens«, sagte ich, wobei ich eine theatralische Pause einlegte, »kann ich Geschirr spülen.«

Sie stöhnte auf. »Wow. Das ist ja heiß. Ich glaube, jetzt haben Sie Fabio doch übertroffen.«

»Das dachte ich mir schon«, sagte ich.

»Wirklich? Sie können Geschirr spülen?«

»Ja, das kann ich. Kommen Sie.« Ich stand auf. »Erledigen wir das.«

Sie stand auf. »Sie müssen mir wirklich nicht helfen.«

»Oh, das ist ja gut, einen Moment lang dachte ich schon, Sie würden mir eine Pistole an den Kopf halten und mich zwingen, das Geschirr zu spülen. Aber da Sie das nicht tun, werde ich einfach lesen oder so, während die erschöpfte, Vollzeit berufstätige Mutter zweier Kinder, die mir eben ein unglaubliches Essen gekocht und mich über Nacht zu sich nach Hause eingeladen hat, hinter mir herputzt. Ja, dabei fühle ich mich richtig gut.«

Analise lachte. »Na schön, ich hab's verstanden. Sie spülen, und ich trockne ab und stelle weg.«

Wir trugen unsere Teller zur Spüle, und dann, während sie warmes Wasser ins Spülbecken laufen ließ, räumte ich das restliche Geschirr vom Tisch ab.

»Was wollen Sie damit machen?«, fragte ich, während ich die halb volle Schüssel mit Nudeln in die Küche trug.

»Wir decken sie mit Klarsichtfolie ab und stellen sie in den Kühlschrank. Die Folie ist in der Schublade dort drüben, in der dritten von oben.«

Ich hockte mich vor die Schublade. »Wollen Sie zuerst noch einen Teller für Ihren Mann herrichten?«

Sie sah mich fragend an. »Was?«

»Ich dachte, vielleicht wollen Sie …« Als ich sie ansah, begriff ich es auf einmal. Ich stand auf, stellte die Schüssel beiseite. »Es gibt gar keinen Ehemann …«

Im ersten Moment gab sie keine Antwort. Dann sagte sie: »Natürlich habe ich einen Ehemann. In Ihrem Zimmer steht ein Bild von uns.«

»Das ist ein altes Bild.«

Sie sagte nichts.

»Was ist mit ihm passiert?«

Sie stand nur da und sah mich ängstlich an. Keiner von uns sagte etwas. Mehrere Minuten schienen zu verstreichen, dann schüttelte sie den Kopf. »Es tut mir leid. Ich …« Sie holte einmal tief Luft. »Ich konnte doch nicht irgendeinen fremden Mann einfach zu mir nach Hause einladen.«

»Das Bild in meinem Zimmer …«

»Wurde drei Wochen vor seinem Tod aufgenommen. Vor drei Jahren.«

»Wie ist er ums Leben gekommen?«

»Bei der Arbeit. Er hatte einen Unfall mit einem Mähdrescher. Eines Tages ging er zur Arbeit und kam nicht mehr nach Hause.«

Auf einmal ergab alles Sinn. Ihr Interesse an McKale. Unsere Diskussion darüber, einen geliebten Menschen lieber plötzlich oder im Laufe der Zeit zu verlieren. Das Verhalten ihres Sohns.

»Wie kommt Ihr Sohn damit klar?«

»Er ist sehr wütend. Manchmal glaube ich, dass er mir die Schuld gibt. Ich weiß, das ist nicht gerade logisch, aber er ist ein Kind.«

»Und wie verkraften Sie es?«

Sie schüttelte den Kopf. »Nicht gut. Sie wissen ja, wie das ist. Ich kann verstehen, warum Sie weggehen wollten. Es ist schwer, in dieser kleinen Stadt hier zu leben.«

»Warum ziehen Sie nicht weg?«

»Ich wüsste nicht, wohin. Meine Freunde leben alle hier oder in Tabor, und meine Geschwister sitzen alle in demselben finanziellen Boot wie ich. Meine Eltern können uns nicht helfen. Sie haben vor ein paar Jahren ihre Farm verloren und leben jetzt von Sozialhilfe in Omaha. Das würde ich auch tun, wenn Matts Eltern nicht wären. Wir hatten keine Lebensversicherung. Matt sagte, das sei nur Geldverschwendung, da seine Eltern so viel Geld hätten, und wenn etwas passieren sollte, würden sie sich um uns kümmern.«

»Und das tun sie?«

»Ja. Aber es hat seinen Preis. Sie lassen mich nicht gehen.«

»Wie können sie Sie denn aufhalten?«

»Wie können sie das nicht? Wenn ich gehe, werden sie mich enterben.«

»Das haben sie Ihnen gesagt?«

»Ins Gesicht«, sagte sie.

»Könnten Sie Ihr Haus nicht verkaufen?«

Sie schüttelte den Kopf. »Nicht auf diesem Markt. Glauben Sie mir, es gibt nicht viele Leute, die nach Sidney ziehen wollen. Außerdem gehört das Haus meinen Schwiegereltern. Wir haben uns das Geld von ihnen geliehen.« Sie seufzte. »Ich sitze hier fest. Ich habe nichts gelernt, das heißt, ich müsste Vollzeit arbeiten, nur um in irgendeiner heruntergekommenen Wohnung zu überleben, während jemand anders meine Kinder großzieht.«

»Ich will Ihnen ja nicht zu nahe treten, aber Sie könnten wieder heiraten.«

»Nicht in Sidney. Die Männer hier sind entweder verheiratet, doppelt so alt wie ich, oder es gibt einen eindeutigen Grund, weshalb sie nicht verheiratet sind. Ich würde nur ein Problem gegen ein anderes tauschen.«

»Das heißt, Sie sitzen fest.«

Sie nickte. »Meine Schwiegereltern wollen, dass ich festsitze. Eine Freundin hat mir erzählt, meine Schwiegermutter hätte zu ihrer Mutter gesagt, sie wolle nicht, dass ich wieder heirate. Sie denke, es wäre zu verwirrend für die Kinder, und sie habe Angst, ich könnte ihnen die Enkelkinder entziehen. Aber ich glaube, es steckt vielleicht noch mehr dahinter. Meine Schwiegereltern waren nach Matts Tod am Boden zerstört. Mein Schwiegervater, Hank, saß am Steuer dieses Mähdreschers, als Matt ums Leben kam. Ich glaube, er gibt sich die Schuld.

Noch komplizierter wird es dadurch, dass Hanks eigener Vater jung starb und seine Mutter nie wieder geheiratet hat. Nach dem, was er gesagt hat, denke ich, er glaubt, wieder zu heiraten würde Matts Ehre beschmutzen. Und so haben sie die finanziellen Daumenschrauben angesetzt, damit ich tue, was sie wollen.«

»Das ist nicht richtig«, sagte ich.

»Nein, nicht richtig, aber raffiniert. So bekommen Hank und Nancy ihren Willen und singen trotzdem jeden Sonntag mit einem reinen Gewissen im Kirchenchor.« Sie seufzte. »Entschuldigung, dass ich das alles bei Ihnen ablade. Es tut nur so gut, jemanden zu haben, mit dem ich reden kann. Hier gibt es niemanden, dem ich das alles sagen könnte, ohne dass sie es erfahren. Es tut mir leid, dass ich Sie angelogen habe.«

»Nein, Sie sind in einer verzwickten Lage. Das verstehe ich.«

Wir standen beide einen Augenblick schweigend da. Schließlich sah sich Analise in der Küche um und nahm ihre Schürze ab. »Es ist schon spät. Ich mache den Abwasch morgen fertig. Ich bringe die Kinder früh zur Schule, und dann fahre ich zur Arbeit, das heißt, wenn Sie ausschlafen wollen, machen Sie sich einfach selbst ein Frühstück. Im Kühlschrank gibt es Obst und Jogurt, und Müsli steht im Küchenschrank.«

»Okay«, sagte ich. »Danke.«

Sie starrte mich einen Moment an, dann lächelte sie traurig. »Gute Nacht, Alan. Es war nett, Besuch von Ihnen zu haben.«

»Gute Nacht, Analise. Danke für alles.«

Sie legte ihre Schürze auf den Tisch und ging dann, mit einem letzten, verstohlenen Blick auf mich, hoch in ihr Schlafzimmer. Ich ging in mein Zimmer und zu Bett.

Achtzehntes Kapitel

Die Eingeschlossenen machen sich weniger
Gedanken um Vorschriften als um die Flucht.

Alan Christoffersens Tagebuch

Ich weiß nicht, wie spät es war, als ich aufwachte. Im Allgemeinen habe ich keinen sehr leichten Schlaf, aber jetzt war ich von einem schwachen Licht auf dem Flur aufgeschreckt. Ich sah hinüber. Analise stand im Türrahmen, ihre zierliche Gestalt als Silhouette sichtbar vor dem Licht. Sie schloss leise die Tür, dann trat sie an mein Bett. Ich lag da und sah zu ihr hoch. Sie atmete schwer, sagte aber nichts.

»Geht es Ihnen gut?«, fragte ich.

Einen Augenblick lang sah sie mich nur an. Dann kniete sie sich neben das Bett. Mein Zimmer war in den bläulichen Schimmer des Mondes getaucht, und ich konnte ihre Augen sehen, dunkel, einsam, voller Schmerz. »Nein, es geht mir nicht gut.« Sie holte einmal tief Luft. Dann starrte sie mir gebannt in die Augen und sagte: »Würden Sie mit mir schlafen?«

Einen Augenblick lang starrte ich sie nur an. Sie sah verletzlich aus – schön, einsam und verletzlich. Mein Körper schrie nach ihr, aber ich schüttelte langsam den Kopf. »Nein.«

Sie senkte den Blick. Eine Sekunde später fragte sie: »Bin ich nicht hübsch genug?«

»Das ist es nicht«, sagte ich.

»Was ist es denn dann?«

»Sie gehören mir nicht.«

Sie berührte meinen Arm. Eine Träne lief ihr über die Wange. »Heute Nacht werde ich Ihnen gehören«, flüsterte sie. »Ich werde nichts von Ihnen verlangen, Sie zu nichts verpflichten. Versprochen.«

Ich stützte mich auf einen Ellenbogen auf. »Analise …«

»Ich will nur, dass mich jemand liebt.«

Ich sah ihr in die Augen. »Das verstehe ich. Aber ich kann das nicht.«

Einen Augenblick später wischte sie sich mit dem Handrücken die Augen. »Entschuldigung. Es ist mir so peinlich.«

»Möchten Sie, dass ich gehe?«, fragte ich.

Sie senkte den Blick, schüttelte aber den Kopf. »Nein.« Sie rieb sich die Augen. »Sie müssen mich für einen schrecklichen Menschen halten.«

»Nein, ganz bestimmt nicht.«

Sie kniete kurz neben mir, dann stand sie seufzend auf. »Gute Nacht.« Sie wandte sich zur Tür.

»Analise«, sagte ich.

Sie blieb stehen, drehte sich langsam um. Ihr Gesicht war nass von Tränen.

»Komm zurück.«

Sie sah mich nur an.

»Komm her. Bitte.«

Sie kam langsam an mein Bett. Ich rückte zur Seite, machte ihr Platz. »Lass dich festhalten.«

»Aber …«

Ich schlug die Bettdecke zurück und nahm ihre Hand. »Leg dich hin. Ich will dich nur im Arm halten.« Sie setzte sich auf die Bettkante, dann hob sie die Beine aufs Bett. Ich schlang die Arme um sie, zog sie nah an mich, sodass unsere

Gesichter nebeneinander waren. Ich flüsterte ihr ins Ohr: »Ich weiß, wie es ist, sich so einsam zu fühlen, dass einem einfach alles egal ist. Du bist kein schrecklicher Mensch, du leidest nur. Das verstehe ich. Ich leide auch. Ich begehre dich auch. Aber ich bin nicht bereit, das zu teilen, was nur mir und McKale gehört hat.«

Sie starrte mir in die Augen. Dann war es, als würde ein Damm an mühsam beherrschten Gefühlen brechen, denn sie begann so laut zu schluchzen, dass das Bett erbebte. Ich hielt sie fest, bis sich ihr Schluchzen zu einem Wimmern abschwächte. Schließlich wurde sie still und schlief ein.

Ich beugte mich zu ihr hinüber und küsste sie auf die Wange. »Du bist so schön«, sagte ich. Und dann streckte ich mich aus und schlief ebenfalls ein.

Neunzehntes Kapitel

Sie ist eine Rose, die zwischen Maisfeldern blüht.

Alan Christoffersens Tagebuch

Am nächsten Morgen wachte ich auf, als sich die ersten Strahlen der Morgenröte durch das Fenster des Zimmers stahlen. Analise lag vor mir, die Augen aufgeschlagen. Sie sah sanft und friedlich aus.

»Danke«, sagte sie mit einer Stimme, die kaum mehr als ein Flüstern war. Ihr Atem strich warm über mein Gesicht.

»Wofür?«, fragte ich.

»Dass du Nein gesagt und mich nur festgehalten hast.«

»Du bist schön«, sagte ich.

»Du auch.« Sie hielt einen Moment inne. »Meinst du, ich werde dich je wiedersehen?«

»Ich weiß nicht.«

»Ich hoffe es. Eines Tages kommst du hoffentlich auf einem weißen Pferd wieder und rettest mich.«

»Analise …«

Sie legte mir einen Finger an die Lippen, um mich zum Schweigen zu bringen. »Eine Frau braucht ihre Fantasien.« Sie legte den Kopf an meine Brust, und ich drückte sie fest an mich. Ihre Wärme und Weichheit waren köstlich. Sie war nicht McKale, aber sie war trotzdem entzückend.

Nach ein paar Minuten stöhnte Analise leise auf und löste sich von mir. »Ich sollte besser aufstehen, bevor die Kinder wach werden.«

»Warte«, sagte ich. »Was wirst du jetzt tun?«

»Die Kinder für den Tag fertig machen.«

Ich lachte. »Ich habe eigentlich etwas weiter gedacht.«

»Wie zum Beispiel mit meinem Leben?«

Ich nickte.

»Ich weiß nicht. Aber ich fühle mich schon so viel besser. So ruhig habe ich mich nicht mehr gefühlt seit dem Tag, an dem Matt gestorben ist.«

»Du hast ihn geliebt«, sagte ich.

»Von ganzem Herzen.« Sie berührte mein Gesicht. »Ich bin froh, dass dein Weg dich durch Sidney geführt hat.«

»Ich auch.«

Sie beugte sich vor und küsste mich auf die Wange, dann stieg sie aus dem Bett. An der Tür sah sie noch einmal zurück. »Mach's gut.«

»Du auch.«

Sie ging hinaus und schloss hinter sich die Tür. Ich seufzte, streckte mich wieder aus und starrte an die Decke. Und dann stand ich auf und duschte.

Als ich aus meinem Zimmer kam, aßen die beiden Kinder Schalen mit Müsli, während sie auf die Rückseiten der Müslikartons vor ihnen starrten. Casey drehte sich um und sah mich an. »Hallo, Mr. Christoffersen.«

»Hi, Süße.«

»Werden Sie heute Abend hier sein?«

»Nein, ich mache mich wieder auf den Weg.«

Sie runzelte die Stirn.

Christian würdigte mich keines Blickes.

»Hey, Christian«, sagte ich.

»Was?«

»Ich habe etwas für dich.«

Er drehte sich um und sah mich an. »Was denn?«

Ich holte mein Schweizer Armeemesser aus der Hosentasche. »Ich dachte, das könntest du vielleicht gebrauchen.«

Er saß da und starrte es an. Ich konnte sehen, dass er es gern haben wollte, sich aber nicht sicher war, wie er das Geschenk annehmen sollte. Ich trat an den Tisch und legte es neben seine Müslischale. »Bei den Pfadfindern ist es bestimmt praktisch.«

Er nickte.

»Aber nimm es besser nicht mit in die Schule. Ich bin sicher, man würde es dort nicht gern sehen, wenn Schüler Messer mit in die Schule bringen.«

Er nickte noch einmal.

»Okay, pass auf dich auf.«

Er sagte immer noch nichts.

Ein paar Minuten später kam Analise ins Esszimmer. Sie schnappte sich die Milchpackung. »Okay, Kinder. Lauft schon mal vor zum Auto. Ich komme gleich nach. Christian, vergiss deinen Rucksack nicht.«

»Okay«, sagte er. Dann sah er mich an. »Danke, Alan.« Er schnappte sich das Messer, dann ging er hinüber zu seinem Rucksack und hob ihn auf.

Casey kam auf mich zugelaufen und umarmte mich. »Auf Wiedersehen, Mr. Christoffersen. Danke für Ihren Besuch.«

Ich lächelte. »Es war mir ein Vergnügen.«

Sie holte ihren Rucksack, und dann gingen die beiden Kinder zur Tür hinaus.

Analise sah mich neugierig an. »Was war das denn eben?«

»Casey ist ein entzückendes kleines Mädchen.«

»Nein, das mit Christian.«

»Ich habe ihm etwas geschenkt. Ich hoffe, es ist okay. Es ist ein Schweizer Armeemesser.«

Sie schüttelte den Kopf. »Er bettelt mich seit fast einem Jahr um eines an. Ich habe immer Nein gesagt.«

»Tut mir leid«, sagte ich.

Sie grinste. »Schon gut. Ich bin nur überfürsorglich. Danke, dass du das für ihn getan hast.«

»Gern geschehen.«

»Augenblick noch.« Sie verschwand mit der Milchpackung und kam gleich darauf wieder. »Ich weiß nicht, was ich sagen soll. Ich kann nicht glauben, dass ich das Gefühl habe, gleich in Tränen auszubrechen. Ich kenne dich nicht einmal.«

»Du kennst mich besser, als du glaubst. Wir gehören zum selben Club.«

Sie nickte. »Ich wünschte, ich könnte meine Mitgliedschaft widerrufen.«

»Das wünschen wir uns alle.«

Sie starrte mir in die Augen. »Danke, dass du mir Hoffnung gegeben hast.« Sie holte etwas aus der Hosentasche. »Wirst du das mit nach Key West nehmen?«

»Was ist das?«

»Das ist das Armband, das ich gemacht habe, als ich von Matts Tod erfuhr.« Es war ein schlichtes schwarzes Band mit einem kleinen Zinn-Oval, auf dem *Glaube* stand.

Ich schloss meine Hand darum. »Danke.«

»Gern geschehen. Wenn du dran denkst, besuch mich mal. Du weißt ja, wo du mich findest.« Wir umarmten uns. Dann sah sie mir ins Gesicht und wischte sich die Tränen aus den Augen. »Mach's gut.«

»Mach's gut, Analise.«

Sie ging zur Tür, dann wandte sie sich noch einmal um. »Zieh die Tür einfach hinter dir zu.«

Ich nickte, und sie ging hinaus. Ich trat auf die Veranda und sah zu, wie sie in ihren Truck stieg. Sie sah noch einmal zu mir zurück, während sie rückwärts aus der Auffahrt fuhr. Casey winkte. Und Christian. Und schließlich fuhren sie davon.

Ich holte einmal tief Luft und atmete langsam aus. Ich fragte mich, ob ich sie je wiedersehen würde. Ich betrachtete das Armband, das sie mir geschenkt hatte, und legte es um. Dann ging ich wieder ins Haus. Ich nahm mir eine Banane vom Tresen, dann schulterte ich meinen Rucksack und trat wieder auf die Veranda. Ich schloss die Tür und vergewisserte mich, dass sie fest zugezogen war.

Am Rand des Gartens blieb ich stehen und sah noch einmal auf das Haus. *Nur eine weitere Geschichte unter der Sonne*, dachte ich. Dann wandte ich mich wieder zur Straße um. Ich brauchte keine zwanzig Minuten, um Sidney hinter mir zu lassen.

Zwanzigstes Kapitel

Einem Mann mit einer John-Deere-Kappe kann man immer vertrauen.

Alan Christoffersens Tagebuch

Gleich hinter Sidney kamen etliche Straßenbaustellen und so viele Umleitungen, dass ich mir manchmal – trotz Karte – nicht sicher war, ob ich in die richtige Richtung ging. Irgendwie genau wie in meinem Leben. Eine Umleitung führte mich sogar zu einer Straße, die nicht einmal in meiner Karte verzeichnet war. Nachdem ich etwa eine Stunde an einer schmalen, zweispurigen Landstraße entlanggelaufen war, hielt ein Mann in einem roten Dodge-Pick-up-Truck neben mir. Er war etwa in meinem Alter und trug eine John-Deere-Kappe. Er kurbelte sein Fenster herunter. »Sie gehen in die falsche Richtung.«

»Woher wissen Sie das?«, fragte ich.

»Die einzigen Leute, die in diese Richtung gehen, leben an dieser Straße. Wohin wollen Sie denn?«

»St. Joseph.«

»Na ja, wissen Sie noch diese letzte Abzweigung, an der Sie vorbeigekommen sind – etwa eine halbe Meile hinter uns?«

»Die Schotterstraße?«

Er nickte. »Ja. Die hätten Sie nehmen müssen. Es ist nur etwa hundert Meter weit Schotter, dann wird es wieder Asphalt. Sie verläuft nach Süden und stößt dann wieder auf die 29. Ich fahre in die Richtung, ich kann Sie gern mitnehmen.«

»Danke, aber ich habe mir vorgenommen, zu Fuß zu gehen.«

»Schön für Sie«, sagte er. »Vergessen Sie nicht, eine halbe Meile zurück bis zu dieser Schotterstraße. Da ist kein Schild, und an manchen Stellen gibt es ein paar Löcher im Asphalt, aber lassen Sie sich davon nicht abschrecken. Wenn sich die Straße gabelt, müssen Sie rechts abbiegen. Dann kommen Sie zur 29. Alles klar?«

»Bei der Gabelung rechts.«

»Genau.«

»Vielen Dank«, sagte ich.

»Gern geschehen.« Er kurbelte das Fenster hoch, dann fuhr er wieder los und machte vor mir eine Kehrtwende. Ich begriff, dass er an seiner eigenen Abzweigung vorbeigefahren war, nur um mir zu helfen.

Die Straße, zu der der Mann mich geschickt hatte, war abwechselnd asphaltiert und geschottert, aber ich war immer von Maisfeldern umgeben. Wie er gesagt hatte, führte mich die Straße nach Süden, bis sie sich wieder mit der 29 schnitt, die bis zur Grenze des Bundesstaats Missouri verlief.

Es gab nicht viel zu sehen, und meine Gedanken schweiften ab. Ich dachte viel über Analise nach. Was würde wohl aus ihr werden? Ich kannte sie kaum, und doch sorgte ich mich um sie. Während ich über dieses Phänomen nachgrübelte, lernte ich etwas über mich selbst: Ich hatte schon immer eine Schwäche für junge Frauen in Not gehabt. Schon immer. Und McKale war eine von ihnen gewesen.

Pamela hatte mich gefragt, ob McKale mich so gebraucht hätte, wie sie es tat, wenn sie eine bessere Mutter gewesen wäre. Die Frage, die ich mir nie gestellt hatte, war: Hätte ich mich auch so zu McKale hingezogen gefühlt, wenn sie mich nicht gebraucht hätte? Hatte ich in Analises Schmerz McKale gesehen?

Ich wusste es nicht. Und ich glaube auch nicht, dass ich es wissen wollte. Daher zwang ich mich, an andere Dinge zu denken, und ging einfach weiter. Vier Tage später erreichte ich die Stadt St. Joseph.

Einundzwanzigstes Kapitel

Der Mann, der einen Eckladen ausraubt, ist ein Dieb. Der Mann, der hunderte ausraubt, ist eine Legende. Und der Mann, der Millionen ausraubt, ist ein Politiker.

Alan Christoffersens Tagebuch

St. Joseph wurde zu Beginn des neunzehnten Jahrhunderts von einem Pelzhändler namens Joseph Robidoux gegründet. Zu seiner Glanzzeit war es ein blühender Vorposten der Wildnis – der letzte Haltepunkt am Missouri River und das Tor zum Wilden Westen. Und es war das Ende der Bahnlinie für die Züge nach Westen.

Heute hat St. Joseph eine Bevölkerung von über fünfundsiebzigtausend Einwohnern. Die Stadt ist für mehrere Dinge berühmt, unter anderem als Hauptquartier und Ausgangspunkt für den legendären Pony-Express, der die Post in diejenigen Städte im Westen brachte, die mit der Eisenbahn nicht zu erreichen waren. Und es ist die Stadt, in der der berüchtigte Bandit Jesse James erschossen wurde.

Als ich nach St. Joseph kam, fiel mir als Erstes die wunderschöne Architektur der Stadt auf. Ich erreichte die Stadt durch ein Industriegebiet und ein paar Vororte, bis ich schließlich in eine Gegend mit Einkaufszentren und Hotels kam. Ich stieg in einem gepflegten Hotel namens Stoney Creek Inn ab, einem Familienhotel im Westernstil.

An jenem Abend aß ich in einer Barbecue-Bude namens

Rib Crib. Nachdem ich einen Blick auf die Speisekarte geworfen hatte, fragte ich meinen Kellner, was denn der Unterschied zwischen St. Louis Ribs und normalen Ribs sei. Er antwortete: »Die St. Louis Ribs haben weniger Fleisch und sind nicht so gut.«

»Dann nehme ich die normalen Ribs«, sagte ich, ziemlich sicher, dass er nicht viele St. Louis Ribs verkaufte. Ich aß, bis ich satt war, dann ging ich eine Meile weit zurück zu meinem Hotel und ließ mich ins Bett fallen.

Am nächsten Morgen beschloss ich, die drei angepriesenen Touristenattraktionen der Stadt zu besichtigen, angefangen mit dem Patee House Museum.

Das Patee House wurde ursprünglich als 140-Zimmer-Luxushotel errichtet und war zu seiner Zeit eines der bekanntesten Hotels im Westen. Darüber hinaus diente es als Hauptquartier für den Pony-Express. Zu meiner Überraschung erfuhr ich, dass der Pony-Express trotz all seiner Verrufenheit nur ganze achtzehn Monate existierte. Heute gilt das Patee House Museum als eines der Top-Ten-Westernmuseen des Landes.

Keinen Block vom Patee House Museum entfernt befindet sich das Haus, in dem Jesse James getötet wurde. Das ist kein Zufall. Aus kommerziellen Gründen wurde das Haus von seinem ursprünglichen Standort an seinen jetzigen Platz verlegt.

Die Ermordung von Jesse James im Jahr 1882 sorgte landesweit für Schlagzeilen. James hatte sich in St. Joseph unter dem Decknamen Tom Howard versteckt, in der Hoffnung, als gesetzestreuer Bürger mit seiner Frau und seinen beiden Kindern ein neues Leben anzufangen. Nach einer solch berüchtigten Karriere und mit einer langen Liste von Feinden war James verständlicherweise sehr misstrauisch, daher heuerte er zwei Brüder an, die ihn beschützen sollten, Charley und Robert Ford – Freunde der Familie, denen er, wie er glaubte, vertrauen konnte.

Ohne dass James etwas davon ahnte, hatte sich Robert Ford mit dem Gouverneur verschworen, um den Banditen zu verraten. Eines Tages, während James auf einem Stuhl stand, um ein schiefes Bild an der Wand zurechtzurücken, schoss ihm Ford in den Hinterkopf.

Danach eilten die Ford-Brüder zum örtlichen Sheriff, um die Zehntausend-Dollar-Belohnung einzufordern. Zu ihrer großen Verblüffung wurden sie wegen vorsätzlichen Mordes festgenommen, vor Gericht gestellt und zum Tod durch den Strang verurteilt, alles an ein und demselben Tag. Zum Glück für die Brüder setzte sich der Gouverneur für sie ein und begnadigte die beiden Männer.

Die Geschichte, die den Banditen als Helden feiert, war weniger freundlich zu den Ford-Brüdern und stellte sie als Verräter und Feiglinge dar. Nachdem er einen Teil der ausgesetzten Belohnung erhalten hatte, verdiente sich Robert Ford seinen Lebensunterhalt, indem er in kleinen Museen als »der Mann, der Jesse James erschoss« für Fotos posierte. Außerdem trat er mit seinem Bruder Charles in einer Tourneeshow auf und spielte den Mord auf offener Bühne nach – was nicht gut ankam.

Zwei Jahre nach dem Mord nahm sich Charles, der an Tuberkulose litt und morphinabhängig war, das Leben. Robert Ford wurde einige Jahre später von einem Mann getötet, der in einer Bar auf ihn zutrat, dann ohne Erklärung »Hallo, Bob« sagte und ihm beide Ladungen einer Schrotflinte in den Nacken pustete.

Während ich am Souvenirtresen des Hauses ein Buch über Jesse James kaufte, fragte ich mich, warum wir Menschen so fasziniert von Gesetzlosen sind. Von Billy the Kid bis zu Al Capone haben wir Gangster immer verehrt. Tun wir das, weil wir uns gut damit fühlen, dass wir nicht so böse sind – oder weil wir in unserem tiefsten Innern gar nicht so gut sind? Oder vielleicht sind wir einfach nur besessen von Ruhm – egal, worauf er beruht.

Auf dem Weg zurück zu meinem Hotel hielt ich an dem dritten angepriesenen Ort: dem Glore-Psychiatriemuseum. Ich wünschte, ich hätte es nicht getan. Irgendetwas an dem Museum erinnerte mich an diese Spuk-Lagerhäuser, die jedes Jahr an Halloween in den Städten auftauchen.

Das vierstöckige Museum ist eine Sammlung grauenhafter, lebensgroßer Dioramen, und die Geisteskranken werden dabei von Schaufensterpuppen verkörpert, die ein örtliches Kaufhaus gespendet hat. Die Ausstellungsräume im ersten Stock erzählen die Geschichte der Behandlung Geisteskranker, von Hexenverbrennungen und »Teufelsstampfen« (früher glaubte man, dass böse Geister aus einem Menschen »herausgestampft« werden könnten) bis zu dem eher wissenschaftlichen *Überraschungsbad* (einer Vorrichtung, die den »Tauchkästen« ähnelt, die man heutzutage auf Jahrmärkten findet, nur dass dabei ein riesiger Bottich mit Eiswasser verwendet wurde).

Außerdem gab es ein funktionstüchtiges Modell der *O'Halloran-Schleuder*, bei der die Geisteskrankheit aus den Patienten herausgeschleudert werden sollte. Das Gerät schaffte bis zu hundert Umdrehungen pro Minute, während die Patienten darin festgeschnallt waren.

Im zweiten Stock hielten die eher zeitgenössischen Ausstellungsstücke ihr eigenes Grauen bereit, darunter Schaufensterpuppen, die an Tische geschnallt und mit Tüchern bedeckt waren, Lobotomie-Instrumente, ein Krankenhauskäfig und ein Fieberkabinett, um Syphilispatienten zu erhitzen.

Ein Ausstellungsraum zeigte die 1446 Gegenstände, die eine Patientin verschluckt hatte, darunter 453 Nägel, 42 Schrauben, unzählige Sicherheitsnadeln, Löffel und Schraubverschlüsse von Salz- und Pfefferstreuern. Die Frau starb während der Operation, bei der ihr die Gegenstände entfernt werden sollten.

Ein anderer Ausstellungsraum zeigte etwas, was der Fernsehtechniker der Anstalt entdeckt hatte: über fünfhundert Notizzettel, die in einen Fernseher gestopft waren; Antworten auf die Fragen, die einem Patienten von unzähligen Psychiatern im Laufe der Jahre gestellt worden waren.

Das Museum erschien mir ebenso schizophren wie einige der Leute, für die es angeblich eintrat. Einerseits prangerte es lautstark die Grausamkeiten an, mit denen die Menschheit die Geisteskranken behandelte – so wurde zum Beispiel erwähnt, dass die Bewohner Londons früher Eintritt bezahlten, um durch die Anstalt Bedlam zu gehen und die darin festgeketteten oder angeschnallten Patienten zu sehen. Andererseits schien das Museum selbst genau das zu tun – es beutete das Leid psychisch Kranker mit der ganzen Theatralik einer Jahrmarkts-Freakshow aus.

Nach nicht einmal einer halben Stunde floh ich. Als ich wieder bei meinem Hotel ankam, das nur ein paar Meilen weit entfernt lag, war ich immer noch aufgewühlt. Ich fand keinen Schlaf, daher sah ich mir eine geistlose Sitcom im Fernsehen an, um die Erinnerung an das, was ich gesehen hatte, auszulöschen.

Es war Zeit, St. Joseph zu verlassen.

Zweiundzwanzigstes Kapitel

Die Geschichte bezeugt, dass unser Leben weitaus mehr von der Fantasie beeinflusst wird als von den Umständen.

ALAN CHRISTOFFERSENS TAGEBUCH

Ich habe vorhin geschrieben, dass kleine Städte Pulverfässer für einige der größten Leute und Ideen der Welt sind. Die US Route 36 in Missouri ist vielleicht das anschaulichste Beispiel für meine Theorie. An diesem 160 Meilen langen Highway-Abschnitt wurde die Welt verändert. Das ist nicht übertrieben. Dies sind die Leute, die aus den Kleinstädten entlang des kurzen Abschnitts eines amerikanischen Highways stammen:

J. C. Penney
Walt Disney
General John J. Pershing
Mark Twain
und Otto Rohwedder, der Erfinder des Schnittbrots.

An dem Tag, an dem ich St. Joseph verließ, ging ich auf der Frederick Avenue in Richtung Osten zur 29 nach Süden und dann weiter zur 36.

Überall standen Bäume, und laut dem Buch, das ich mir in dem Jesse-James-Haus gekauft hatte, war das die Gegend, in der James und seine »Strauchdiebe« sich versteckt hielten.

Ich übernachtete in der kleinen Stadt Stewartsville (759 Einwohner) und aß im Plain Jane Café zu Abend.

Am nächsten Morgen brach ich früh auf, und gegen Mittag erreichte ich Cameron, eine Stadt von zehntausend Einwohnern, wo ich meine Vorräte aufstockte. Die Stadt Cameron hat eine ungewöhnliche Entstehungsgeschichte. Im Jahr 1854 plante eine Gruppe von Siedlern eine Vier-Blöcke-Stadt namens Somerville an der Bahnlinie von Hannibal nach St. Joseph. Wie sich herausstellte, war das Land von Somerville zu steil für Züge, daher zogen und zerrten die Siedler die drei Gebäude ihrer »Stadt« eine Meile weit nach Südwesten und änderten den Namen von Somerville zu Cameron.

Bei Einbruch der Dämmerung erreichte ich Hamilton, den Geburtsort von J. C. Penney. Ich ging ins Stadtzentrum, in der Hoffnung, dort eine Übernachtungsmöglichkeit zu finden, aber es gab nirgends ein Hotel. Zwar kam ich an der Bibliothek und dem Museum zum Gedenken an J. C. Penney vorbei, aber sie waren bereits geschlossen. In einem Lebensmittelladen namens HY-KLAS kaufte ich mir etwas zu essen und zeltete in einem kleinen, überwucherten Park in der Nähe des Museums.

Am nächsten Tag ging ich knapp fünfundzwanzig Meilen bis zur Stadt Chillicothe – dem Zuhause des Schnittbrots. Sie lassen es einen nicht vergessen. Es steht überall, vom Titelkopf ihrer Zeitung bis zu ihrem Ortsschild: *Willkommen in Chillicothe, dem Zuhause des Schnittbrots.* Ihr Schulmaskottchen ist vermutlich ein Toaster.

Ich ging den ganzen Weg bis in die Altstadt, da ich ein Schild für das Strand Hotel gesehen hatte, ein großes Backsteingebäude, das leider in Wohnungen umgewandelt worden war. Auf der anderen Straßenseite befand sich ein Schönheitssalon mit dem Namen *Curl Up & Dye.*

Also ging ich zurück in Richtung 36, wo ich an einem Hotel vorbeigekommen war. Ich aß in einem mexikanischen Restaurant namens El Toro zu Abend, dann übernachtete ich im Grand River Inn, wo ein großer, weißer Hund von fraglichem Temperament durch die Lobby streifte. Der Preis betrug fünfzig Dollar. Für das Hotel, nicht für den Hund.

Am nächsten Morgen war mir wieder etwas schwindelig, aber ich schaffte es trotzdem, früh aufzubrechen. Nach zwanzig Meilen bog ich vom Freeway nach Norden ab, um in die Stadt Laclede zu gelangen, die Heimatstadt von General John »Black Jack« Pershing.

General Pershing hatte eine etwas schillernde militärische Laufbahn aufzuweisen. Sie gipfelte jedoch in dem höchsten Rang, der je einem US-Militärführer angeboten wurde: *General der Armeen der Vereinigten Staaten*, den der Kongress nach seinen herausragenden Diensten im Ersten Weltkrieg eigens für ihn schuf. Kein anderer amerikanischer Soldat hatte je einen solchen Rang inne, bis 1976, als Präsident Gerald Ford ihn posthum General George Washington verlieh.

Darüber hinaus zeichnete Pershing noch ein weiteres einzigartiges Merkmal aus: Nach ihm wurden sowohl eine Rakete als auch ein Panzer benannt.

Laclede war eine stille und malerische Stadt, mit Straßen, die von großen Ulmen gesäumt waren, ordentlichen Wohngegenden und vielen altehrwürdigen Häusern und Kirchen. Aber es gab keine Hotels, daher ging ich weiter bis zur nächsten Stadt, Brookfield, wo ich im Travel Inn Motel übernachtete, das als »im Besitz und geführt von Veteranen« angepriesen wurde. Mein Zimmer kostete nur fünfunddreißig Dollar die Nacht und hatte sogar eine kleine Küche. In der Lobby des Motels gab es eine Fülle christlicher Literatur. Ich nahm mir eine Broschüre mit dem Titel »Warum sterben wir?« mit, in der ich auf meinem Bett blätterte, bevor ich einschlief.

Am nächsten Morgen frühstückte ich im Simply Country Café, dann ging ich auf der Main Street nach Süden, um zurück zum Highway zu gelangen. Eine schmale Asphaltstraße verlief ein paar Meilen weit parallel zur 36, und ich folgte ihr, bis ich zur Abzweigung nach Marceline kam – dem Kindheitszuhause von Walt Disney. Von der Ausfahrt nach Marceline ging ich noch drei Meilen, bis ich die Kleinstadt erreichte.

Als Junge hatte ich zwei Helden: Thomas Edison und Walt Disney. Als ich in Pasadena aufwuchs, war Disneyland ein Lieblingszeitvertreib von mir, und McKale und ich hatten viele Erinnerungen an den Park. Als ich zum ersten Mal in der Öffentlichkeit den Arm um sie legte, waren wir auf der Matterhorn-Bahn. Das war auch der Ort, wo ich sie zum ersten Mal »Mickey« nannte, ein Spitzname, der ihr ganzes Leben lang hängen blieb.

Elias Disney, Walts Vater, war im Jahr 1906 mit seiner Familie von Chicago nach Marceline gezogen, als der kleine Walter erst vier war. Damals hatten zwei ihrer Nachbarsjungen versucht, ein Auto zu stehlen, und hatten bei der anschließenden Schießerei einen Polizisten getötet.

Als Kind verbrachte Walt mehr Zeit in Chicago und Kansas City, aber Marceline hatte weitaus mehr Einfluss auf sein Leben als jeder andere Ort, an den es die nomadenhaften Disneys verschlug. Disney selbst sprach von seinen Jahren in Marceline als seinen glücklichsten Tagen und wurde von einer Zeitung mit den Worten zitiert: »*Ehrlich gesagt sind mir in Marceline mehr Dinge von Bedeutung passiert als jemals davor oder danach.*«

Ich wäre fast an Disneys Kindheitszuhause, einem hübschen, aber unscheinbaren Haus, vorbeigelaufen, ohne es zu erkennen. Es war leicht zu übersehen. Das Haus war ein privater Wohnsitz, sein Status als Wahrzeichen nur durch ein kleines Schild ausgewiesen.

Während ich am Rand des Grundstücks stand und auf das Haus starrte, fragte ich mich, wie verwundert die Bewohner der Stadt wohl gewesen wären, wenn sie gewusst hätten, was die Zukunft bereithielt: dass der kleine Junge, der durch die unbefestigten Straßen lief und auf ihre Bäume kletterte, eines Tages in jedem Winkel der Welt bekannt sein würde.

Eine halbe Stunde später erreichte ich die Hauptstraße der Stadt. Ich hatte gelesen, dass die Main Street USA im Disneyland Marcelines Hauptstraße nachempfunden war, aber als ich jetzt ihre schlichten und alternden Fassaden sah, wusste ich, dass Disneys Neuschöpfung eher einer verklärten Erinnerung als der tatsächlichen Realität entsprang.

In der Hauptstraße von Marceline fand ich ein Bed & Breakfast über dem Uptown Theater, dem Filmtheater, das Disney ausgewählt hatte, um dort 1956 *In geheimer Mission* uraufzuführen. Das kleine Apartment war mit Disney-Souvenirs geschmückt und roch nach Allzweckreiniger mit Zitrusduft. Es besaß zwar nicht den Charme der meisten Bed & Breakfast-Unterkünfte, aber die Tatsache, dass Disney hier gewesen war, reichte aus, um meinen Aufenthalt zu rechtfertigen.

Am nächsten Morgen ging ich zurück zur 36, noch einmal vorbei an dem Disney-Haus. Früher hatte ich immer zu McKale gesagt, ich würde eines Tages gern Marceline besuchen. Damals war ich davon ausgegangen, dass wir das zusammen tun würden. Ich fragte mich, ob sie wusste, dass ich es geschafft hatte.

Dreiundzwanzigstes Kapitel

Heute habe ich einen selbst ernannten Tramp mit einer äußerst unglücklichen Vorstellung von Gott kennengelernt.

Alan Christoffersens Tagebuch

Als ich Israel sah, lehnte er am Geländer der Freeway-Auffahrt von Marceline nach Osten, einen Rucksack neben sich auf dem Boden. Er schien etwa Anfang bis Mitte dreißig zu sein, klein, mit rotblondem Haar und einer Brille mit dicken Gläsern in einem runden Gestell. Er hielt ein Pappschild in der Hand, auf dem stand:

ST. LOUIS

Ich nickte ihm zu. »Hey.«

»Wie geht's?«, fragte er fröhlich.

»Gut«, erwiderte ich. »Und selbst?«

»Perfekt. Schöner Tag, um draußen zu sein.«

»Gutes Wanderwetter«, sagte ich.

»Wohin bist du unterwegs?«, fragte er.

»Key West.«

»Netter Ort, Key West.« Er nickte knapp. Er war der erste Mensch, dem ich das sagte, der nicht mit Verblüffung darauf reagierte.

»Und du?«, fragte ich.

»Arkansas. Da unten wartet ein Job auf mich.«

»Was machst du?«

»Ich bin Dachdecker.«

»Das ist aber ein weiter Weg für ein Haus.«

Er zuckte die Schultern. »Das mache ich eben – ich bin auf der Straße, seit ich siebzehn war.«

»Du bist zu Fuß unterwegs, seit du siebzehn warst?«

»Nein, ich gehe nicht zu Fuß. Ich bin ein Tramp.«

»Tramps gehen nicht zu Fuß?«

»Nicht, wenn wir es vermeiden können. Aber es ist ein schöner Tag. Ich würde gern ein Stück mit dir gehen, wenn du nichts dagegen hast.«

»Habe ich nicht«, sagte ich.

Er befestigte das Schild an seinem Rucksack, dann schulterte er ihn und kam auf mich zu. Der Seitenstreifen war so breit, dass wir gefahrlos nebeneinanderher gehen konnten.

»Wie heißt du?«, fragte er.

»Alan. Und du?«

»Israel. Israel Campbell.«

»Und du bist ein Tramp?«

»Ja. Für die normalen Leute sehen die meisten Obdachlosen gleich aus, aber das sind wir nicht.« Er hielt eine Hand vor sich hoch, streckte den Zeigefinger aus. »Da gibt es erstens einmal die Bergtypen – sie sind leicht zu erkennen. Sie sehen aus, als wären sie eben erst aus einer Höhle gekrochen oder so. Die haben im Allgemeinen viel Gesichtsbehaarung und wagen sich nur an die Öffentlichkeit, wenn sie irgendetwas unbedingt brauchen, und verschwinden dann wieder, so schnell sie können.«

Er streckte einen zweiten Finger aus. »Dann gibt es die Verrückten. Ich meine nicht verrückt im Sinn von Serienkillern, aber ein bisschen daneben, weißt du? Die mit sich selbst hadern. Man kann sehen, dass der Aufzug nicht ganz bis nach oben fährt.«

Ich nickte. »Solche Leute habe ich gesehen«, sagte ich.

Er streckte einen dritten Finger aus. »Und dann gibt es die Penner.«

»Penner und Tramps sind nicht dasselbe?«

»Nein. Die Penner bringen uns Tramps in Verruf.«

»Wieso das denn?«

»Penner schnorren viel – man sieht sie auf den Highway-Auffahrten mit Pappschildern, auf denen sie um Geld betteln. Wir Tramps betteln nicht, es sei denn, wir müssen. Tramps arbeiten. Das ist für uns eine Frage des Stolzes. Wir haben nur kein Zuhause oder Fahrzeug, deshalb trampen wir.

Und Penner fahren oft mit dem Zug. Das tue ich auch manchmal, aber nur, wenn ich irgendwo festsitze. Bei den Zügen gibt es Tricks. Ich habe mir überlegt, ob ich lernen soll, wie das geht.«

»Tricks? Was denn zum Beispiel?«

»Bis jetzt weiß ich nur, dass es die Triebwagen sind, die Waggons ganz hinten, die man nehmen muss. Dort gibt es Wasser in Flaschen, Kühlschränke und eine Toilette.«

»Und dort hinten fährt niemand mit?«

»Normalerweise nicht. Aber selbst wenn dort jemand ist, werfen sie einen nicht unbedingt raus. Einmal hat mich ein Typ mit meinem Hund dort bleiben lassen.«

»Du hast einen Hund?«

»Ich hatte einen«, beeilte er sich zu sagen, als wollte er nicht darüber reden. »Die Sache ist die, es ist ihnen eigentlich egal. Dass jemand im Zug mitfährt, kratzt sie nicht, aber sie müssen so tun, als ob es ihnen nicht egal ist. Weißt du, was ich meine?«

Ich nickte.

»Am wichtigsten ist es, sich von den Bullen fernzuhalten. Das ist die Bahnpolizei. Die meisten von denen sind faul und machen sich nicht die Mühe, die Güterwaggons zu durchsuchen, aber wenn sie dich sehen, kriegst du Ärger. Aber wie ich schon sagte, das betrifft hauptsächlich die Penner. Nicht dass ich Penner hasse oder so. Ich komme mit jedem gut aus, der auf der Straße ist. Viele Obdachlose wollen dich nicht in ihrer Nähe haben, weil sie niemandem vertrauen, aber ich bin da nicht so. Ich versuche, anderen Geld zu geben, wenn ich welches habe, und ich frage sie immer, ob es ihnen gut geht. Neulich habe ich zwei Dollar unter einer Brücke gelassen, mit einem Zettel, auf dem stand: ›Trink ein Bier auf mich. Wenn du das hier nicht wirklich brauchst, dann lass es für den nächsten Typen liegen, der es braucht.‹«

»Und wie fängt man an, ein *Tramp* zu sein?«, fragte ich.

Er rieb sich das Kinn. »Gute Frage. In meinem Fall ist es einfach irgendwie passiert. Es war nicht so, dass ich beim Berufsberatungstag in der Schule war und gesagt habe: ›Ich glaube, ich will Tramp werden.‹ Es ist einfach irgendwie über mich gekommen. Ich hatte eine beschissene Familie, und als ich siebzehn war, hat mich ein Freund angerufen und gesagt, er hätte einen Job für mich im nächsten Bundesstaat. Ich hatte kein Auto, also bin ich dorthin getrampt. Als ich mit dem Job fertig war, rief jemand anders mit einem Job an, also bin ich wieder getrampt. Seitdem bin ich nie länger als drei oder vier Monate irgendwo geblieben. Ich nehme an, ich bin immer auf der Suche nach einem Ort, an dem es noch schöner ist.«

»Und du bist immer auf der Straße?«

»Wenn es Arbeit gibt. Aber nicht immer. Letzten Winter habe ich mir einen Unterschlupf an einem Hang gegraben, zwei Meter tief. Ich hatte sogar einen Herd, den ich mir aus drei Zwanzig-Liter-Stahleimern gemacht hatte. Es war irgendwie nett.«

»Woher kommst du ursprünglich?«, fragte ich.

»Ich bin in der Nähe von St. Louis aufgewachsen.«

Ich sah auf sein Schild. »Dann fährst du jetzt nach Hause?«

»Nicht, wenn ich es vermeiden kann. Das ist nur die nächstgrößere Stadt auf meinem Weg nach Arkansas.«

»Hast du noch Familie in St. Louis?«

»Wenn du mit Familie einen Haufen Halsabschneider meinst, die es nicht kümmert, ob du tot oder lebendig bist, ja. Ich habe nicht das Bedürfnis, irgendeinen von denen je wiederzusehen.« Er sah zu Boden. »Und was bist du, Penner oder Tramp?«

»Weder noch«, sagte ich. »Ich bin nur zu Fuß unterwegs.«

»Trampen geht schneller.«

»Ich hab's nicht eilig.«

Er nickte. »Wo schläfst du?«

»Kommt auf den Tag an. Oft in billigen Motels. Manchmal auf den Feldern.«

»Dafür gibt es auch einen Trick«, sagte er. »Je Ärger mit den Cops gehabt?«

»Bis jetzt nicht. Aber einmal wurde ich überfallen.«

Er runzelte die Stirn. »Ich auch. Gehört mit dazu. Aber die Cops sind für mich das größere Problem. Am wichtigsten, wenn man auf der Straße schläft, ist es, außer Sichtweite zu bleiben.«

Das wusste ich natürlich schon, aber ich erwähnte es nicht, da ich gern hören wollte, was er zu sagen hatte.

»Bäume bieten im Allgemeinen die beste Deckung. Ich sehe mir meinen Schlafplatz immer aus allen Winkeln an, um sicher zu sein, dass ich von der Straße aus nicht zu entdecken bin. Außerdem stehe ich früh auf, normalerweise vor

Sonnenaufgang, um zurück zur Straße zu kommen. Es gibt nichts Schlimmeres, als um drei Uhr morgens von irgendeiner lästigen, blechernen Dienstmarke geweckt zu werden und gesagt zu bekommen, dass man verschwinden soll, egal, wie das Wetter ist oder wie weit man gehen muss, um zur nächsten Ausfahrt zu kommen.«

»Das ist mir noch nicht passiert«, sagte ich.

»Das wird es schon noch. Ein anderer guter Schlafplatz ist unter Highway-Überführungen. Dort gibt es oben meistens einen Vorsprung, der sich gut als Schlafkoje eignet. Natürlich musst du zuerst nachsehen, ob dort nicht schon jemand anders geschlafen hat. Die meisten Durchreisenden hinterlassen eine Spur von Bierdosen, Pappen, alten Klamotten, du weißt schon. Wenn du schon länger auf der Straße bist, hast du es bestimmt schon gesehen.« Er schüttelte den Kopf. »Einmal habe ich eine Schlinge gefunden. Zum Glück hing keine Leiche darin.

Vor allem musst du aufpassen, dass da keine Exkremente liegen. Das ist das größte Problem. Und wenn es bewölkt ist, suche ich den Boden nach Wasserspuren ab, nur um sicher zu sein, dass die Brücke nicht leckt.«

»Danke für den Tipp«, sagte ich. »Und, ist es schwer, mitgenommen zu werden?«

»Manchmal. Es ist wie bei allem anderen auch, es gibt Tage, da beißen die Fische einfach nicht an, aber meistens schon. Man könnte sagen, ich bin gut darin. Beim Trampen ist alles eine Frage der Psychologie. Zum Beispiel hatte ich früher einen roten Schlafsack. Von dem musste ich mich trennen. Rot, Gelb und Orange signalisieren Gefahr, und die Leute nehmen dich nicht so gern mit, wenn sie diese Farbe sehen. Ich habe nie eine Studie oder so darüber gelesen, aber ich kann dir sagen, ich habe es bewiesen.

Die Wahrheit ist, wenn jemand überlegt, ob er einen Tramper mitnehmen soll, denkt er meistens nicht logisch. Zum Beispiel nehmen viele Leute keinen Tramper mit langen Haaren und einem Bart mit, weil sie glauben, er könnte ein Serienkiller sein. Das haben wir dem Fernsehen zu verdanken. Aber so ist es nicht. Sieh dir Ted Bundy an, den Zodiac-Killer, John Wayne Gacy, Son of Sam, den Green-River-Killer – alles ordentlich rasierte, anständig aussehende Typen. Das heißt, man könnte sagen, die beste Chance, mitgenommen zu werden, hat man, wenn man wie ein *echter* Serienkiller aussieht.« Er lachte über seinen Witz. »Unterm Strich ist es so, wenn du mitgenommen werden willst, musst du so aussehen, als ob du es nicht nötig hast, mitgenommen zu werden. Ich gebe mir immer alle Mühe, vorzeigbar auszusehen. Ich würde die Haare nie so lang tragen wie du. Schreckt die Leute ab.«

»Dann ist es ja ein Glück, dass ich nicht trampe«, sagte ich.

»Noch etwas, worüber du Bescheid wissen solltest, sind die Trucker-Raststätten. Trucker-Raststätten können lebensrettend sein, wenn man weiß, wie man sich da verhalten muss. Das Erste, was ich tue, wenn ich zu einer Trucker-Raststätte komme, ist, meinen Rucksack im Gebüsch davor zu verstecken, damit sie nicht wissen, dass ich trampe. Dann kann ich mich unter die Trucker mischen und in der Truckerlounge sitzen und mich aufwärmen oder abkühlen, fernsehen, irgendwas.

Man lernt Tricks, weißt du. Wenn die Trucker bei einer Tankstelle volltanken, bekommen sie ein Duschticket. Die kann ich auf eine Meile erkennen. Ich frage die Typen auf dem Weg zu ihren Trucks, ob sie ein Duschticket übrig haben, und meistens geben sie mir eines. Manchmal bitte ich die Geschäftsführung der Trucker-Raststätte um ein Ticket. Ich sage ihnen, dass ich kein Schnorrer bin und niemanden belästigen werde, und manchmal geben sie mir einfach ein Duschticket.

Aber egal, wie sehr du auf ein ordentliches und anständiges Aussehen achtest, manche Leute sehen dich trotzdem an, als wärst du ein Stück Dreck, nur weil sie in einem Auto sitzen und du nicht. Ich habe schon vor Jahren aufgehört, die Leute in den Autos anzusehen, nur um nicht auszuflippen. Manche Leute sehen dich an, als ob du an ihren Schuhsohlen klebst, wirklich wahr. Ich habe schon Leute gesehen, die sind mit vierzig Meilen in der Stunde an mir vorbeigefahren und haben ihre Türen verriegelt.

Und dann gibt es die Kopfschüttler. Sie sehen dich an einer Ausfahrt warten und schütteln den Kopf, nein. Das ist entwürdigend. Ich schau mir die Autos an, damit ich nicht wie ein durchgeknallter Irrer aussehe, aber ich schau mir die Leute nicht an. Es gibt zu viele Türenverriegler und Kopfschüttler auf dieser Welt.

Natürlich, die besten Chancen, mitgenommen zu werden, hat man immer noch als Frau. Frauen werden von Truckern jederzeit mitgenommen.«

Das war bei Pamela bestimmt der Fall, dachte ich.

»Eines Tages werde ich ein Buch mit dem Titel *Die Psychologie des Trampens* schreiben. Was meinst du?«

»Das klingt interessant«, sagte ich.

»Du weißt wohl nichts über das Verlegen von Büchern, oder?«

Ich schüttelte den Kopf. »Nein, tut mir leid.«

»Fragen kostet ja nichts.«

Wir gingen einen Augenblick schweigend nebeneinanderher.

»Siebzehn«, sagte ich. »Du musst manchmal einsam sein.«

Er runzelte die Stirn. »Ja. Manchmal. Ich meine, ich hätte gerne eine Frau, aber jemanden zu finden, der so leben will wie ich, ist nicht sehr wahrscheinlich. Es gibt Frauen, die gern auf der Straße sind, aber auf jede von ihnen kommen zehntausend Typen, das heißt, die werden ganz schnell weggeschnappt. Außerdem, um Frauen zu treffen, muss man in Unterkünften übernachten oder mit dem Zug fahren, und das habe ich beides noch nie besonders gemocht.« Er seufzte leise auf. »Und, was ist deine Geschichte? Warum bist du auf der Straße?«

Ich überlegte kurz, wie viel ich preisgeben sollte, dann entschied ich, ihm alles zu erzählen. »Ich habe meine Frau letztes Jahr verloren, nachdem sie sich bei einem Reitunfall die Wirbelsäule gebrochen hatte. Während ich mich um sie gekümmert habe, wurde mir meine Firma gestohlen. Ich habe alles verloren. Binnen weniger Wochen hatte ich meine Frau, meine Firma, mein Haus und meine Autos verloren. Alles weg. Also habe ich meine Sachen gepackt und bin losgegangen. Key West war der am weitesten entfernte Ort, den ich erreichen konnte, ohne zu schwimmen, daher habe ich beschlossen, dorthin zu gehen.«

»Das tut mir alles sehr leid«, sagte er mitfühlend. »Es gibt viel Schlimmes auf dieser Welt. Was dir dein Bruder nicht antut, das wird Gott dir antun.« Er sah sich um und hob die Hände. »Hier draußen kämpft jeder für sich allein. Diese Speichellecker bei den Sonntagstreffen erzählen dir, dass Gottes Schönheit in der Natur offenbar ist. Aber ihre Sichtweise ist einseitig. Die Wahrheit ist, die Natur ist grausam, mit roten Zähnen und Klauen.« Er sah über den Mais hinaus. »Auf diesem Feld dort draußen herrscht in diesem Augenblick Tod und Terror.«

»Ich sehe dort viel Mais, um Menschen zu ernähren«, sagte ich.

»Na klar, es gibt Sonnenuntergänge und Rosen und diesen ganzen Scheiß, aber es gibt auch die Fliege, die im Netz zappelt, während eine Spinne ihr das Leben aussaugt. Es gibt Wölfe, die ein Rehkitz erlegen und bei lebendigem Leib fressen. Diese Dinge wurden auch von Gott erschaffen.«

»Du wirst wohl nicht zu vielen Partys eingeladen, oder?«

Er ignorierte mich. »Was ist das denn für ein Gott, der wunderschöne Sonnenuntergänge erschafft und dann die Erde darunter mit Blut tränkt? Wenn du mich fragst, Gott ist ein absoluter Sadist. Er ist wie ein Kind, das rote und schwarze Ameisen zusammen in ein Glas wirft, nur um zuzusehen, wie sie miteinander kämpfen. Ich glaube, diese Erde ist für Gott nicht mehr als ein großer Hahnenkampf.«

»Das ist so ungefähr die düsterste Vorstellung von Gott, die ich je gehört habe«, sagte ich.

»Willkommen in der Wirklichkeit, Kumpel«, sagte er. »Die Leute laufen durch die Gegend und sagen, Gott ist gut und gerecht, aber dann erklär mir das: Wie kann Gott gerecht sein, wenn er laut fast jeder Religion die Sünder zu ewiger Verdammnis verurteilt für etwas, das in einem begrenzten Zeitraum geschieht? Das ist keine angemessene Reaktion. Es ist nicht gerecht, und es ist mit Sicherheit nicht gut.«

Ich hatte keine Antwort für ihn.

»Sieh es einmal so. Sagen wir, ein Junge geht in einen Laden, wo er einen Schokoriegel sieht. Er hat kein Geld, aber er will unbedingt diesen Schokoriegel haben. Und als er glaubt, dass niemand hinsieht, da nimmt er ihn sich einfach. Er hat gegen das Gesetz verstoßen. Natürlich sollte er ihn bezahlen – das bestreite ich nicht. Aber was dieser arme Junge nicht weiß, ist, dass der Ladenbesitzer überall Kameras hat und den ganzen Tag nichts anderes tut, als in seinem Büro zu sitzen und darauf zu warten, dass er jemanden erwischt. Und dann zerrt der Besitzer den Jungen nach draußen, hinter den Laden, übergießt ihn mit Benzin und zündet ihn an. Das ist deine ewige Verdammnis. Das ist dein Gott. Das ist deine Religion.«

»Das ist nicht meine Religion«, sagte ich. »Ich glaube nicht an einen Gott, der uns erschaffen hat, um uns zu verdammen. Ich glaube nicht, dass Gott der Inbegriff der Angst ist.«

»Jede Religion lehrt, dass Gott die Angst verkörpert«, sagte Israel. »Und dann verkleiden sie ihn als den Guten Hirten. Einen Wolf im Hirtengewand.«

»Manchmal arbeiten gute Eltern mit Angst«, sagte ich. »Um ihre Kinder zu schützen. Zum Beispiel die Mutter, die ihrem Kind sagt, dass es nicht auf der Straße spielen soll, weil es von einem Auto überfahren werden könnte.«

»Der Unterschied«, sagte Israel, »ist der, dass Gott am Steuer dieses Wagens sitzt.«

Ich nickte. »Da hast du recht. Das ist der Unterschied. Man glaubt entweder an einen Gott der Gnade und Liebe oder an einen Gott der Verdammnis und Verurteilung, aber man kann nicht an beide glauben, da er nicht dasselbe Wesen sein kann.«

»Es gibt keinen Gott der Gnade«, sagte Israel. »Das solltest du wissen. Er hat deine Frau getötet.«

»Er hat meine Frau nicht getötet. Das war ein Pferd.«

»Er hätte verhindern können, dass sie stirbt.«

»Du meinst, er hätte *aufschieben* können, dass sie stirbt. Schließlich stirbt alles auf dieser Welt irgendwann einmal. Alles. Deswegen bauen die Leute auf Gott für die nächste Welt.«

Israel sah mich düster an.

»Sieh mal«, sagte ich. »Mir ist es egal, was du über Gott denkst. Ich bin mir nicht einmal sicher, was ich selbst glaube. Aber die Wahrheit ist, weitaus klügere Leute als wir haben seit Jahrtausenden über diese Frage diskutiert und sind sich noch immer nicht einig.

Und was den Punkt betrifft, ob die Welt *gerecht* oder *gut* ist, verblüfft mich nicht so sehr die Frage, warum schlimme Dinge passieren. In einer Welt wie dieser würde ich das erwarten. Was ich nicht verstehen kann, ist vielmehr, warum gute Dinge passieren. Warum gibt es Liebe? Warum gibt es Schönheit? Warum habe ich meine Frau so sehr geliebt? Und warum hat sie mich geliebt? Das ist doch das eigentlich Verblüffende. Das ist es, was ich mir nicht erklären kann.«

Israel erwiderte nichts, sondern ging nur mit gesenktem Kopf weiter. Eine Minute später blieb er auf einmal stehen. »Ich habe dich lange genug belästigt.«

Ich blieb ebenfalls stehen. »Überhaupt nicht«, sagte ich. »Es war nett, mit dir zu reden. Gute Reise. Und viel Glück mit deinem Buch. Wenn ich es je in einem Laden sehe, werde ich ein, zwei Exemplare kaufen.«

»Danke«, sagte er. »Ich hoffe, du schaffst es nach Key West.« Er gab mir die Hand, dann nahm er den Rucksack von den Schultern und setzte sich mit seinem Schild an den Straßenrand. Ich ging einfach weiter.

Nach Marceline schienen sich die Städte zu verändern, schienen südlicher zu werden. Missouri war schon immer auf diese Weise geteilt. Selbst während des Bürgerkriegs war man sich nicht sicher, auf welcher Seite des Konflikts man stand.

Am Ende des dritten Tages nach Marceline erreichte ich Monroe City, eine idyllische kleine Stadt, ähnlich wie Sidney. Die Häuser waren gepflegt, mit großen Veranden und schönen Gärten. Hier fand außerdem die erste Schlacht des Bürgerkriegs im Nordosten Missouris statt. Das erfuhr ich aus einer Broschüre, die ich mir im Besucherzentrum der Stadt mitnahm.

Nach dem, was ich las, war die Schlacht eine unterhaltsame Angelegenheit, und die gesamte Einwohnerschaft von Monroe kam mit Wagen und Fuhrwerken angefahren, um zu picknicken und dem Tumult zuzusehen, der, wie sich herausstellte, mehr Getöse als Blutvergießen war.

Der Konflikt brach aus, als sich eine Gruppe von Sympathisanten der Konföderierten in Monroe versammelte und Unionstruppen, angeführt von Colonel Smith, hingeschickt wurden, um sie zu zersprengen. Die Gegend war eine Brutstätte für Sezessionisten, und Colonel Smith und seine Leute waren bald zahlenmäßig unterlegen und gezwungen, in einem Gebäude Zuflucht zu suchen, das die ganze Stadt nur »das Seminar« nannte.

Während die pro-sezessionistischen Truppen das Gebäude umzingelten, begann ihr Anführer, Honorable Thomas A. Harris – der bekannt dafür war, dass er gern ein großes Publikum hatte –, eine Ansprache vor der versammelten Menge zu halten, obwohl die keine Worte, sondern Taten sehen wollte.

Harris erklärte, ohne eine Kanone wäre es das Beste, den Rückzug anzutreten, und entließ seine Männer. Seine Truppen lehnten das Angebot ab, und sobald ihre Kanone eintraf, wurde der Kampf wiederaufgenommen. Die Kanone war für neun Pfund schwere Kugeln bestimmt, aber die Soldaten hatten nur wenige Neun-Pfund-Kugeln, die sie bereits ohne größere Wirkung verbraucht hatten. Daher bestückten sie ihre Kanone nun mit Sechs-Pfund-Kugeln, die so ziellos durch die Luft flogen, dass sie sowohl die Schaulustigen aus Monroe als auch die konföderierten Soldaten selbst zersprengten. Letztere erklärten, dass sie sich nicht gern von ihren eigenen Leuten unter Beschuss nehmen ließen. Nach dem Angriff behaupteten die Soldaten der Südstaaten selbstironisch, der einzige sichere Ort sei *vor* der Kanone.

Die Verstärkung der Unionstruppen traf bald darauf ein, um Colonel Smith zu unterstützen, und nach einer einzigen Kartätschenladung aus der Unionskanone zogen sich die Sezessionisten zurück, versteckten sich in Wagen und Fuhrwerken oder mischten sich unter die Leute mit den Picknickkörben.

In der Zwischenzeit verbreiteten sich wilde Gerüchte über den Kampf, und einen Tag nach dem Ende des Konflikts traf Colonel Ulysses S. Grant mit über zweitausend Truppen am Schauplatz des Geschehens ein. Nachdem er erfahren hatte, dass die Schlacht vorbei war, zog er weiter nach Mexiko. So endete die Schlacht von Monroe.

Ich kam am Rainbow Motel vorbei, vor dem ein Schild mit der Aufschrift »Schau hinein und entscheide dann« stand. Ich schaute hinein. Ich hatte das Gefühl, zurück in die Fünfzigerjahre getreten zu sein. Ein alter Pepsi-Verkaufsautomat stand zwischen der Bürotür und einem Plakat mit den Zehn Geboten.

Ich nahm mir ein Zimmer für die Nacht. Am nächsten Tag erreichte ich Hannibal.

Vierundzwanzigstes Kapitel

Das Leben findet man nicht auf einem Friedhof.

Alan Christoffersens Tagebuch

Abgesehen von Disneyland war das altehrwürdige Hannibal so ziemlich die zauberhafteste Stadt, die ich zu durchqueren hoffen konnte – ein Bilderbuch-Weiler, noch immer gesegnet von seinem Schutzpatron Samuel Clemens, besser bekannt als Mark Twain.

Twain schrieb einmal über seine geliebte Heimatstadt:

> Noch jetzt, nach all den Jahren, kann ich mir ein genaues Bild der damaligen Zeit machen: schläfrig träumt die Stadt im Sonnenschein eines hellen Sommermorgens; die Straßen sind einsam; hier und da sieht man einen Kommis vor den Läden in der Water Street sitzen, den Holzstuhl hintenüber gegen die Wand gekippt … der große Mississippi, der majestätische, prächtige Mississippi, dessen Flut meilenweit dahinwogt, liegt glänzend im Sonnenschein …

Wenn man nach Hannibal kommt, kann man sich die Stadt noch immer so vorstellen, wie Twain sie gesehen hat. Sie ist malerisch, mit sorgsam in Stand gehaltenen Straßen und Häusern, das östliche Panorama umrahmt von dem »prächtigen« Fluss. Es war die Art Ort, die ich unbedingt mit McKale zusammen hatte sehen wollen, und ich fragte mich, warum ich es nie getan hatte.

Ich checkte im Best Western Plus On the River ein, das nicht wirklich *am* Fluss lag, auch wenn ich als ehemaliger Werbetyp sehen konnte, wie sie sich das zurechtbogen – da der Mississippi im Jahr 1993 über die Ufer getreten war und die Stadt überflutet hatte. Daher konnte man guten Gewissens behaupten, dass sich das Hotel damals *am* Fluss befand. Oder, genauer gesagt, sogar *in* ihm.

Als die Hotelangestellte mir meinen Zimmerschlüssel gab, sagte sie stolz: »Vielleicht interessiert es Sie zu wissen, dass wir eben erst ein neues Laufband für unseren Fitnessraum bekommen haben. Falls Sie den Wunsch haben, zu laufen.«

»Danke«, sagte ich. »Gut zu wissen.«

Ich aß auf der anderen Straßenseite in einem kleinen, schuhkartonförmigen Diner zu Abend, Brathuhn nach Art des Hauses mit Brötchen und Hackfleischsauce, dann ging ich zurück zum Hotel, um ein ausgiebiges Bad im Whirlpool zu nehmen. Ich las ein bisschen in meinem Jesse-James-Buch und legte mich früh schlafen.

In Hannibal zu sein hob meine Stimmung, und vielleicht zum ersten Mal, seit ich Seattle verlassen hatte, fühlte ich mich eher wie ein Tourist als wie ein Mann auf einer Pilgerschaft. Am nächsten Morgen unternahm ich einen Spaziergang durch die Stadt und frühstückte im Java Jive in der Main Street. Meine Bedienung war eine der schönsten Frauen, die ich je gesehen hatte. Ich schätzte sie auf Anfang bis Mitte zwanzig, aber sie war im Retrostil gekleidet: ein eng anliegendes gestreiftes Kleid, dazu eine rote Baskenmütze mit Schärpe und hochhackige Schuhe. Sie erinnerte mich an diese Mädchen, die sich die B-52-Bombenflieger auf die Schnauzen ihrer fliegenden Särge malten.

Das Gebäck und der Kaffee schmeckten gut, und ich

trank in aller Ruhe meinen Kaffee, während draußen die Touristenmassen vorbeiströmten wie der Fluss, der parallel zur Stadt verläuft. Es war ein Vergnügen, zur Abwechslung einmal anderen beim Gehen zuzusehen.

Ich hatte nicht vorgehabt, den Tag in Hannibal zu verbringen, aber nach etwa einer Stunde hatte ich mich doch dazu entschieden. Nachdem ich meinen zweiten Kaffee getrunken hatte, ging ich in Richtung Norden, um mir das Zuhause von Mark Twain anzusehen.

Der historische Mark-Twain-Komplex war gut erhalten, mit Kopfsteinstraßen, die für den Autoverkehr gesperrt waren. Zu den noch vorhandenen Gebäuden gehören Twains Kindheitszuhause, komplett mit dem weißen Zaun, den zu streichen Tom Sawyer die Nachbarsjungen überredete, und das nachgebaute Zuhause von Tom Blankenship – dem Jungen, der das Vorbild für *Huckleberry Finn* war. Twain schrieb über seinen Freund Tom:

> Er genoss eine völlig unbegrenzte Freiheit. Er war von allen Jungen und Mädchen im Dorf der einzige wirklich unabhängige Mensch, infolgedessen war er auf ruhige und beständige Art glücklich und wurde von uns übrigen beneidet. Wir mochten ihn, wir waren gern mit ihm zusammen. Und da unsere Eltern uns den Umgang mit ihm verboten hatten, machte das Verbot seine Gesellschaft drei- bis viermal so wertvoll; deshalb suchten und genossen wir sie mehr als die der anderen Jungen.

Außerdem befand sich dort das Büro von Twains Vater, einem Friedensrichter, und das Zuhause von Laura Hawkins, dem Nachbarsmädchen, dem Twain die Figur der Becky Thatcher nachempfunden hatte. In diesem Punkt hatten der Autor und ich etwas gemeinsam – unser beider Leben wurde durch das Mädchen von nebenan für immer verändert.

Nachdem ich die Häuser besichtigt hatte, ging ich am Ufer des Mississippi entlang nach Süden, bis ich zur Ladeplanke des Flussschiffs *Mark Twain* kam. Ich bezahlte fünfzehn Dollar für eine einstündige Flussfahrt und ging an Bord.

Das Schiff legte keine große Strecke zurück, wir tuckerten nur ein Stück weit den Fluss hoch und wieder zurück, aber die Fahrt war so angenehm und träge wie die gedehnte Sprechweise der Südstaatler.

Steve, der Kapitän des Flussschiffs, war ein freundlicher Gastgeber, und als wir vom Kai ablegten, sang er über die Lautsprecheranlage des Schiffs das obligatorische »Maaaark Twaaaaaaain« und versicherte uns, dass das Wasser zwei Faden tief sei, was für einen Flusskapitän sichere Gewässer bedeutete. Sichere Gewässer – noch heute eine tröstliche Beschwichtigung für uns.

Ich stieg zum Steuerhaus des Schiffs hoch und fragte Kapitän Steve etwas, was ich immer schon wissen wollte: Warum waren die Schornsteine des Schiffs oben geriffelt?

»Hauptsächlich aus Tradition«, erwiderte er. »Aber zu Twains Zeiten half die Riffelung zu verhindern, dass die Glut aus dem Schiffsofen den Passagieren auf die Köpfe regnete.«

Zufrieden mit dieser Antwort ging ich zurück zum Bug des Schiffs und trank eine Cola.

Auf dem Weg zurück zum Ufer betätigte der Kapitän dreimal die gewaltige Dampfpfeife des Schiffs, bevor er wieder am Kai anlegte. Ich bedankte mich bei Kapitän Steve und ging von Bord, dann kehrte ich zurück zur Main Street, aß im Ole Planters Restaurant zu Mittag und schlenderte zurück zu meinem Hotel, wobei ich mir unterwegs ein paar Schaufenster ansah.

Zwei Blocks von meinem Hotel entfernt kam ich an einem Büro mit einem Schild im Fenster vorbei, auf dem stand:

HANNIBAL-GEISTERTOUREN

Ich ging hinein, um mir den Laden anzusehen. Niemand war darin, aber man konnte sich für die Tour dieses Abends in eine Liste eintragen. Ich setzte meinen Namen auf die Liste.

In Hannibal spukt es so ziemlich überall, und jeder in der Stadt hatte eine Geistergeschichte auf Lager, die er unbedingt erzählen wollte. Die erste Geistergeschichte hatte ich an diesem Morgen beim Frühstück gehört, von meiner Bedienung. Der Mieter einer Wohnung neben dem Java Jive beklagte sich immer wieder über die unheimliche Orgelmusik, die ihn jeden Morgen um drei Uhr weckte. Er weigerte sich zu glauben, dass die Geschäftsführung des Cafés keine Schuld traf, obwohl das Café keine Orgel hatte und um Mitternacht zumachte.

Selbst in der öffentlichen Bibliothek gab es Geschichten von einem besonders pingeligen Geist, der nach dem Ende der Öffnungszeit Bücher auf den Boden warf, die falsch zurückgestellt worden waren.

Als ich nach einem Nickerchen im Hotel aufwachte, war mir wieder ein bisschen schwindelig, aber es ging bald vorbei. Ich aß in demselben Diner zu Abend wie schon am Tag zuvor, dann ging ich die zwei Blocks hinunter zu dem Laden, bei dem ich mich für die Geistertour angemeldet hatte.

Ein langer, grauer Kleinbus stand vor dem Büro im Leerlauf und eine kleine Gruppe von Leuten auf dem Gehsteig. Ich betrat das Büro. Eine hochgewachsene, freundlich aussehende Frau mit langen, aschblonden Haaren stand mit einem Klemmbrett in der Hand neben dem Tresen.

»Ich wollte zu der Geistertour«, sagte ich.

»Dann sind Sie hier richtig«, sagte sie, während sie mit einem Stift vor mir herumwedelte. »Sie müssen Mr. Christoffersen sein.«

»Der bin ich«, sagte ich.

Sie hakte mich auf der Liste auf ihrem Klemmbrett ab. »Ich bin Doreen. Sie sind allein, richtig?«

Ich spürte es schmerzlich. »Richtig.«

»Gehen Sie einfach schon vor, und suchen Sie sich in dem Kleinbus draußen einen Platz.«

Ich ging wieder hinaus. Die Gruppe, an der ich eben vorbeigekommen war, saß jetzt in dem Kleinbus. Die Bustür stand weit offen.

Wir waren zu fünft in der Gruppe: ein junges Paar, das, nach den verträumten Mienen der beiden zu urteilen, auf Hochzeitsreise sein musste und die halbe vordere Bank in Beschlag genommen hatte, und zwei Damen Mitte fünfzig, die in der mittleren Reihe saßen.

Der Fahrer war ein dünner Mann in den Dreißigern mit einem Bartschatten. Obwohl es bereits dunkel wurde, trug er eine Ray-Ban-Fliegerbrille, mit der er ein bisschen wie Richard Petty aussah, der ehemalige NASCAR-Champion. Er hatte den Kopf über sein Handy gebeugt, auf dem er offenbar irgendein Spiel laufen ließ.

»Guten Abend«, sagte ich, als ich in das Fahrzeug stieg. Nur die Damen erwiderten meinen Gruß. Der Fahrer war auf sein Handy fixiert, und das Paar war noch immer aufeinander fixiert, völlig achtlos gegenüber allem anderen Leben auf dem Planeten. Ich zwängte mich nach hinten durch zur Rückbank des Busses.

Ein paar Minuten später steckte Doreen den Kopf durch das vordere Beifahrerfenster. »Wir warten noch auf eine Person.«

Der Fahrer knurrte und kratzte sich das Gesicht, ohne aufzusehen. Etwa zwei Minuten später war Doreen wieder da. Sie stand neben einem älteren Herrn, der eine Schiebermütze und einen grauen Pullover trug und an einem schwarzen Gehstock mit Metallspitze ging.

»So, Mr. Lewis«, sagte Doreen. »Ich nehme Ihren Stock. Passen Sie auf, dass Sie nicht stolpern.«

Mr. Lewis war vermutlich Mitte bis Ende achtzig, grau und gebeugt vom Alter. Mühsam stieg er zur vordersten Reihe hoch und setzte sich neben die Hochzeitsreisenden. Doreen half ihm, sich anzuschnallen, dann schob sie die Tür zu und kletterte auf den Beifahrersitz. Als sie saß, wandte sie sich um und lächelte uns an.

»Herzlich willkommen allerseits zur Hannibal-Geistertour. Ich biete diese Tour jetzt schon seit fast zwölf Jahren an, und ich kann Ihnen sagen, in diesen Jahren habe ich schon einige erstaunliche Dinge gesehen. Seien Sie unbesorgt, Ihre Erfahrungen auf dieser Tour werden Ihre eigenen sein. Wir beurteilen die Wahrhaftigkeit Ihrer Begegnungen nicht, wir akzeptieren die Dinge nur und lassen sie geschehen. Vor allem werden Sie sich gut amüsieren.

Unser erster Haltepunkt heute Abend strotzt nur so von paranormaler Aktivität: der Alte Baptistenfriedhof.« Sie wandte sich an den Fahrer. »Los geht's.«

Der Fahrer steckte sein Handy ein, warf einen Blick über die Schulter und lenkte den Bus auf die stille, freie Straße.

Der Friedhof befand sich etwa fünf Minuten von unserem Treffpunkt entfernt, und das letzte Licht des Tages war verschwunden, als der Kleinbus hielt. Doreen und der Fahrer halfen Mr. Lewis aus dem Bus, und dann folgten wir anderen.

Ich stieg als Letzter aus, und die kleine Gruppe hatte bereits einen Halbkreis um Doreen gebildet. Der Großteil des Friedhofs lag unter einem Baldachin alter Eichen, sodass wir alle ins Dunkel der Nacht gehüllt waren.

Doreen reichte jedem von uns Kupferstäbe, die man in Holzgriffen drehen konnte, etwa wie Wünschelruten, die Wasserhexen benutzen, um Wasser zu finden.

»Dieses kleine Gerät wird Ihnen helfen, spektrale Energie zu finden«, sagte sie. »Wenn Sie über den Friedhof gehen, halten Sie die Stäbe so vor sich.« Sie machte es vor, streckte die Stäbe mit beiden Händen vor sich aus, als würde sie zwei Pistolen halten. »Wenn sie anfangen, sich zu kreuzen, haben Sie vielleicht jemanden gefunden, der mit Ihnen kommunizieren möchte. Manchmal werden sich die Linien einfach öffnen. Ich habe sogar schon gesehen, dass sie sich drehen. Stellen Sie den Geistern dann einfach Fragen. Die Geister hier oben sind an uns gewöhnt, daher wissen sie, was sie tun müssen. Aber seien Sie vorsichtig, es ist dunkel, passen Sie bitte auf, wohin Sie treten. Wir wollen schließlich nicht, dass jemand über irgendetwas stolpert. Und jetzt gehen Sie los! Viel Vergnügen!«

Auf Doreens Entlassung hin schlenderten alle mit ihren Zauberstäben los, in unterschiedliche Abschnitte des Friedhofs. Ich stand da und kam mir wie ein Idiot vor, während ich die Zeigestäbe vor mir hielt.

Mr. Lewis stand noch immer neben mir. Er bewegte sich langsam, seinen Gehstock in einer Hand, die beiden Stäbe in der anderen. Ich dachte, dass es in seinem Alter vielleicht ein bisschen gewagt war, nachts über Friedhöfe zu schlurfen.

»Kommen Sie zurecht?«, fragte ich.

»Natürlich«, sagte er kurz angebunden, mit leiser, rauer Stimme.

»Haben Sie das hier schon mal gemacht?«

»Unzählige Male.«

»Oh«, sagte ich etwas überrascht. »Haben Sie je irgendetwas gefunden?«

»Nicht das, was ich suche.« Er wandte sich um und sah mich an, mit Augen, die ebenso dunkel waren wie der Friedhof. »Ich suche meine Frau.«

Seine Antwort versetzte mir einen leichten Schock. Ich hatte mir nie überlegt, auf diese Weise nach McKale zu suchen. Nicht, dass ich es wollte. Alles daran erschien mir falsch.

»Suchen Sie schon lange nach ihr?«

»Ja«, sagte er. Dann zuckelte er los, irgendetwas vor sich hin murmelnd, während er über das Gelände streifte.

Ich ging allein auf die nordöstliche Ecke des Friedhofs zu, die Stäbe vor mir ausgestreckt. Etwa zehn Minuten später gesellte sich Doreen zu mir. »Wie läuft's?«, fragte sie.

»Gut«, sagte ich.

»Sehr schön«, sagte sie fröhlich.

Nichts war passiert, nur, dass sich die Stäbe leicht bewegt hatten, was sich kaum vermeiden ließ, selbst wenn man es versuchte.

»Sagen Sie«, begann ich, »was wissen Sie eigentlich über Mr. Lewis?«

»Mr. Lewis ist ein pensionierter Versicherungsvertreter aus Tulsa, Oklahoma. Seine Frau ist vor einer Weile gestorben, und seitdem verbringt er die meiste Zeit damit, durchs Land zu reisen, zu spiritistischen Sitzungen und Geistertouren, auf der Suche nach einem Beweis, dass sie noch immer existiert.«

»Hat er schon Glück gehabt?«, fragte ich.

»Offenbar nicht. Viele Leute haben behauptet, sie hätten sie gefunden, aber keiner hat seinen Test bestanden.«

»Was ist das denn für ein Test?«

»Er hatte einen Kosenamen für sie. Wenn sie ihm nicht sagen können, wie er lautet, dann weiß er, dass sie es nicht ist.«

»Wenn Sie sagen, vor einer Weile, von welchem Zeitraum reden wir da? Ein paar Jahren?«

Sie zog die Augenbrauen hoch. »Versuchen Sie's mal mit vierzig.«

»Vierzig Jahre«, sagte ich. »Er reist seit vierzig Jahren durchs Land auf der Suche nach seiner Frau?«

Sie nickte. »Er hat sein Leben und sein Vermögen dafür verwendet, um sie zu finden. Das hat er mir zumindest gesagt, als er sich für die Tour angemeldet hat.«

»Hat er keine Familie?«

»Er hat vier erwachsene Kinder. Offenbar steht er ihnen nicht sehr nahe. Ich nehme an, er war kaum noch ansprechbar, nachdem er sie verloren hatte.« Doreen musterte meine missbilligende Miene, dann sagte sie: »Ich weiß, ich würde es auch nicht tun. Aber man kann jemanden nicht beurteilen, bevor man nicht in seiner Haut gesteckt hat, oder? Und Sie, haben *Sie* heute Abend irgendjemanden gefunden?«

»Noch nicht«, sagte ich.

»Na dann, an die Arbeit«, sagte sie.

Die nächste halbe Stunde folgte mir Doreen über den Friedhof, auf der Suche nach Spuren paranormaler Aktivität. Meine Linien kreuzten sich mehrere Male – um genau zu sein, mehrere Dutzend Male –, und auf Doreens Ermutigung hin fand ich mich bald in einem einseitigen Gespräch mit dem Grabkreuz einer gewissen Mary Stewart wieder. Meine Wünschelruten hatten sich nach hinten gedreht, und Doreen war sich sicher, dass Marys Geist mich umarmte.

Ein seltsames Phänomen habe ich dort tatsächlich erlebt. Ich hatte immer wieder das Gefühl, durch Spinnennetze zu gehen, obwohl ich draußen im Freien war.

Als wir eine Stunde später wieder in den Bus stiegen, unterhielten sich die beiden Frauen aufgeregt, und eine von ihnen behauptete, sie hätte einen Geist gefunden, der ihre kürzlich verstorbene Großmutter gekannt hätte. Die beiden Hochzeitsreisenden starrten sich noch immer nur in die Augen und konnten es offenbar kaum erwarten, zurück zu ihrem Hotel zu kommen.

Mr. Lewis kehrte als Letzter zurück, und offenbar auch nur auf Doreens Beharren hin. Während er mühsam in den Bus stieg, blickte er entweder betrübt oder wütend – ich konnte nicht genau sagen, was von beidem, da seine Miene so verhärtet war, dass es schwer war, irgendeine andere Emotion außer Traurigkeit zu lesen. Sein Anblick hinterließ einen tiefen Eindruck bei mir.

Der Bus fuhr auf einem Umweg zurück zu Doreens Büro, vorbei an einer Reihe von Gebäuden, in denen es angeblich spukte, darunter die alte katholische Kirche, die zum Verkauf stand. Doreen erzählte uns, einer ihrer Kunden hätte behauptet, er hätte einen Rekorder in der Kirche aufgestellt und binnen weniger Minuten die Klänge eines unsichtbaren Chors aufgezeichnet.

Ein paar Blocks hinter der alten Kirche machte Doreen uns auf ein viktorianisches Haus aufmerksam. »Gleich hier vorn zu Ihrer Linken befindet sich das LaBinnah Bistro. Ich empfehle Ihnen, dort essen zu gehen, wenn Sie die Gelegenheit dazu haben. Kann sich irgendjemand denken, wie das Restaurant zu seinem Namen gekommen ist?«

Wir starrten alle auf das Gebäude, selbst die beiden Hochzeitsreisenden.

»Das ist französisch«, sagte eine der Frauen.

»Oder Cajun«, sagte die andere.

»Nein, das ist es nicht«, sagte Doreen.

»Es war der Name der Ehefrau des Küchenchefs«, sagte der Ehemann auf Hochzeitsreise, die ersten Worte, die er zu irgendjemandem außer seiner Frau sagte.

»Nein«, sagte Doreen.

»Ich weiß es«, meldete ich mich zu Wort.

Doreen sah mich an. »Meinen Sie?«

»*LaBinnah* ist *Hannibal* rückwärts buchstabiert.«

Doreen klatschte in die Hände. »Sie sind in zwölf Jahren der Erste, der das richtig gewusst hat«, sagte sie. »In zwölf Jahren.«

Als wir zum Büro zurückkamen und aus dem Bus stiegen, fragte mich Doreen, was ich von der Tour hielte. »Sie hat mein Leben verändert«, sagte ich.

Sie strahlte über meine Einschätzung. »Das freut mich ja so. Danke fürs Kommen. Und kommen Sie bald einmal wieder.«

»Gute Nacht«, sagte ich, wandte mich ab und ging zurück zu meinem Hotel.

Ich meinte ernst, was ich zu Doreen gesagt hatte, nur nicht aus den Gründen, die sie vermutlich annahm. Die Erfahrung hatte eine tief greifende Wirkung auf mich. Nicht der paranormale Aspekt der Tour – den ich eher amüsant fand –, sondern vielmehr meine Erfahrung mit Mr. Lewis. In diesem Mann hatte ich etwas gesehen, das weitaus erschreckender war als irgendein Friedhofsgespenst oder Poltergeist. Ich hatte die Bitterkeit eines nicht akzeptierten Verlusts gesehen. Ich hatte gesehen, was auch aus mir werden könnte, welchen Schrecken die Zukunft vielleicht für mich bereithielt.

Fünfundzwanzigstes Kapitel

Was ist mit mir los? Irgendetwas stimmt nicht.

ALAN CHRISTOFFERSENS TAGEBUCH

Die Lebenserfahrungen eines Menschen sind wie ein Buch. Es gibt kein uninteressantes Leben. So etwas ist einfach nicht möglich. Unter dem unscheinbarsten Äußeren verbirgt sich ein Drama, eine Komödie und eine Tragödie.

Mark Twain

Ich verließ Hannibal nur ungern. Auf dem Weg aus der Stadt hielt ich bei Mark Twains Höhle, derselben Höhle, die Twain in fünf seiner Bücher erwähnte – von denen das berühmteste *Die Abenteuer des Tom Sawyer* ist, wo Tom und Becky es mit Indianer-Joe zu tun bekommen.

Ich ließ meinen Rucksack hinter dem Tresen im Souvenirladen stehen, dann betrat ich die Höhle mit einem hochgewachsenen, jungenhaften Führer und einer kleinen Gruppe von einer Gemeinde-Gottes-Bibelklasse, die aus Memphis, Tennessee, zu Besuch war.

Mark Twains Höhle war bemerkenswert – ein Labyrinth aus abfallendem Kalkstein, das sich über sechs Meilen tief in den Bauch des Hügels schlängelte und wand.

»Hier drinnen könnte man sich mehr verirren als auf dem New Jersey Turnpike«, bemerkte unser Führer. Wie er ausgerechnet auf diesen Vergleich kam, war mir ein Rätsel. Ob er sich einmal irgendwann in New Jersey verirrt hatte?

Im Verlauf der nächsten Stunde suchten wir uns einen Weg durch ein paar Dutzend der über 260 Höhlengänge. Es war kalt in der Höhle, die Temperatur beträgt das ganze Jahr über elf Grad, und viele in unserer Gruppe jammerten, weil sie ihre Pullover nicht mitgenommen hatten.

Zu den vielen Dingen, die wir dort sahen, gehörte auch die Unterschrift von Jesse James, der sich nach einem Eisenbahnraub in einer nahe gelegenen Stadt in der Höhle versteckt hatte.

Unser Führer ging mit uns zur Grand Avenue, dem größten Raum in der Höhle, wo Tom und Becky im Dunkeln festsaßen, nachdem eine Fledermaus Beckys Kerze gelöscht hatte. Diese Geschichte war eine natürliche Überleitung zum Höhepunkt der Tour (eigentlich aller Höhlentouren), als unser Führer das Licht ausschaltete und uns aufforderte: »Halten Sie sich die Hand vor das Gesicht, und versuchen Sie, ob Sie sie sehen können.«

Natürlich konnten wir es nicht. »Schwarz wie die Sünde«, hätte McKale gesagt. Ehrlich gesagt wäre sie gar nicht erst mit in die Höhle gekommen, denn sie hatte schreckliche Platzangst. Witzigerweise sagte irgendjemand »autsch«, nachdem er sich selbst auf die Nase geschlagen hatte.

Unser Führer schaltete das Licht wieder an und fuhr dann fort: »Ich will Ihnen noch eine interessante Tatsache erzählen. Das menschliche Auge braucht Licht, um zu überleben. Wenn Sie sich in dieser Höhle verirren würden, wären Sie nach sechs bis acht Wochen für immer blind.«

»Stellen Sie sich das mal vor«, sagte die Frau neben mir. »Das wäre ja grauenhaft.«

»Wenn Sie sich in dieser Höhle verirren würden, wären Sie längst tot, bevor Sie blind werden könnten«, sagte ich.

»Oh«, sagte sie. »Darauf bin ich gar nicht gekommen.«

Seltsamerweise lächelte die Frau, als wäre das ein tröstlicher Gedanke.

Unser Führer fuhr fort: »Diese Höhle gehörte einmal einem Arzt aus Hannibal namens Joseph Nash McDowell, der die Höhle kaufte, um ›wissenschaftliche‹ Versuche mit Mumifizierung durchzuführen. Als seine Tochter starb, brachte er sie hierher und balsamierte sie ein. Er führte seine Versuche in dieser Spalte etwa fünfzig Meter weiter hinten durch.«

»Augenblick«, sagte ich. »Er hat Versuche mit dem Leichnam seiner Tochter durchgeführt?«

»Ja, Sir«, sagte der Führer.

Ich schüttelte den Kopf. Wenn man denkt, die Leute könnten nicht mehr seltsamer werden, taucht ein Joseph Nash McDowell auf.

Nach der Tour holte ich meinen Rucksack und ging zurück in Richtung Hannibal. Das war nicht mein ursprünglicher Plan. Die Höhle lag auf dem Weg zum Highway 79, einer malerischen Route, die dem Mississippi River an der Grenze zwischen Missouri und Illinois entlang nach Süden folgte. Aber als ich mich bei einem Angestellten im Souvenirladen noch einmal nach meinem Weg erkundigte, erfuhr ich, dass der Fluss kürzlich die Straße überspült hatte und der Highway gesperrt war. Ich nahm an, dass ich vermutlich immer noch um die Bautrupps herumlaufen könnte, aber der Angestellte war sich nicht sicher, ob das möglich war. Angesichts der Tatsache, dass eine gesperrte Straße einen tagelangen Marsch zurück bedeuten konnte, entschied ich, das Risiko nicht einzugehen.

Meine einzige andere Option war die US Route 61 in südöstlicher Richtung nach St. Louis. Auf der Straße würde deutlich mehr Verkehr herrschen, aber ich hatte im Grunde keine andere Wahl.

Im Verlauf der nächsten drei Tage kam ich durch New London, Frankford, Bowling Green, Eolia und Troy. In Troy wachte ich wieder mit einem Gefühl von Übelkeit und Schwindel auf, aber ich verdrängte es und schwor mir, mich richtig auszuruhen, sobald ich St. Louis erreichte.

Ich hatte den ganzen Tag Kopfschmerzen, und etwa sechs Meilen vor der Junction 70 nach St. Louis wurde mir wieder entsetzlich schwindelig. Seltsamerweise war mein erster Gedanke, dass es ein Erdbeben war, da sich alles noch viel schlimmer drehte als davor. Ich taumelte, dann stürzte ich und landete zum Teil auf meinem Rucksack, der meinen Sturz abfederte. Ich rollte mich auf den Bauch und übergab mich heftig, während ich gleichzeitig versuchte, mich aufrecht zu halten, und mein Kopf vor Schmerzen hämmerte. *Was war mit mir los?*

»McKale«, stöhnte ich. Das ist das Letzte, woran ich mich erinnern kann, bevor ich das Bewusstsein verlor.

Sechsundzwanzigstes Kapitel

Déjà vu.

Alan Christoffersens Tagebuch

Ich wachte im Krankenhaus auf. Ich konnte nicht glauben, dass ich schon wieder in einem Krankenhaus war – es war das dritte Mal, seit ich Seattle verlassen hatte. In meinem ganzen Leben war ich noch nicht so oft im Krankenhaus gewesen. Das Zimmer war schwach erhellt, und ich konnte das Piepsen und Surren von Apparaten hören. Ich betrachtete meinen Arm. Er hatte blaue Flecken und war an einen Tropf angeschlossen.

»Es ist aber auch Zeit, dass Sie aufwachen«, sagte eine Stimme. Ich sah eine junge, afroamerikanische Krankenschwester auf einer Seite des Zimmers stehen, die irgendetwas an einem Apparat ablas.

»Wo bin ich?«

»Sie sind im Universitätsklinikum von St. Louis.«

»Wie bin ich hierhergekommen?«

»Ich weiß nicht«, sagte sie. »Ich war nicht hier, als Sie eingeliefert wurden. Können Sie sich an irgendetwas erinnern?«

»Ich bin einfach gegangen, und dann wurde mir auf einmal schwindelig, und alles fing an, sich zu drehen. Ich muss das Bewusstsein verloren haben.« Ich sah sie an. »Was ist mit mir los?«

»Ich werde es dem Arzt überlassen, mit Ihnen darüber zu

reden«, sagte sie. »In der Zwischenzeit ist hier jemand, der Sie sehen möchte.«

Ich konnte mir nicht vorstellen, wer das sein könnte. »Ich kenne hier in der Gegend niemanden.«

»Na ja, sie kennt Sie. Seit drei Stunden sitzt sie schon im Warteraum. Ich schicke sie herein.« Die Schwester verließ das Zimmer.

Ich starrte zur Tür, während ich mich fragte, wer in aller Welt hier sein könnte, um mich zu sehen. Auf einmal stand Falene im Türrahmen.

»Hi«, sagte sie lächelnd.

»Falene. Was tust du denn hier?«

Sie trat an mein Bett. »Die Polizei hat mich angerufen. Meine Nummer war die letzte, die du auf deinem Handy gewählt hattest.«

»… Du bist den ganzen Weg hierhergekommen?«

»Natürlich. Du hast mich gebraucht.« Mir fiel auf, dass ihre Augen gerötet waren, als ob sie geweint hätte. Eine Träne kullerte ihr über die Wange.

»Was ist los?«, fragte ich.

Sie schüttelte den Kopf.

»Was ist denn, Falene?«

Die Tränen flossen schneller. Sie wischte sich verstohlen die Augen, dann wandte sie den Blick von mir ab.

»Falene …«

Sie streckte eine Hand nach meiner aus und ergriff sie. Ihre Haut fühlte sich weich und warm an. »Dein Vater ist bald da«, sagte sie. »Kann er es dir sagen?«

»Ist es etwas Schlimmes?«

Sie starrte mich nur an, während ihr die Tränen über die Wangen liefen.

Ich senkte für einen Moment den Blick, dann sagte ich:

»Als McKale diesen Unfall hatte, hast du mich angerufen. Als Kyle mir die Agentur gestohlen hat, hast du mich angerufen. Du hast mir immer die Wahrheit gesagt, egal, wie hart sie war. Ich würde sie lieber von dir hören.«

Sie wischte sich die Augen. »Oh, Alan«, sagte sie.

»Bitte. Was ist mit mir los?«

Sie sah mir in die Augen, während sich ihre eigenen mit Tränen füllten. »Sie haben einen Gehirntumor gefunden.«

Epilog

Gnade zu lernen heißt, Gott zu entdecken.

Alan Christoffersens Tagebuch

Wer bin ich? Oder vielleicht sollte ich besser fragen: Was bin ich? Ein Flüchtling? Ein Vertriebener? Ein Bummler? Henry David Thoreau schrieb in seinem Essay über das Gehen, das Wort Bummeln (*sauntering*) sei »von den Leuten abgeleitet, die im Mittelalter übers Land zogen und so taten, als würden sie *à la Sainte Terre* – ins Heilige Land – gehen«, bis die Kinder riefen: »Da geht ein Sainte-Terrer, ein *saunterer* – ein Heiliglander.« Vielleicht ist das die wahrhaftigste Definition dessen, was ich bin – ein Pilger. Mein Weg ist meine Pilgerschaft. Und wie alle lohnenswerten Pilgerschaften ist auch mein Weg eine Reise vom *Elend* zur *Gnade*. Gnade. Ich habe auf meinem Weg vieles gelernt, aber in letzter Zeit habe ich vor allem etwas über Gnade gelernt.

Als Junge hörte ich meine Mutter »Amazing Grace« singen. Sie sprach bei Mahlzeiten das Tischgebet und pries alle Gnade. Mein Vater hingegen benutzte das Wort nur selten, beschränkte es auf die Sonntagssprache, hatte wenig Verwendung dafür im berechenbaren Leben eines Buchhalters. Aber er zeigte Gnade in seinem Tun, indem er sich um mich kümmerte, so gut er konnte, selbst nachdem sein eigenes Herz gebrochen war.

Die meiste Zeit meines Lebens habe ich Gnade als Hoffnung auf ein helleres Morgen trotz der Dunkelheit des Heute angesehen – und das stimmt. In dieser Hinsicht sind wir alle wie Pamela. Wir gehen einen Weg zur Gnade – in der Hoffnung auf Erbarmen. Was wir nicht begreifen, ist, dass Gnade mehr ist als unser Ziel, es ist die Reise selbst, die sich in jedem Atemzug und jedem Schritt zeigt, den wir tun. Gnade umgibt uns, wirbelt um uns herum wie der Wind, fällt auf uns herab wie Regen. Gnade hält uns auf unseren Wegen aufrecht, egal, wie gefährlich sie sein mögen, und täuschen Sie sich nicht, sie sind alle gefährlich. Wir müssen nicht auf Gnade hoffen, wir müssen nur die Augen öffnen, um ihren Reichtum zu sehen. Wir sind umgeben von Gnade, nicht nur in der hoffnungsvollen Zukunft, sondern im Wunder des Jetzt.

Und wenn wir gut reisen, dann werden wir selbst zu Gnade und begreifen die Lektion, die wir auf diesem Weg lernen sollten – nicht den Irrtum abzutun, sondern dem Irrenden bereitwillig zu vergeben, großzügig den Balsam der Gnade und Liebe zu teilen, denn vor den Augen des Himmels sind wir alle Narren. Und je mehr wir unseren Teil der Gnade ausüben, desto besser werden wir sie auch empfangen. Der Reichtum dieser Gnade wird nur durch uns selbst beschränkt, da wir nichts empfangen können, was wir nicht bereit zu akzeptieren sind – sei es für uns selbst oder für andere.

Es heißt, dass *Er, der nicht vergibt, der größeren Sünde schuldig ist.* Dieser Vers hat mich immer verwirrt. Ich hatte ihn als bestenfalls ungerecht und schlimmstenfalls grausam angesehen. Aber diese Worte waren nicht als Urteil gemeint – sondern vielmehr als Erhellung einer ewigen Wahrheit: dass wir, wenn wir keine Vergebung gewähren, die Brücke verbrennen, die wir selbst überqueren müssen.

Auf meinem Weg habe ich Gnade gefunden. Ich habe sie

in Pamelas Freude über die Freiheit gesehen, in der Hoffnung in Analises Augen und in dem vergebenden Herzen von Leszek. Oder in Washington in der Weisheit von Ally und in der Freundschaft von Nicole, und auf meinem Weg durch Idaho in der Dankbarkeit von Kailamai. Und selbst jetzt, in meinem Augenblick der Unsicherheit und Angst, erkenne ich sie in der Anwesenheit von Falene. Ich bin umgeben von Gnade. Ich bin es immer gewesen. Wie hatte ich so blind sein können?

Ich bin noch immer im Krankenhaus. Mein Vater ist ein paar Stunden nach meinem Gespräch mit Falene eingetroffen. Die Ärzte führten ein paar Tests durch, und zweifellos werden noch viele weitere folgen. Wir wissen noch nicht, ob mein Tumor bös- oder gutartig ist und ob er gestreut hat oder nicht. Ich weiß nur genug, um Angst zu haben. Ich fürchte mich vor dem Tod, wie wohl jeder geistig gesunde Mensch, aber ich bin ein Mann mit viel Vorstellungsvermögen, daher sind meine Ängste wohl größer als die der meisten.

Trotzdem, ein Teil von mir – ob ein dunkler oder heller Teil, da bin ich mir noch nicht sicher – sehnt sich nach dem Schlaf des Todes, vielleicht, um in der Helligkeit und Wärme von McKales Armen aufzuwachen. Das scheint vielleicht die Hoffnung eines Narren zu sein – Liebe im Tod zu suchen –, aber ehrlich gesagt weiß ich nicht, wo McKale ist *außer* im Tod.

Ich weiß es nicht. Seit ich in Seattle losgegangen bin, war meine Reise nie so ungewiss. Ich weiß nicht, ob oder wann ich mich wieder auf den Weg machen kann. Ich weiß nicht, ob ich Key West erreichen werde oder nicht. Aber eines weiß ich – ob ich die Reise akzeptiere oder nicht, die Straße wird kommen. Die Straße kommt immer. Die einzige Frage, die jeder von uns beantworten kann, ist, wie wir ihr begegnen wollen.

DANKSAGUNG

Ich möchte gern all jenen danken, die dieses Buch ermöglicht haben.

An erster Stelle meiner entzückenden und klugen Tochter Jenna, die Alans Weg mit mir gegangen ist, im übertragenen und wörtlichen Sinn. Du bist eine tolle Reisegefährtin, Schatz – eine echte Bummlerin. Danke für all deine Hilfe. Ohne dich hätte ich es nicht geschafft.

Meinem Schatz, Keri. Für deine Unterstützung, Freundschaft, Liebe, Weisheit und Güte. Ich bin so dankbar, dass es dich gibt.

Laurie Liss – Freundin, Vertraute, Geheimagentin.

Meinen ganzen Freunden bei Simon & Schuster. Carolyn Reidy: danke, dass du das Haus in Ordnung hältst, und danke für deine Unterstützung im Laufe all dieser Jahre und all dieser Bücher. Es werden noch viele weitere Danksagungen folgen. Jonathan Karp. Es ist mir ein Vergnügen, mit dir zusammenzuarbeiten, Jon. Danke für deine Aufmerksamkeit bei dieser Reihe, für deinen Beitrag und deine Kreativität. Meiner neuen Lektorin, Trish Todd. Danke, Trish. Ich freue mich auf unsere Zusammenarbeit in den kommenden Jahren. Deine Gegenwart ist immer wohltuend. (Und auch Molly, einer Assistentin nicht von dieser Welt, danke, dass du so außerordentlich kompetent, fröhlich und zuverlässig bist.) Und Gypsy da Silva. Ich verehre dich, Gypsy. Wir müssen wieder einmal Little Brazil zusammen machen.

Mike Noble und Noriko Okabe bei S&S audio. Ihr sorgt dafür, dass die Marathonsitzungen zu überleben sind.

Meinen Mitarbeitern: Diane Glad, Heather McVey, Barry Evans, Karen Christoffersen und Lisa Johnson.

Den Mitarbeitern und dem Vorstand von The Christmas Box House.

Und einigen Freunden, die in meinem Leben in diesem Jahr etwas verändert haben. Karen Roylance. Glenn Beck. Kevin Balfe. Shelli Tripp. Judy Bangerter. Patrice Archibald. Den Schülern der Riverton High School – auf geht's zum Silberrausch!

Und wie immer meinen lieben Lesern. Danke für eure Treue und Güte. Ohne euch gibt es keinen Zauber.